SEX IM BUSCH

SEX IM BUSCH

1-3
Sammelband

Heiterer Erotik-Roman
von Rhino Valentino

Sie sind herzlich willkommen
auf dem Blog
www.rhino-valentino.com

und auf der Website
www.stumpp.cc
unter welcher mehr Infos und die
aktuelle Verlagsadresse zu finden sind.

Hinweise auf weitere interessante Titel
finden Sie auch am Ende dieses Buches.

Bibliografische Information der Deutschen Nationalbibliothek:
Die Deutsche Nationalbibliothek verzeichnet diese Publikation in der Deutschen
Nationalbibliografie; detaillierte bibliografische Daten sind im Internet über
http://dnb.d-nb.de abrufbar.

Originalausgabe

Erste Auflage April 2013

ISBN 978-3-86441-037-6

Liebe Leserin! Lieber Leser!

Vielen Dank dafür,
dass Sie sich für dieses Buch
entschieden haben.

Ich hoffe, Sie haben damit
viel Spaß und ein gutes
Lesevergnügen.

In diesem Fall hätten sich
die Zeit, die Sie damit verbringen,
und die viele Arbeit, die es mir
bereitet hat, gelohnt.

Wenn Sie mich
auf der Website, dem Blog
oder in den sozialen Netzwerken
besuchen möchten, so würde ich mich
darüber sehr freuen.

Mit den besten Wünschen für Sie,

Rhino Valentino

INHALT
Sex im Busch

SEX

IM BUSCH

BUSCH

#1

DIE SCHÖNE

AM FLUSS

Heiterer
Erotik-Roman
von

Rhino Valentino

Kapitel 1:

DIE SCHÖNE AM FLUSS

Was er sah, ließ Barnabas Treubarts Herz höher schlagen, bis es klang wie das hellste Glöckchen des Himmelreiches.

Vom Fluss kommend, ging eine hübsche Frau durchs hohe Gras. Nein, sie war nicht einfach hübsch: Ihr Gesicht und ihr Körper waren vollkommen! So überirdisch schön und faszinierend, dass sie überall, wohin sie ging, Blicke auf sich ziehen würde wie der Honig die Fliegen. Sie *ging* auch nicht einfach. Sie schritt, anmutig wie eine junge Gazelle. Obwohl sie einen schweren Wasserkrug auf der linken Schulter trug, erschien jede ihrer Bewegungen mühelos und elegant. Den Krug hatte sie soeben am Fluss gefüllt. Ein paar Tropfen schwappten daraus hervor und benetzten ihren Hals.

Der rauschende Fluss war auch der Grund dafür, warum Barnabas Treubart hier war. Er wollte sich erleichtern. Ihn plagte ein rätselhaftes kleines Zipperlein, das ihm manchmal Schwierigkeiten beim Wasserlassen bereitete. Deshalb hatte er sich angewöhnt, mit Vorliebe beim Geräusch plätschernden Wassers zu urinieren. Dies unterstützte ihn bei der Verrichtung seines kleinen Geschäftes. Er hatte seinen Lagerplatz verlassen und sich von den schwatzenden Kofferträgern entfernt, um sich ein stilles Örtchen nahe des Flusses zu suchen, versteckt zwischen den Büschen und Sträuchern des Dschungels.

Etwas verschämt schloss er jetzt die Knöpfe am Schritt seines Tropenanzugs. Er würde vorerst auf das Wasserlassen verzichten. Zunächst wollte er diese Schöne einfach nur weiter bestaunen. Heimlich und versteckt, was sich für einen Mann seiner Stellung und seiner Reife eigentlich nicht gehörte. Es war nun schließlich schon mehr als vier Jahrzehnte her, dass er ein neugieriger Schulbub gewesen war, der darüber rätselte, wie es wohl unter den Röcken der Mädchen aussehen mochte.

Der Anblick der jungen Schönheit war geradezu elektrisierend und hielt ihn in seinem Bann. Er sog die Bilder, die ihm sein Auge bot, genießerisch in sich hinein wie ein eifriger Tabakraucher den Qualm der Meerschaumpfeife.

Barnabas roch die Frau jetzt sogar. Seine dicke Nase, die über dem weißen Schnauzbart emporragte wie ein runder Kamin, nahm einen zarten, blumigen Duft wahr. Angereichert mit einer wilden, würzigen Note, die ihm unvergleichlich erschien.

Mit Bestürzung fühlte er im nächsten Augenblick, dass da noch etwas anderes war. Es lauerte irgendwo im Regenwald. Vielleicht auch nur in den Winkeln seines Geistes, der momentan überrascht und verwirrt war aufgrund der plötzlichen Begegnung.

Es war, als röche man den wunderbaren Duft eines süßen, exotischen Kuchens oder einer extravaganten, aufwändig zubereiteten Torte. Und als spürte man zugleich auch das Aufwallen eines widerlichen, ekelerregenden Gestankes, der sich zunehmend in den Wahrnehmungsbereich der Nase schlich.

Die Frau kam auf ihn zu. Sie näherte sich seinem Versteck mit langsamen, würdevollen Schritten. Aufgeregt wünschte er sich, unsichtbar zu sein oder per Willenskraft auf insektenhafte Größe schrumpfen zu können. Letzteres hätte allerdings die Gefahr geborgen, aus Versehen zertreten zu werden.

Von *ihren* Füßen zermalmt! Ihren zarten, kleinen, schlanken Füßen, die da im Takt ihrer Schritte hier und da aus dem hohen Gras hervorblitzten, glänzend und schwarz und weich wie Samt! Getragen von unglaublich langen, muskulösen und zugleich so weiblich zarten, edlen Beinen…Welch schöner Tod mochte das wohl sein, zertreten zu werden von solchen Füßen!

Barnabas vermochte sich nicht von der Stelle zu rühren. Die Schöne war inzwischen so nah, dass jede seiner Bewegungen ihn verraten hätte.

Ihre Haut schimmerte schwarz in der hellen Mittagssonne, verführerisch und überaus rein. Das Haar kräuselte sich etwas. Es war halblang und verschwand hinter den Schultern. Um die Lenden trug sie ein gemustertes Baumwolltuch. Bis auf etwas Holzschmuck hatte sie ansonsten nichts weiter an. Ihre Brüste wogten unerhört ebenmäßig und straff hin und her. Wie die süßen Früchte der Pampelmuse, die der Sommerwind bewegt. Nur viel dunkler und verheißungsvoller!

Die Frau, nein; das wassertragende Zauberwesen verlangsamte seine Schritte und hielt inne. Barnabas stockte der Atem. Ahnte sie seine Anwesenheit?

Nein. Da war dieses andere. Eine Aura drohender Gefahr, sehr nahe jetzt und beinahe körperlich spürbar.

Ein Krokodil am Ufer des Flusses, das auf Beute lauerte?

Ein weibliches Flusspferd, das Angst um sein Neugeborenes hatte und aus Mutterliebe zur furchtbaren, todbringenden Bestie werden konnte?

Eine Raubkatze gar, todbringend und schnell wie der Wind?

Barnabas zog langsam die Atemluft durch seinen Riechkolben. Er konnte den Geruch lokalisieren. Er kam aus dem gelben Trompetenbaum, der in einer dichten Wölbung wucherte, etwa acht Meter von ihm entfernt.

Die Schöne bemerkte, dass da etwas im Busch war. Angespannt und reglos verharrte sie mit dem Krug auf der Schulter. Barnabas sah, dass ihre Nüstern ängstlich zitterten.

In diesem Moment sprang es hinter dem Trompetenbaum hervor.

Es war eine hochgewachsene, furchteinflößende Gestalt. Schwarz wie die Nacht bei bewölktem Himmel und finster wie das Grauen am Tag des Jüngsten Gerichts. Mit einem entsetzlichen Knurren hetzte der Kerl auf die Frau zu. Seine schmutzigen, verfilzten, langen Haare flatterten hinter ihm her. Ein gelblicher großer Knochen war im Kopfhaar festgebunden. Seine Augen blitzten bösartig und voll gieriger Jagdlust. Um die Taille trug er ein schmutziges Zebra-Fell. Die ehemals reine schwarzweiße Musterung war einer bräunlichen Ansammlung von Flecken gewichen. Das Fell konnte sein großes, steifes Glied kaum verbergen, das sich unheilvoll darunter abzeichnete. An seiner Hüfte baumelte an einem Gürtel aus Naturfasern eine grobe, graue Steinklinge mit einem Griff, der mit Lianen umwickelt war. Die Klinge war bereits übersät von etlichen dunkelbraunen Flecken. Altes getrocknetes Blut, Zeugnis vergangener Metzeleien und Schandtaten.

Die Schöne stieß einen entsetzten Schrei aus. Selbst ihre von Panik ergriffene Stimme klang wunderschön. Wie das Rufen eines der bunten Singvögel des Waldes. Voller Schreck ließ sie den Wasserkrug sinken. Sein Inhalt ergoss sich auf das Gras und versickerte darin. Geistesgegenwärtig sprang die Frau beiseite und versuchte dem Angriff des Wüstlings auszuweichen. Der jedoch hatte sein Vorwärtsstürmen listig geplant und war wohl ein erfahrener Jäger. Er sah ihren Seitwärtshaken voraus und änderte seine Richtung, um sie abzufangen.

Als sie den leeren Holzkrug hob, ahnte der Kerl auch schon, was sie damit vorhatte. Schauderhaft lachend und mit gefletschten, dünnen Zahnstummeln, wehrte er den Schlag mit dem Krug ab, indem er diesen barsch beiseite schlug.

Wirkungslos in seiner Funktion als Abwehrwaffe landete der Behälter im tiefen Gras und verschwand aus der Sicht.

Barnabas Treubart wusste, dass es nun an ihm lag, der schwarzen Schönheit zu helfen. Niemand würde es sonst tun. Sie war anscheinend alleine hergekommen. Hektisch sah er sich nach einer Waffe um. Das Opfer begann schon, in ein schluchzendes Weinen auszubrechen. Kein Knüppel und kein Stein waren in Sicht. Sein Gewehr hatte er bei den anderen Dingen im Lager zurückgelassen. Das war zwar nicht weit entfernt, und auch seine treuen Gepäckträger befanden sich dort. In dieser akuten Gefahrensituation aber hieß es schnell zu handeln. Es blieb keine Zeit, um Waffen oder seine Männer aus dem Lager zu holen. Vielleicht würden Lärm und Kampfgeschrei sie zu Hilfe eilen lassen. Wenn es dann nicht zu spät wäre!

Der Angreifer packte die Frau grob und schleuderte sie zu Boden. Hart und behände wie eine Sprungfeder stürzte er sich auf sie. Er stieß geifernde und bösartig lallende Laute aus, deren Bedeutung ein zivilisierter Mensch wohl niemals würde verstehen wollen. Sein pulsierendes Geschlechtsteil war nun fast völlig vom Zebra-Fell befreit und nahezu unverhüllt. Es stand von ihm ab wie der dicke, lange Schnabel eines Tukans. Genauso gelb war es auch; es stand nicht nur vor Geilheit, sondern auch vor Dreck. Nicht nur äußerst unsauber und staubig war es, sondern vermutlich im Falle eines Geschlechtsverkehrs Überträger gefährlicher Viren und Bakterien. Obszön glänzte es in der Sonne und war bereit für die abscheulichsten Untaten.

Die Frau schlug nach dem Kerl. Sie trommelte mit ihren kleinen Fäusten auf seine Gesichtsfratze und seinen drahtigen Körper ein. Der war knorrig und langgliedrig wie der einer Gottesanbeterin, nur viel größer und zerstörerischer. Unter der bescheidenen Wucht ihrer Schläge wankte lediglich sein ungepflegter Haarschopf mit dem grausigen großen Knochen.

„Lass mich zu Frieden!" schrie die Schöne. „Du bist hier nicht in deinem Stammesgebiet!" Barnabas konnte jedes Wort verstehen und wäre hingerissen gewesen von diesen hellen, melodischen Lauten, wenn die Lage nicht so gefährlich gewesen wäre. Die Frau hatte nicht nur eine angenehme Stimme, die jetzt in ein ängstliches Kieksen überging. Sie besaß auch eine vorbildliche, klare Aussprache.

„Ich stoße dein Gebiet ins Verderben! Und dich stoße ich gleich als erste!" grunzte der Bösewicht in einem abgehackten, liederlichen Dialekt. Der erinnerte nur entfernt an gutes Kongolesisch. Die Worte klangen, als würde eine Hyäne unverdautes Aas ausspeien. Tief, dunkel, voller hemmungsloser

Verderbnis und Gräuel.

Barnabas spürte das Gewicht auf seinem Rücken. Sein Lieblingsbuch. Natürlich! Dort hing das drei Kilo schwere Gesangsbuch. Es war in unverwüstliches Nashornleder gebunden und wurde zusammengehalten von einem fingerdicken Band mit Eisenschnalle. Das Buch beschwerte sein breites Kreuz, wie es das ständig tat, außer beim Schlafen. Als Mahnmal, als Geißelung, als immerwährende Verheißung der himmlischen Wahrheit! Das Buch der Glückseligkeit, dessen Bürde er nur allzu gern trug. Nicht nur, um es immer und an allen Orten dabeizuhaben. Sondern, um sein stattliches Gewicht auf sich zu spüren. Es wirkte gleichzeitig beruhigend und strafend. Beruhigend, weil es unzählige erquickliche Lieder und Gesänge enthielt, die sein Lebensglück nährten und vermehrten. Strafend deshalb, weil es ihn an die vielen kleinen Sünden erinnerte, für die er Buße leisten wollte. Jeden Tag, jede Stunde, immer und überall. Durch das Tragen des schweren Päckchens, welches das *Buch* war. Schwer war es als Objekt, und schwer war auch sein mahnender und bedeutungsvoller Inhalt: Die göttlichen Psalmen, Gesänge und Wahrheiten. Sie konnten vordergründig als ausgesprochen schweinisch und ordinär wahrgenommen werden, besaßen aber auf den zweiten Blick einen tieferen, verborgenen Sinn.

Hinter sich greifen und die dünne Kette vom Tragegurt abzustreifen, war eines. Die Kette fest in die Hände nehmen und das Buch abwägend hin- und herschwingen zu lassen, war das Nächste.

Gerade als der böse Mann dabei war, der verzweifelt Schreienden das Lendentuch herunterzureißen, damit er ohne Umschweife mit seinem schmutzigen Schwengel in sie eindringen konnte, brach Barnabas Treubart aus dem Gebüsch hervor.

Wie eine Urgewalt kam er über den Angreifer und schwang das Buch an der Kette. Es zischte durch die Luft. Das dunkelbraun gegerbte, schrumpelige Leder reflektierte matt das grelle Licht der Sonne.

Der Hieb ging daneben. Das Buch surrte am Kopf des Unholds vorbei, der sich verwundert umgedreht hatte. Mit seinem ganzen Körpergewicht lag er auf der Frau. Das Gras war nach allen Seiten hin plattgedrückt. Er stank wie tausend Teufel der Hölle. Ein widerlicher, sumpfiger Geruch, der auch etwas an verdorbenes Fleisch erinnerte.

Der bohrende Blick des Bösen traf auf Barnabas. Er begann sein Gesicht zu einer grinsenden Fratze zu verzerren, die es noch abstoßender und hässlicher machte, als es ohnehin schon war. Offensichtlich schätzte er die körperliche

Kraft seines Gegners als gering ein, was seiner Selbstsicherheit und Überheblichkeit Flügel verlieh.

„Auch dich durchbohre ich, weißer Mann!" verkündete er angriffslustig. „Zuerst mit meinem Zauberstab! Dann mit meinen Zähnen!"

Barnabas wusste, dass mit „Zauberstab" in bestimmten Gegenden des Kongo das männliche Glied gemeint war. Welches „zaubern" konnte wegen dem Ausstoß des geheimnisvollen weißen Saftes, der die Geburt von Babys ermöglichte.

In banger Angst um die Unversehrtheit der Frau sowie seines jungfräulichen Hinterns, schwang Barnabas das schwere Gesangsbuch erneut.

Oh, mein geliebtes Buch! betete er inbrünstig. *So helfe mir, Gutes zu tun! Verzeihe mir die Zweckentfremdung! Es ist für eine ehrenhafte Tat.*

Das klobige Nashornlederbuch sauste abermals durch die Luft. Ermutigt vom ersten wirkungslosen Schlagversuch und voller Hohn und Verachtung über diesen dickbäuchigen Weißen, der ihn da anzugreifen wagte, wollte der Unhold aufstehen. Bevor er sich über die Frau hermachen würde, wollte er zunächst seinen Gegner ausschalten. Dies erschien ihm als ein Leichtes. In seinen Augen blitzte die blanke Geilheit; eine Mischung aus Mordlust und sexueller Gier. Was würde es für ein Vergnügen sein, den frechen weißen Störenfried abzuschlachten, um danach mit blutigen Händen brutal die Frau zu vergewaltigen! Begleitet vom schmerzerfüllten Wehgeschrei des Sterbenden im Hintergrund… Vielleicht hatte er im Anschluss danach noch genug Saft und Kraft, um über den Weißen herzufallen? Seinen großen weichen Hintern zu stoßen, um ihm noch während des Sterbens zu zeigen, mit wem er es gewagt hatte, sich anzulegen.

Leder aus der Haut des Nashorns ist massiv und hart. Besonders wenn es gegerbt und sehr alt ist, wie es das des Gesangsbuches war. Mit einem dumpfen Klatschen traf das Buch den Kerl vor der Stirn. Mitten in seiner Bewegung hielt er inne. Seine Beine standen immer noch fest und gegrätscht auf dem Grasboden.

Der folgende Hieb erwischte seinen Hinterkopf und schickte den Wilden zu Boden. Nach dem ersten misslungenen Schlag fand Barnabas zu seiner Höchstform, befeuert durch glühende Hilfsbereitschaft. Er würde gründlich sein! Grimmig ließ er das Buch an der Kette weiter im Kreis rotieren und fixierte den Körper seines Feindes. Dumpfe Laute des Schmerzes und der Wut ausstoßend, lag dieser im Gras. Er versuchte, die Hände schützend vor den Kopf zu halten, was ihm auch gelang. Aber es nutzte nichts. Barnabas knallte ihm das Lederbuch mit voller Wucht in die Seite. In höchsten Tönen jaulend wie ein Schakal, den der Löwe gebissen hat, wand sich der Unhold, halb verrückt vor Qualen. Seine Hände suchten die schmerzende Stelle an seiner Seite, wo ihn das Buch getroffen hatte. Barnabas nutzte die Gelegenheit und besorgte es ihm richtig. Der letzte Hieb traf wieder den Kopf und löschte das Licht darin aus. Vom einen Augenblick auf den anderen verdrehte der Kerl die Augen und sank in tiefe Bewusstlosigkeit.

Barnabas Treubart keuchte und rang nach Atem. Der kurze Kampf hatte seinen fülligen Körper angestrengt. Behutsam kümmerte er sich zunächst um sein kostbares Buch. Er küsste es respektvoll und hielt es dann liebevoll in den Händen. Auf seinem Rücken wollte er es nicht sofort wieder befestigen. Er befürchtete, dass die Ohnmacht seines Gegners nicht von Dauer war. Das Buch war eine brauchbare Schlagwaffe.

Die schöne Frau hatte sich, überrascht von der Wendung der Ereignisse, ihr Lendentuch wieder eilig um die Taille gebunden. Erst dann stand sie auf, um sogleich ihren Kopf vor Barnabas zu senken und zu flüstern: „Vielen tausend Dank, mein großartiger Retter und Beschützer!" Sie schwieg einen Moment lang und hob dann den Kopf.

Als sie ihn anlächelte, war es, als ob eine zweite Sonne aufginge. Barnabas Treubart schluckte. Seine Knie, die den Kampf so standhaft und stark durchgestanden hatten, drohten nun weich zu werden. Bevor seine Beine anfangen konnten zu wanken, schloss er die Augen und besann sich. Als er sie wieder öffnete, blickte er direkt in die ihren.

Sie waren schön wie geschliffene, schwarze Diamanten, dazu warmherzig und feurig, als würde sich die Glut eines Ofens darin spiegeln. Wenn Augen Spiegel für die menschliche Seele waren, wie es immer hieß, so erschien ihm ihre Seele als von den Engeln des Himmels geschmiedet, nach Gottes Plänen.

Ein langer Augenblick verging, in dem er sich verbot, so etwas wie aufkommende Lust oder gar spontane Liebesgefühle zu verspüren. Auch wenn es ihm unendlich schwer fiel.

„Ist er tot?" fragte er, nur um irgendetwas zu sagen und das unangenehme Schweigen zu brechen. Schließlich sah er selbst, dass der Kerl noch atmete. Wenn auch unregelmäßig und schwach. Ja, das Liederbuch war eine gewaltige, würzige Kost! Nahrhaft und stärkend für die Auserwählten. Jedoch unverdaulich und schädlich für die Unwürdigen.

Langsam ging die Schöne zu dem am Boden Liegenden. Sie hielt inne, als ob sie überlegte, und kniete sich dann neben ihm in die Hocke.

Sie fühlt ihm den Puls, dachte Barnabas.

Sie nestelte an ihrem Lendentuch herum, bis sie eine Art Klammer oder Nadel in der Hand hielt. Etwa fingerlang, weiß und sehr spitz.

Elfenbein! erkannte Barnabas. *Ihr Lendentuch wird von Nadeln aus Elfenbein zusammengehalten. Woher hat eine Eingeborene eine solch aufwändig herzustellende Kostbarkeit?*

Sie stach dem Mann die Nadel mit mehreren blitzschnellen, tiefen Stichen in den Hals. Sogleich begann das Blut zu sprudeln. Für wenige Sekunden schien er wieder aus seiner Bewusstlosigkeit aufzuwachen, japsend wie ein Ertrinkender. Nur um sogleich in die andere Welt zu versinken, aus der es keine Rückkehr in diesen Körper geben würde. Tatsächlich ertrinkend in seinem eigenen Blut!

Noch während er im Sterben lag, bohrte die Schöne mit der Elfenbein-Nadel immer neue Löcher in seinen Hals. Rasch und konzentriert wie eine Schneiderin, die an einem Kleid näht. Mit unsichtbarem Faden fertigte sie ihm sein Totenhemd. Das Blut konnte gar nicht so schnell hervorquellen, wie sich ihm Austrittsorte boten. Die Frau war mit ihren Händen so flink, dass der zerstochene Hals bald aussah wie ein Sieb.

Der Körper zuckte noch etwas, während er das Gras in ein glänzendes Rot verfärbte. Dann lag er still. Er war zur nutzlosen, toten Fleischhülle geworden.

„Ja", sagte die Schöne in perfektem Kongolesisch.

„Was meinst du damit, *ja*?" fragte Barnabas verwirrt, erschüttert über die ruhige Selbstverständlichkeit und Gründlichkeit, mit der sie den Mann getötet hatte.

„Die Antwort auf deine Frage: Ja, er ist tot", sagte sie unbekümmert, als spräche sie über das Wetter oder die letzte Maniok-Ernte.

Barnabas kratzte sich am Kopf. Der helle Tropenhelm wurde dadurch verschoben und hing schief. Er rückte ihn zurecht. Natürlich wollte er seine Bestürzung über die beiläufige Tötung nicht zeigen. Sonst hätte er sein Gesicht verloren. Hier im Dschungel des Kongo galten die eigenen, grausamen Gesetze der Natur. Man tötete oder man wurde getötet. Jedenfalls, wenn es sich nicht vermeiden ließ. Er war nun schon lange genug Missionar im Dienste seiner eigenen, kleinen Kirche der Glückseligkeit, um das zu wissen. Vieles, sehr vieles hatte er schon gehört und gesehen. Wunderbares, Phantastisches ebenso wie unerhört Grausames. Das menschliche Leben, die ganze Welt, sie waren weder hässlich noch ein harmloses Kasperl-Theater. Sie waren durchsetzt sowohl von höchster Erhabenheit wie von tiefster Triebhaftigkeit.

Nur Beten und Singen half. Gesänge und Verse der Tugendhaftigkeit wuschen den Geist rein von den Sünden des Sexus und den Verlockungen des Schwengels.

„Ich hätte ihn ohnehin getötet, wenn du mir nicht geholfen hättest!" erklärte die Frau stolz. „Spätestens, wenn er es gewagt hätte, mich in mein Vorderloch oder gar mein Hinterloch zu bocken und wenn die Lust ihn abgelenkt hätte... Dann wäre die Gelegenheit da gewesen, ihn zu erstechen. Ich hätte sie genutzt."

„Sicher, sicher." Barnabas nickte höflich. Ob diese kühne Behauptung stimmte, wagte er zu bezweifeln. Hätte sie im Eifer des Gefechtes Zeit gehabt, die Nadel aus dem entrissenen Lendentuch heraus zu zwirbeln und sie dem Bösewicht in die Halsschlagader zu stechen? Ein im Eifer des Gefechtes womöglich danebengegangener Stich hätte ihn nicht nur vorgewarnt, sondern zudem noch seine Wut angestachelt.

Die Schwarze nahm nun das blutverschmierte Stück Elfenbein und wischte es verächtlich am Zebra-Fell des Getöteten sauber, nicht ohne noch kräftig auf ihn zu spucken. Dann befestigte sie es wieder sorgfältig an ihrem Lendentuch. Damit es einen festen Halt hatte und ihren Intimbereich vor Blicken schützte.

Schade! Ich will sie nackt sehen! ertappte sich Barnabas bei einem lüsternen Gedanken. Sogleich schämte er sich deswegen und schalt sich. Er besann sich auf sein Lieblingsbuch, das an der Kette herabbaumelte, verschlossen durch das fingerdicke Lederband mit der Eisenschnalle. Momentan beschwerte es nicht seinen Rücken als ständige Ermahnung der Sittlichkeit. Daran lag es wohl, dass ihm derlei unzüchtige Gedanken kamen!

Er beeilte sich damit, das Buch wieder am Tragegurt seines Rückens zu befestigen, wo es hingehörte. Sofort spürte er das vertraute, beruhigende Gewicht: das Päckchen, das er zu tragen hatte. Als wachte wieder ein aufmerksamer Engel der Keuschheit über ihn. Die Last sollte ihm in jeder Sekunde seines Lebens die Gebote der Sittlichkeit und inneren Reinheit deutlich machen. Bisher hatte das ausgezeichnet funktioniert. Barnabas war ein zutiefst moralischer Mensch, wie er fand. Das schwere Buch war für ihn, zusammen mit seinen gelegentlichen Geißelungen mit der Peitsche, ein stabiler Halt des Anstands und der geistigen Stärke.

Die Schwarze riss ihn aus seinen Gedanken. „Wie heißt du, dicker weißer Mann?" fragte sie. Es klang freundlich und würdevoll, als spräche sie zu einem Ältesten oder Medizinmann. Sie schien ihn aufrichtig zu mögen, ja, ihn geradezu zu verehren. Kein Wunder, hatte er sie doch vor einer brutalen

Vergewaltigung und der anschließenden Verschleppung oder gar Ermordung gerettet.

„Barnabas Treubart", antwortete Barnabas. „Und wer bist du?"

„Ich bin Muluglai", sagte sie. „Muluglai vom Stamme der Muluglu."

Sie hieß so ähnlich wie ihr eigener Stamm! Das konnte nur bedeuten…

„Bist du verwandt mit dem Häuptling deines Stammes?" fragte Barnabas vorsichtig.

Sie nickte lächelnd. Das hübsche Lächeln ging in ein breites, siegessicheres Grinsen über. Strahlende Zähne spiegelten das Sonnenlicht wie weißes Porzellan. „Ich bin Muluglai, die Tochter des Häuptlings!" sagte sie. „Ich lade dich ein, mit mir zu kommen. Dann bringe ich dich zu meinem Stamm und stelle dich meinem Vater vor. Er wird sich darüber freuen, dass du mir geholfen hast, als der Kannibale mich angriff."

Barnabas wurde heiß und kalt zugleich. Die spontane Einladung erfreute sein Herz. Es schien bei ihren großzügigen Worten geradezu in seiner Brust zu hüpfen, aufgeregt und frohlockend. Die Einladung bedeutete, er durfte in der Nähe dieser unfassbar Schönen bleiben, ja, er würde sogar Gelegenheit haben, sie besser kennenzulernen!

Gleichzeitig machte sich in ihm jedoch auch eine dunkle, bittere Nervosität breit. Ihm wurde flau im Magen. Ein Kannibale? Hier, in diesen Gefilden? Oft hatte er schon Schauergeschichten über die Menschenfresser gehört, sie aber weitgehend für Märchen gehalten. Sensationslüsternes Geschwätz, welches aus wenigen seltenen Einzelfällen eine Bedrohung herbeiredete.

Er ließ sich seine Besorgnis nicht anmerken. Höflich verbeugte er sich vor der Häuptlingstochter und erklärte: „Verehrte Muluglai vom Stamme der Muluglus! Gerne nehme ich deine Einladung an und bedanke mich herzlich dafür! Obwohl mich dringende Angelegenheiten verschiedener Art beschäftigen…" Er dachte dabei auch an seine prall gefüllte Blase, die bald zu bersten drohte, wenn er sich nicht gleich erleichtern würde, fuhr aber fort: „…So werde ich mir doch die Zeit nehmen, dein Volk zu besuchen. Wir sollten jetzt zu meiner Lagerstätte zurückgehen, die nicht weit weg von hier ist. Meine Träger werden dann mit uns kommen und auch mein ganzes Gepäck mitnehmen. Vorher muss ich aber noch kurz in die Büsche."

Muluglai nickte verständnisvoll. Barnabas erledigte das, was er schon vorhin hatte tun wollen. Als er erleichtert die Knöpfe seines Tropenanzugs zugeknöpft hatte, machten sie sich auf den Weg. Den besiegten Kannibalen ließen sie im Gras zurück. Die Tiere des Dschungels würden von ihm bis zum nächsten Tag nur noch die Knochen übrig lassen.

Noch ahnte Barnabas Treubart nicht, was für weitreichende und heißbrünstige Folgen die Einladung ins Dorf der Muluglus für ihn haben sollte. Und wie sehr sein Schwengel, sein Schutzengel sowie sein innerer Moralapostel in Bedrängnis geraten würden!

Kapitel 2:

DAS DORF DER EINGEBORENEN

Die Reise ins Dorf der Muluglus würde kaum einen halben Tagesmarsch dauern. Barnabas hatte sich von Muluglai beschreiben lassen, wo es sich ungefähr befand, und vermochte die Lage geografisch einigermaßen gut einzuordnen. Mittlerweile kannte er sich in einigen Ecken des Kongo aus.

Die Kofferträger waren frisch ausgeruht, als sie allesamt mit Sack und Pack aufbrachen.

Barnabas ging mit Muluglai an der Spitze der kleinen Kolonne, die aus sechs Trägern bestand. Jeweils zu zweit trugen diese das Reisegepäck des Missionars, zwischen zwei Holzstangen gehängt: Tauschgeschenke, Waffen und allerlei technische Gerätschaften, Medizin, Wasserschläuche, Zeltgestänge und Moskitonetze. Dazu Bücher, Papier und Schreibutensilien. Alles wasserdicht verpackt in gewachstem Segeltuch. Teilweise zusätzlich gesichert in stabilen Holzkoffern, die mit strohgefüllten Kissen gepolstert waren.

Barnabas hatte seit Wochen hier in der endlos großen Belgisch Kongo-Kolonie mit niemandem ein vernünftiges Wort gesprochen außer mit sich selbst. Seine Träger waren für Gespräche wenig zugänglich. Sie sprachen nur den schwer verständlichen Dialekt ihres eigenen Stammes und wussten wenig zu sagen. Außer: Essen. Trinken. Ausruhen. Schlafen. Aua am Fuß. Wasser nicht trinken, Wasser stinken. Quambo hört Schwein grunzen, will jagen gehen!

Einzig und allein mit dem alten Träger Balla war ein gelegentlicher Dialog möglich. Der war nicht nur sehr lebenserfahren, sondern beherrschte verschiedene Dialekte und auch das reguläre, allgemein übliche Kongolesisch. Diese Gespräche jedoch hatten sich bald als sehr ermüdend erwiesen. Sie waren wenig ergiebig: Balla war schlichtweg ein sehr abergläubischer, ängstlicher Mensch, der viel und gerne über Gefahren, Bedrohungen und Unglück spekulierte. Er verdarb Barnabas damit nur allzu oft die gute Laune.

Zudem war er extrem rechthaberisch und flunkerte bei jeder sich bietenden Gelegenheit. Ob er die Ammenmärchen dabei selbst glaubte oder sich nur damit wichtigmachen wollte, war dabei schwer auszumachen. Jedenfalls hatte Barnabas inzwischen damit aufgehört, das Gespräch mit dem Alten zu suchen. Er schätzte jedoch dessen Orientierungssinn, seine Begabung, an den unmöglichsten Orten Wasser zu finden, und seine Kenntnisse über die einheimische Tier- und Pflanzenwelt.

Barnabas achtete Schwarze sehr und unterhielt sich gerne mit ihnen, wenn sich die Gelegenheit ergab. Sie waren im Allgemeinen ein fröhliches und lebhaftes Volk, dem man großen Respekt entgegenbringen sollte, wie er fand. Sprachbarrieren und kulturelle Eigenheiten konnten nicht darüber hinwegtäuschen, dass auch kongolesische Eingeborenenstämme eine Quelle großer menschlicher Begabungen, Talente und Klugheit waren. Unter widrigen Umständen brachten sie Erstaunliches zustande und waren absolute Meister in der Kunst der Improvisation. Eine Kunst, an der sich etliche satte, träge Menschen des Westens ein Beispiel nehmen konnten.

Sehr schade, dass es immer wieder die Verschiedenheit der menschlichen Sprache war, die für Irrtümer, Missverständnisse oder schlicht das Unvermögen sorgte, sich mit Worten austauschen zu können. Da war es umso spannender und erfrischender, wenn man jemanden traf, mit dem interessante und aufbauende Gespräche möglich waren. So also freute sich Barnabas auf eine ausgiebige Unterhaltung mit der schwarzen Häuptlingstochter. Der lange Weg ins Dorf der Muluglus würde ihm reichlich Gelegenheit dazu bieten.

Muluglai erwies sich als aufmerksame und kluge Gesprächspartnerin. Freilich musste Barnabas trotz ihrer interessanten Worte immer wieder auf ihre weiblichen Reize schielen. Verführerisch und in greifbarer Nähe wippten ihre festen, straffen Brüste mit den dunklen, kleinen Nippeln unverhüllt vor ihm hin und her. Ihr runder Hintern wogte aufreizend im Takt ihre Schritte. Er wagte es kaum, in ihr Gesicht zu blicken. Es erschien ihm ungemein edel und anmutig. Hin und wieder überlief ihn ein glühendheißer Schauer. Nämlich dann, wenn sie ihn kurz ansah, während sie neben ihm herlief.

Von Muluglai angesehen zu werden war, als senke eine geheimnisvolle exotische Göttin ihr Antlitz auf ihn herab! Ihn, den kleinen Dicken, den bleichen, bodenständigen, schwitzenden Missionar! Ihre Augen schienen kosmische Strahlen aus dunklem Sternenlicht zu ihm zu schicken. Ihre Stimme klingelte hell und froh wie ein junger, erfrischender Bach nahe seiner Quelle.

Wie glücklich, wie einmalig auserkoren würde derjenige Mann einmal sein, der dieses Wesen zur Ehefrau nehmen durfte! Bei dem Gedanken spürte Barnabas eine Glut der Sehnsucht in sich aufglimmen… und auch kleine, nagende Flammen des Neides und der Eifersucht auf einen unbestimmten Mann.

Was wusste er schon? Vielleicht hatte die Häuptlingstochter längst einen Verehrer auserkoren, mit dem sie in den heiligen Bund der Ehe eintreten würde! Wartete der etwa im Dorf schon auf sie? Aber falls das so sein sollte, warum hatte er sie dann alleingelassen und nicht in den gefährlichen Dschungel begleitet?

Sie durchstreiften kniehohes Gras. Es war jetzt Nachmittag. Am frühen Abend schon würden sie das Dorf ihres Vaters erreichen, versicherte Muluglai. Barnabas schwenkte einen langen Holzstock im Gras vor ihnen umher. Er wollte Schlangen aufschrecken, die sich dort womöglich verbargen.

Schlangen waren scheue Tiere, die nur angriffen, wenn sie sich in die Enge getrieben fühlten. Sie rechtzeitig zu verscheuchen war der beste Schutz gegen einen Biss. Ansonsten waren es anmutige, zu Unrecht gefürchtete Lebewesen. Wenn man sich in ihrem Lebensraum umsichtig verhielt, konnte einem wenig passieren. Sie nahmen Erschütterungen schon auf eine weite Distanz wahr. Deshalb reichte es aus, sich mit Stock und Stiefeln bemerkbar zu machen, um sie rechtzeitig zu verscheuchen.

„Verehrte Muluglai! Was führt dich hierher, einen halben Tagesmarsch von deinem Dorf entfernt? Warum hast du keine Dienerin dabei und musstest das Wasser selbst aus dem Fluss schöpfen?" fragte Barnabas und hoffte dabei, nicht respektlos zu erscheinen. Nicht nur, dass er die Frau mochte. Er tat auch gut daran, ihr und bald auch ihrem Vater großen Respekt zu erweisen. Schließlich war er drauf und dran, sich in die Hände eines ihm unbekannten Stammes zu begeben. Es war ein Drahtseilakt: Obwohl er die genauen Riten und Regeln der Muluglus nicht kannte, durfte er sich keine Blöße geben. Er musste vermeiden, seine Gastgeber aus einem Irrtum oder aus Unachtsamkeit heraus zu beleidigen. Vor Fettnäpfchen hatte er sich in Acht zu nehmen. Dabei schwante ihm Übles: Bisher hatte er auf seinem Lebensweg kaum ein Fettnäpfchen ausgelassen.

Muluglai lachte. „Normalerweise hole ich mir mein Wasser nicht selbst!" antwortete sie. „Selbstverständlich tun das für gewöhnlich andere für mich." Sie schwieg einen Augenblick und atmete etwas schneller, da sie nun eine kleine Anhöhe hinaufstiegen. Der Dschungelpfad schlängelte sich zwischen Büschen und Bäumen hindurch am Fuße eines üppigen Hügels. „Mein Vater hat mir befohlen, für drei Tage in den Busch zu gehen, um zur Besinnung zu kommen. Er findet, dass mein Verhalten einer Häuptlingstochter nicht angemessen ist. Dass ich zu wild, zu ungehemmt, zu unweiblich bin und sich deshalb kein stolzer Häuptlingssohn mit mir einlassen will. Mein Vater ist der Meinung, dass der Wald, aus dem wir entstammen und in dem wir leben, der beste Lehrer und Erzieher ist. Dort, alleine mit den Pflanzen und Tieren des Dschungels, erhält man Zugang zu seinen Ahnen und den Geistern der Natur. Sie würden mir schon Erkenntnis und Anstand beibringen, meinte er. Er hat mir eine meiner Tanten als Begleitung mitgeschickt. Sie ist eine Kräuterhexe und kennt die Geheimnisse des Waldes genau. Allerdings ist sie auch widerwärtig streng und besserwisserisch. Die drei Tage mit ihr wären eine einzige Tortur geworden voller Belehrungen, Tadel und langweiligem Kräuter-Geschwätz."

„Also hast du deine Tante abgeschüttelt?" vermutete Barnabas und warf einen langen Blick auf sie, der flugs nach unten hin abschweifte, wo ihre strammen Brüste baumelten wie frühreife Kokosnüsse. *Vom Saft darin kosten muss herrlich sein!* jubelte eine helle, geile Stimme in ihm. *Ob eine Frau immer im Saft steht oder nur dann, wenn sie ein Kind geboren hat?* Er erschrak vor sich selbst und nahm sich vor, sich bald wieder zu geißeln. Die Peitsche hatte er dabei. Er würde sich selbst verdreschen und fromme Lieder singen, um sich reinzuwaschen von den Gedanken der Unzucht.

„Ich habe sie abgeschüttelt!" bestätigte Muluglai belustigt, als hätte sie seine wollüstigen Gedanken erraten. „Als sie nach der Einnahme unserer Morgensuppe ein Nickerchen machte, habe ich meinen Holzkrug geschnappt und bin fortgeschlichen. Um sie zu ärgern, aber auch, um meinem Vater zu beweisen, dass ich keine Aufpasserin mehr brauche. Neunzehn Mal hat sich in meinem Leben bereits der Tag meiner Geburt gejährt."

Sie ist neunzehn, dachte Barnabas. *Mein Gott! Nicht einmal halb so alt wie ich. Viel jünger noch! Sie könnte meine Tochter sein... Ich darf ihren Leib nicht begehren, darf keine unkeuschen Gedanken denken!*

„Was hat es mit diesem Holzkrug auf sich?" fragte er, um sich abzulenken. „Warum schleppt ihr so etwas mit euch rum? Wegen eines Wasservorrates?"

Muluglai kicherte. „Der Krug sollte für Unterrichtszwecke sein", sagte sie. „In dem ihren sammelt meine Tante ihre Kräuter, und ich sollte es ihr gleichtun. Weiße Baumpilze. Blätter des Giftklees. Samen aus den schwarzen Nüssen, die unter der Erde wachsen. Wie heißen sie nochmal, ähm…" Sie kicherte abermals, bezaubernd hell und glucksend. Barnabas war hingerissen.

„Jedenfalls", fuhr Muluglai unbeschwert fort, „habe ich keine Lust darauf, zu einer Kräuterhexe zu werden, wie meine Tante sie ist. Was gehen mich die Namen und Fundorte der Kräuter an? Als Tochter des Häuptlings muss ich dem Stamm nicht mit derlei Hokuspokus von Nutzen sein."

Barnabas pflichtete ihr insgeheim bei. Schon allein der tagtägliche Anblick dieser begehrenswerten jungen Frau war doch schon Nutzen genug für tausend Eingeborenenstämme! Sie war schlicht geboren um schön zu sein, ein Anblick für die Götter.

„Ich nahm also den Holzkrug und verschwand. Mag sein, dass meine Tante, dieser alte griesgrämige Voodoo-Zombie, jetzt schon im Dorf meines Vaters ist. Um ihm zähneknirschend zu beichten, dass ich ausgebüxt bin!"

„Sie hätte dir vielleicht beigestanden, als der Kannibale dich angriff", wagte Barnabas etwas Gutes über die ihm unbekannte Tante zu sagen.

Muluglai zuckte gleichgültig mit den Schultern. „Jetzt warst du es eben, der mir geholfen hat", antwortete sie. „Meine Ahnen wachen über mich. Sie haben dich geschickt und zu mir gelotst, als ich dabei war, Wasser aus dem Fluss zu holen, um mich zu erfrischen."

Barnabas nickte. Auch er glaubte an die Macht der Ahnen. An die Kraft ihrer Seelen, die den Lebenden beistanden. Die auf ihr Tun einzuwirken versuchten, um ihnen den Lebensweg zu ebnen.

„Was machst du eigentlich bei uns im großen dunklen Dschungel, weißer Mann?" fragte Muluglai neugierig. Jetzt lag es an ihr, Fragen zu stellen. „Warum sprichst du unsere Sprache? Woher kommst du? Wie sieht es dort aus? Warum bist du zu uns gereist? Magst du deine Heimat nicht, so dass du ihr entfliehen wolltest?"

Barnabas räusperte sich. „Deine Sprache habe ich gelernt. Hier vor Ort, aber auch von einem alten, schwarzen Gelehrten, den ich in meiner Heimat schon lange kenne", begann er. „Ich komme von weit, weit her. Mein Land ist nicht sehr groß, aber es ist ein schönes, einzigartiges Land. Voller tüchtiger Menschen, hoher Berge, tiefer Täler, grüner Wiesen und Häusern aus Stein. Es fahren dort viele Pferdefuhrwerke. Bald wird es immer mehr von den selbstfahrenden Kutschen geben, die ohne Pferde fahren. Getrieben von einem geheimnisvollen Zaubermittel, das aus Öl gewonnen wird." Er dachte an diese moderne Zeit im Jahr des Herrn 1912. Noch vor wenigen Jahren hatte er nicht einmal gewusst, dass mit derlei Technik herumexperimentiert wurde. Er fuhr fort: „In meinem Land gibt es Fabriken, in denen vieles hergestellt wird. Und Dampfmaschinen! In den Wintermonaten ist es sehr kalt dort, im Gegensatz zu deinem Land. Gefrorenes Wasser bedeckt dann den Boden. Schnee fällt vom grauen Himmel. Das ist Wasser in Form von weißen Kristallen. Ich liebe mein Land. Doch habe ich mich entschlossen, Missionar in eigener Sache zu sein. Ich leite meine eigene, kleine Gemeinde und will die Lehre des Glücks und des Friedens zu allen Menschen tragen. Auch zu denen, die meinem Land sehr fern sind."

„Was ist das für eine Lehre? Ein großer Zauber?" Muluglai schaute ihn mit großen Augen an. Ihre Schritte verlangsamten sich. „Bist du... ein Zauberer? Wie der, den wir im Dorfe haben? Ein Magier der Weißen Magie? Oder der Schwarzen? Machst *du* bei euch den... wie heißt es noch... *Schnee*?"

Geschmeichelt über so viel Aufmerksamkeit und Ehrfurcht, hüstelte Barnabas und wand sich etwas. „Nun, ein Zauberer im eigentlichen Sinne bin ich nicht", sagte er. „Den Schnee mache ich nicht. Er schwebt im Winter einfach vom Himmel, ohne dass ich oder ein anderer Mensch Einfluss darauf hätte. Wohl weiß ich um allerlei Wahrheiten des menschlichen Lebens, kenne die Wegweiser und auch viele Fallstricke. Lass es mich so erklären, Muluglai: Ich weiß, wie man besser lebt. Bewusster, friedlicher, sinnvoller, glücklicher. Die meisten Menschen wissen es nicht. Sie leben gedankenlos vor sich hin, ohne ihr Leben selbst zu lenken. Ohne ihre Fähigkeiten zur vollen Geltung zu bringen. Ohne zu bemerken, dass wir alle vollkommene *Kinder des Glücks* sind! Diese Lehre von der eigenen Weiterentwicklung hin zu einem großen, geistvoll mächtigen Wesen verbreite ich unter den Menschen."

Mit offenem Mund hatte Muluglai seinen Worten gelauscht. Offensichtlich gefiel ihr, was er sagte.

„Wir haben hier auch eine Lehre", erklärte sie ihm. „Sie ist ganz einfach: Wenn der Bauch hohl ist und es in ihm rumort wie ein Affe in der Baumkrone, dann muss man essen. Wenn der Hals und die Kehle trocken sind wie heißer Sand am Mittag, muss man Wasser trinken. Wenn es unten juckt", sie deutete fast beiläufig, aber schelmisch grinsend auf das gemusterte Baumwolltuch, das um ihre Taille gebunden war, „dann soll man sich paaren."

Etwas verlegen schwieg Barnabas bei den schamlosen Worten der jungen Häuptlingstochter. Als ob er irgendeine Art von Erlaubnis dafür erhalten hätte, zuckte sein Schwengel. Er baumelte in den Untiefen seiner baumwollenen Unterwäsche umher und begann sich aufzurichten.

Wehe mir! dachte Barnabas und suchte in Gedanken nach dem Psalm der Keuschheit. Der Psalm stand, zusammen mit vielen weiteren, in seinem Buch aus Nashornleder, welches seinen Rücken belastete. Das Buch seiner eigenen kleinen Kirche, das Buch der geistigen Schätze. Nun aber musste er sich darauf beschränken, die kostbaren Worte der Weisheit auswendig aus den Windungen seines Gehirns hervor zu klauben. Die Psalmen und Glücks-Gebete hatte er so oft gesungen und vor sich hin gemurmelt, dass es ihm schon nach wenigen Augenblicken gelang, sich an die passende Stelle zu erinnern. Er betete in aller Stille:

Die Psalmen der Keuschheit für den Mann

Gelobet sei die eigene Kraft
Die die Macht des Schwengels bricht
Die Keuschheit will und Gutes schafft
Die erkennt des Engels Licht

Wer sich geißelt, wenn gesündigt
Dem gehört das Himmelreich
Wer stößt und hurt, wer sich entmündigt
Den versklavt sein Pimmel gleich!

Wer versteckt sich bei den Huren
Wer ist manchmal blau und breit?
Der ist nicht gut! Denn du sollst spuren
Für Kirche, Land und Obrigkeit!

Du sollst brav sein wie ein Schaf
Sollst nicht denken, widersprechen!
Träumen darfst du nur im Schlaf
Darfst nur blöken, Steuern blechen!

Stoßen sollst du nur die Frau
Nach der Heirat, nur die eine!

Vorn hinein! Nur hier, denn schau:
Von hinten machen es nur Schweine!

Nach dem Ritt: das Ding, das steht
Schrubb´s mit Bürste gar, der großen
Damit ihm bald die Lust vergeht
Allzu oft ein Weib zu stoßen!

Steck den Finger nie hinein
In das Endloch deines Darmes
Denn auch das macht nur ein Schwein
Welch unheilig´ Vieh, welch armes!

Stoße niemals einen Mann
Lass die Finger auch von Tieren!
Unterlass die Perversion!
Nur ein Heide darf´s probieren

Stutz´ das Schamhaar, garstig lang!
Rasier den Sack, so oft es geht;
Doch achte dabei, streng und bang´
Dass der Schwengel dir nicht steht!

Nachdem er den Psalm mit halb geschlossenen Augen beendet hatte, konzentrierte sich Barnabas wieder auf seine Umgebung. Muluglai ging schweigend neben ihm her. Sie sah ihn hin und wieder an und schien bemerkt zu haben, dass er für einige Augenblicke in sich gekehrt war. Sensibel und verständnisvoll wie sie war, respektierte sie sein Verhalten. Womöglich kannte sie gar derlei religiöse Sitten und Gebräuche von ihrem Stamm.

Jedenfalls hatte der Psalm geholfen. Die drohende Schwellung seines Riemens war abgeklungen. Barnabas atmete auf. Wieder einmal war es ihm gelungen, die Keuschheit über den Mannesdrang siegen zu lassen. Verbissen vermied er es, Muluglai anzuschauen, so gut es eben ging. Er wollte ihre unbekümmert dargebotenen, üppigen Reize ausblenden, sie nicht bewusst wahrnehmen.

Vor allem – und hier lag die große Gefahr für ihn, wie er nur zu gut wusste – durfte er nicht den Verlockungen des Satans Alkohol erliegen. Dieser könnte wieder seinen eisernen Willen aufweichen und schließlich brechen, wie er das schon einmal getan hatte. Nicht auszudenken, was für abnorme und schweinische Taten seinen ansonsten tadellosen Lebenswandel beflecken mochten, wenn erst einmal der Damm gebrochen war! Keinesfalls durfte er an sexuelle Ausschweifungen auch nur denken, geschweige denn sie gar ausleben!

Wenn Barnabas gewusst hätte, welcher Sündenpfuhl auf ihn wartete, er hätte augenblicklich die Peitsche ausgepackt und sich vor den Augen Muluglais und der sechs Träger auf das Heftigste gegeißelt!

Sie kamen in eine etwas weniger dicht bewachsene Gegend. Immer öfter war nun auch die blanke, rissige Erde zu sehen. Rötlich und sehr trocken war sie und durchsetzt von einem endlosen Netz tiefer Risse. Es hatte seit einigen Wochen nicht mehr geregnet. Das Gras war noch ausreichend grün, jedoch an zahlreichen Stellen bereits gelb gefärbt. Noch gab es viele Wasserlöcher, und die Flüsse führten genug Wasser. Doch baldige Regengüsse waren wünschenswert. Würden sie noch lange auf sich warten lassen, so herrschte bald wieder Unruhe unter Menschen und Tieren. Sie würde sich bemerkbar machen durch Streits und Gerangel an den Brunnen und Wasserlöchern.

„Wir sind bald da!" verkündete Muluglai. In ihre Fröhlichkeit schien sich nun etwas Beklommenheit zu mischen. War es die Furcht vor der Reaktion ihres Vaters auf ihren Ungehorsam? Immerhin hatte sie sich seiner Anordnung widersetzt und war ihrer Tante entflohen. Anstatt brav bei ihr zu bleiben und sich auf die Geheimnisse des Waldes einzulassen.

Auf ihrem Marsch hatte Barnabas Muluglai von seinem Land erzählt. Von den technischen Errungenschaften. Von Webstühlen, Fluggeräten und Medizin in Form kleiner weißer Kugeln, die man in Läden kaufen konnte. Von Apparaten, die realistische Bilder aufzunehmen vermochten von Menschen, die sich davor stellten. Er hatte ihr das Essen beschrieben, das es in seinem Land in großer Vielfalt gab. Käse, Butter, Wurst, Wein. Beim Gedanken an diese Köstlichkeiten lief ihm das Wasser im Munde zusammen. Wie lange schon hatte er auf Lebensmittel seiner geliebten Heimat verzichten müssen? Und, schlimmer noch: Was würde ihm heute Abend zum Essen vorgesetzt werden? Anders als sonst auf seiner Missionsreise würde er sich das Essen in diesem Fall weder selbst aussuchen noch erjagen können. Mehr noch: Keinesfalls durfte er es sich anmerken lassen, falls es ihm nicht schmeckte. Egal was sie ihm auftischten, er hatte es mit Genuss zu verspeisen und sich anschließend für das reichhaltige Mahl zu bedanken! Sicherlich, die Muluglus würden sich nicht lumpen lassen und dem Retter der Tochter des Häuptlings bestimmt nur das Beste servieren.

Doch was war „das Beste"? Barnabas kannte Afrika mittlerweile gut genug, um zu wissen, dass er sich buchstäblich auf *alles* gefasst machen musste. Seine Reise war in vieler Hinsicht unberechenbar. Ein großes, geheimnisumwittertes Abenteuer. Teils sonnendurchflutet bis fast zum Erblinden. Teils so düster und schwarz, dass man kaum die eigene, angstvoll zitternde Hand vor Augen sah.

Hinter ihnen prasselte plötzlich etwas im Gras. Noch bevor Barnabas sich umdrehen konnte, hatte Muluglai ihm schon den Rücken zugedreht und sah, was passiert war.

Zwei der Träger hatten die Holzstangen mit dem Gepäck fallenlassen. Einer von ihnen war Balla. Er stand in gebückter Haltung da, den Jagdspeer wurfbereit in der Hand. Sein Blick tastete die schattigen Büsche ab.

„Einer will töten!" sagte Balla leise und angespannt. „Einer will töten!"

Barnabas hatte sich sofort vergewissert, um welche Art von Gepäck es sich bei dem Fallengelassenen handelte. Zum Glück nicht um die Kisten mit den technischen Geräten, sondern nur um Segeltuch-Säcke mit unzerbrechlichen Tauschgeschenken und Medikamenten. Dann griff er zur Flinte, die einer der Träger für ihn trug. Ein altes und klobiges, aber sehr wirkungsvolles Gewehr, das geladen und stets griffbereit war.

Bevor er es entsichern konnte, hob Balla seinen Speer und stieß ihn mit einem lauten Kampfschrei von sich. Das Geschoss ging zwischen zwei Bäumen hindurch. Der alte Träger blickte stumm und regungslos zu der uneinsichtigen Stelle, wo sein Speer niedergegangen war.

„Großes Kriechtier gefährlich!" sagte er schließlich und kam in Bewegung. „Aber Balla getötet!" Er verschwand im Dickicht. Sein Kollege, der mit ihm das Gepäck getragen hatte, folgte ihm. Nicht ohne allerdings wachsam seinen Speer zur zücken.

„Was in aller Welt hast du da erlegt?" rief Barnabas ihm hinterher. Dann, etwas leiser und entschuldigend zu Muluglai: „Wir gehen gleich weiter. Weiß der Teufel, was mein Träger da für eine Beute gemacht hat."

Ein Rascheln und Knacken ertönte aus dem Busch. Kurz darauf schleppten die zwei Schwarzen ein massiges Reptil an.

Es handelte sich um einen ausgewachsenen Waran!

Die genaue Art kannte Barnabas nicht. Es war ein schönes Tier, das der Speer unterhalb des Halswirbels durchbohrt und augenblicklich getötet hatte. Die Haut war von einem schuppigen Graugrün, der Kopf spitzzulaufend. Der Körper endete in einem langen, dünnen Schwanz, der nun leblos herabhing, als die Träger die Beute stolz präsentierten. Das Tier wog schätzungsweise einen halben Zentner.

„Ein guter Fang!" lobte Muluglai. „Deine Träger haben wache Augen und Ohren! Ich hätte das große Kriechtier gar nicht bemerkt."

„Wir nehmen es mit, als Geschenk für deinen Stamm!" entschied Barnabas. Muluglai nickte zufrieden. Wieder ein kleiner Grund mehr, ihren Vater milde zu stimmen. Diese Kriechtiere hatten eine dicke, starke Haut, die im getrockneten Zustand sehr begehrt war für die Anfertigung von Schmuck oder feierlichen Kopfbedeckungen, welche zu zeremoniellen Anlässen getragen wurden.

Die Träger wurden angewiesen, das Tier zusammen mit dem Gepäck an die Holzstangen zu binden. Sie nahmen den Marsch wieder auf.

Allmählich knurrte Barnabas der Magen. Am Morgen hatte er ein Frühstück aus Pökelfleisch, Maniok-Fladen und Bohnenkaffee zu sich genommen. Das war lange her und seitdem war vieles passiert, was ihn angestrengt hatte. Sein Körper verlangte nach frischer Energie.

„Geist von Raubtier wieder wach! Viel fauchen!" bemerkte einer der Träger. Die anderen kicherten und feixten mit dem Unterton von respektvollem Aberglauben. Barnabas war ein großer Esser. Er konnte Unmengen von Nahrung in sich hineinschaufeln. Sein Bauch war es gewohnt, mindestens zweimal pro Tag üppig gefüllt zu werden. Deswegen meldete sich sein „Geist von Raubtier" laut und unnachgiebig, wenn das Essen längere Zeit auszubleiben drohte. Sein Magen knurrte.

Das Gute am Hunger war, dass Barnabas nun keine frommen Psalmen mehr brauchte, um seinen Schwengel in Zaum zu halten. Sein Appetit war größer als seine Geilheit. Dies war zumindest etwas, was die Richtlinien seiner kleinen Kirche nicht verboten. Essen war keine Sünde.

Das Dorf tauchte so urplötzlich auf, als wäre es wie durch Magie aus dem nichts entstanden. Keine Rufe von Spähern waren erklungen. Kein Stimmengewirr hatte aus der Ferne die Existenz einer Menschensiedlung angekündigt. Keine Trommeln waren zu vernehmen gewesen.

Auch jetzt noch war alles sehr still. Ungefähr drei bis vier Dutzend Hütten waren schon zu sehen, die sich über eine große Waldlichtung erstreckten. Es mochten aber weit mehr sein, da die Lichtung sich nach verschiedenen Seiten erstreckte, von denen manche dem Auge verborgen blieben.

Barnabas ging neben Muluglai her langsam auf das Dorf zu. Er wahrte anstandsvoll größeren Abstand zu der Häuptlingstochter, um ja niemanden zu brüskieren. Die sechs Träger folgten ihnen, still und etwas eingeschüchtert. Sie kannten den Stamm der Muluglus nicht und schienen ihm gegenüber vorsichtige Neutralität zu wahren.

Die Hütten waren aus Holzpfählen gefertigt und trugen dicht beschichtete Dächer aus Stroh. Um sie herum waren zweckmäßige kleine Zäune und Gitter aus Holzpfosten angebracht, die Waldhühnern und Ziegen Auslauf gewährten. Die Tiere glotzten die Neuankömmlinge an. Die meisten Ziegen waren schwarzweiß gefleckt. Einige waren pechschwarz. Ihr Fell schimmerte zart und rein wie Seide. Die Fellhaare waren ungewöhnlich lang und hingen bis ins Gras hinab.

Aus den Hütten kamen jetzt immer mehr Menschen. Zaghaft zunächst und abwartend, dann immer lauter werdend und wild gestikulierend. Barnabas verstand nicht alle Worte, jedoch das meiste. *Sie scheinen uns wohlgesinnt zu sein. Sie wissen aber anscheinend nicht, was sie davon halten sollen, dass die Tochter ihres Häuptlings hier wieder auftaucht in Begleitung eines Weißen und fremder Schwarzer*, dachte er. *Ich hoffe, Muluglai wird die Sache rasch klären, bevor die Stimmung womöglich kippt.*

Offensichtlich gab es für eine solche Befürchtung keinen Anlass. Die Menschen vom Stamme der Muluglus zeigten Ausgelassenheit und Freude. Es dauerte nicht lange, und das Grüppchen der Neuankömmlinge war umringt von zahllosen Leuten. Allesamt hatten sie dieselbe dunkelbraune Hautfarbe, die bei manchen gemustert war mit Streifen und allerlei geheimen Zeichen aus bunten Naturfarben. Junge, kräftige Männer mit winzigen Lendenschürzen, die mehr zeigten als verdeckten, befanden sich genauso unter ihnen wie junge Frauen mit unbekümmert blanken Brüsten. Lediglich ihre Scham war durch Stofffetzen bedeckt, die kaum größer waren als Handteller. Alte Männer lachten mit wenigen gelben Zahnstummeln im Mund und kauten Tabak. Der wurde in diesen Gefilden Afrikas selbst angebaut. Uralte Greisinnen mit faltigen Brüsten, die ihnen bis fast zu den Kniekehlen hingen, sangen mit dünnen, hohen Stimmchen fröhliche Lieder.

Fast könnten sie ihre Busen über die Schultern werfen wie Wasserschläuche, die es zu tragen gilt. Damit sie ihnen nicht so im Weg herumbaumeln, dachte Barnabas belustigt. Gleichzeitig meldete sich in ihm ein mahnendes Schuldbewusstsein. Erstaunlicherweise aber war diese Stimme seines keuschen Gewissens momentan äußerst schwach und kaum zu vernehmen. Lag es an dem beschwingten, fröhlichen Naturvolk, das vor ihm die eigene Fast-Nacktheit arglos zur Schau stellte, frei von kulturellen und religiösen Zwängen? Begann diese natürliche Wildheit bereits auf sein prüdes Verhalten abzufärben? Hatte hierzu nicht gar schon Muluglais bloße Anwesenheit Vorarbeit geleistet? Die ganze Wanderung über war ihre Nacktheit allgegenwärtig gewesen. Die Träger hatten sich daran weder gestört noch hatte es ihre Lüsternheit geweckt.

War es am Ende nicht *sein* Problem, wenn ihn die Nacktheit von Frauen so überaus anregte? Wäre er, Barnabas Treubart, unterwegs im Belgisch Kongo des Jahres 1912, nicht erst dann ein wahrer Meister der Selbstbeherrschung, wenn er inmitten unzähliger nackter Schönheiten regungslos auszuharren verstünde? Angeregt einzig und allein durch die Kraft und Schönheit der Psalmen aus seinem Lieblingsbuch, das er stets auf dem Rücken bei sich trug?

Noch wusste er nicht, dass er an dieser Stelle bereits jegliche Hoffnung hätte fahren lassen können, diese Selbstbeherrschung bald zu erlangen. Ja, mehr noch: Bald würde ihm Hören und Sehen vergehen! Eine tiefschürfende, exotische Erforschung der Welt des Sex stand ihm bevor. Eine feuchte Dschungel-Expedition der Lüste, befeuert durch hemmungslose Triebe und losgelöst von Gut und Böse!

Noch glaubte er an den moralischen Überbau seiner westlichen Werte. Noch sah er nicht sein eigenes Wanken, das sich bereits ankündigte, als sie im Dorf der Muluglus standen, umringt von hunderten Halbnackten. Noch wusste sein in der baumwollenen Unterhose ruhender Schwengel nicht, dass es bald sein Besitzer war, der missioniert wurde… Missioniert und zur Genuss-Sucht erzogen von der Geilen Gemeinde, die weltweit grenzenlos, hier im Busch aber besonders hitzig und durchtrieben wirkte!

Die Menschenmenge teilte sich wie von selbst. Keine Krieger oder Wächter waren es, die sich den Weg durch sie hindurch bahnen mussten. Der Häuptling kam! Alle wichen vor ihm zurück wie das Wasser vor dem Bug eines Schiffes.

Barnabas sah, wie seine Kofferträger demütig zu Boden sanken und ihre Köpfe senkten. Er sah, wie Muluglai dastand, ehrerbietend und mit hängenden Armen. Dennoch war sie selbstbewusst und stolz wie eine, die wusste, dass sie dem Häuptling sehr nahestand und mehr als nur Gnade oder Milde erwarten durfte.

Der Häuptling war wie eine Erscheinung aus einer anderen Welt. Er war nicht besonders groß und trug einen auffälligen Kopfschmuck. Der bestand aus bunten Federn und Holzperlen sowie kleinen Knochen von Tieren, die gefärbt waren mit den Farben von Beeren und Rinden. Bis auf eine lange Halskette aus weißen Tierzähnen trug er ansonsten nur einen knappen Lendenschurz. Sein Glied wurde von diesem einigermaßen züchtig verdeckt, nicht aber seine Eier. Wie haarige Kiwis schaukelten sie zwischens seinen Beinen.

Streng sah der Häuptling Muluglai an. Diese senkte ihren Blick. Sie ging ein paar Schritte auf ihren Vater zu und sah ihn demütig von unten herauf an.

„Verzeih mir meinen Ungehorsam, Vater", sagte sie leise und mit einem unwiderstehlich zarten Schmelz in der Stimme. Der hätte einen Eisblock in Minutenschnelle in eine lauwarme Pfütze verwandelt.

Unnachgiebig blickte der Häuptling lange in ihre Augen und ließ dann den Blick zu Barnabas schweifen, ohne eine weitere Regung zu zeigen. Das Alter des Mannes war schwer zu deuten. Er konnte erst knapp fünfzig sein oder schon weit über sechzig. Über jeden Zweifel erhaben aber war seine deutliche Ähnlichkeit mit Muluglai, deren Gesichtszüge er teilte. Wenngleich sie bei ihm natürlich wesentlich grober, männlicher und faltiger waren.

Endlich hob er seine Stimme. Ohne seine Tochter anzusehen, sondern während er weiter seinen Blick auf Barnabas ruhen ließ, abwartend und fast teilnahmslos.

„Ich kenne deinen Eigenwillen und deine törichte Sprunghaftigkeit, meine Tochter Muluglai vom großen Stamme der Muluglus", sagte er. Es klang alt und knorrig, weise und etwas müde zugleich. „Deine Tante erreichte vor nicht langer Zeit unser Dorf und hat uns von deiner Ungezogenheit berichtet. Nach wie vor missbillige ich ein solches Verhalten, wie du weißt. Da deine Mutter nicht mehr lebt, obliegt mir die schwere Bürde deiner Erziehung. Mit der fühle ich mich oft überfordert! Gleichwohl weiß ich auch, dass dir deine Mutter fehlt und dein schlechtes Benehmen auch hierin wurzelt." Er musterte weiter den Weißen, den seine Tochter da angeschleppt hatte. Barnabas las in seinem Blick jetzt echtes Interesse und Verwunderung. *Wie ein Naturforscher, der ein exotisches Tier betrachtet*, dachte er.

„Sag mir aber nun, Muluglai, bevor ich über deine Bestrafung nachdenke", fuhr der Häuptling fort und machte zwei Schritte auf Barnabas zu. „Wer ist dieser Mann?"

„Er hat mir das Leben gerettet!" erklärte Muluglai ohne Umschweife. In der Menge der versammelten Muluglus wurde ein überraschtes und anerkennendes Raunen hörbar.

Der Häuptling zog die Augenbrauen hoch. Er machte einen Schritt rückwärts und hielt Abstand zu Barnabas. Als ob dieser vielleicht ein mächtiger Krieger sei, dessen Kräfte nicht zu unterschätzen waren.

In raschen Worten und ohne sich mit Einzelheiten aufzuhalten, erzählte Muluglai ihrem Vater und den Leuten ihres Stammes von dem Erlebnis mit dem Kannibalen am Fluss. Als sie von der Tötung desselben sprach und diese blutrünstig ausschmückte, fingen die Muluglus an zu lachen und zu tanzen. Sie schnalzten mit den Zungen und klapperten mit ihrem hölzernen Arm- und Beinschmuck.

Der Häuptling verschränkte die Arme vor seiner Brust. „Die Kannibalen", sagte er düster, „sind ein grausames, kriegerisches Volk. Wenn sie es wagen, eine von unserem Stamm anzugreifen, und dazu noch meine Tochter, so ist das ein äußerst schlechtes Zeichen! Es bedeutet eine Gefahr für uns alle!" Er kratzte sich am Kopf. „Vielleicht war es nur die wahnsinnige Tat eines Außenseiters oder Abtrünnigen. Vielleicht aber bedeutet es, dass sie ihr Stammesgebiet ausweiten wollen und nicht mehr bereit sind, sich an alte Regeln und Vereinbarungen zu halten, die bereits unsere Vorfahren mit ihnen getroffen hatten." Er hielt kurz inne und besann sich. Als wären ihm plötzlich die Regeln des Anstands und der Gastfreundschaft eingefallen, die er angesichts der Erzählung für einen Augenblick vergessen hatte. Er breitete seine Arme weit aus.

„Verehrter Weißer!" rief er und brachte so etwas wie ein verschmitztes Lächeln zustande. Sein Mund zeigte ähnlich makellose Zähne, wie sie auch seine Tochter besaß. „Verehrter Weißer! Sei willkommen im Dorf des Stammes der Muluglus! Genieße unsere Gastfreundschaft und bleibe bei uns, solange es dir gefällt! Ich danke dir von ganzem Herzen, dass du meine Muluglai gerettet und sie mir wohlbehalten wiedergebracht hast." Er umarmte Barnabas so spontan und stürmisch, dass diesem fast schwindelig wurde. Der Häuptling verströmte einen merkwürdigen, aber angenehmen Geruch. *Wie eine Mischung aus… Zimt und altem, trockenem Holz,* dachte Barnabas. *Eigenartig. Aber sympathisch. Ich mag ihn!*

„Mein Name ist Mulugleo", sagte der Häuptling. „Du kannst mich beim Namen nennen und auf eine formelle Anrede verzichten. Das dürfen sonst nur enge Familienangehörige. Doch für dich, einen Retter meiner Tochter, mache ich eine Ausnahme."

„Es wird mir eine Ehre sein!" versicherte Barnabas feierlich. „Mein Name ist Barnabas Treubart! Nenne mich doch einfach *Barnabas*. Großer Häuptling Mulugleo, ich danke dir für dein Vertrauen." Er verbeugte sich, wurde aber von seinem Gegenüber freundschaftlich an der Schulter gepackt, bevor er die Verbeugung noch tiefer zelebrieren konnte.

„Genug der Höflichkeiten!" lachte der Alte. „Wir werden feiern, essen und trinken! Wir werden uns vom Wald und seinen Geheimnissen erzählen! Wir werden sehen, wie die Frauen und Männer tanzen!" Er klatschte in die Hände und rief einige Befehle. Eine Antwort ertönte. Dann grinste er Barnabas breit an: „Das Bier ist auch fertig! Meine Leute haben es gebraut. Gutes Bier, aus zerkautem Maniok gegoren. Es wird unseren Geist beflügeln und ihn in die Lüfte heben wie einen verrückten Vogel im Sonnensturm!" Er lachte aus voller Kehle, meckernd und lebenslustig.

Häuptling Mulugleo war anscheinend ein genussliebender Mann der Tat, der sich nicht lange mit höfischem Geplänkel und Förmlichkeiten aufhielt. Einer ganz nach dem Geschmack von Barnabas, dessen Magen inzwischen nicht mehr wie ein „Geist von Raubtier" knurrte, sondern eher wie ein ganzes Geisterrudel derselben.

Was ihm an diesem Abend dargeboten werden sollte, war viel mehr, als er erwartete.

Kapitel 3:

WO DIE LIEBE HINFÄLLT

Wie spontan das Fest der Muluglus organisiert war, vermochte Barnabas Treubart nicht zu beurteilen. Er hatte allerdings das Gerücht gehört, dass die Festlichkeiten von langer Hand vorbereitet worden waren: um die Rückkehr der vom Dschungel geläuterten Muluglai und ihrer Tante gebührend zu feiern. Dass es nun etwas anders gekommen war, als der Häuptling geplant hatte, schien seinem Willen zur Party nicht im Weg zu stehen.

Barnabas jedenfalls gefiel das, was er hier sah, hörte, schmeckte und roch. Er begann die betörende Rauschhaftigkeit der Darbietungen zu ahnen, welche er an diesem Abend erleben würde.

Während er sich mit Muluglai bei ihrem Vater aufhalten durfte, mischten sich seine sechs Träger unter das Volk der Muluglus. Sein Gepäck, so wurde ihm von Muluglai versprochen, würde sicher und unangetastet verwahrt bleiben.

Dutzende von Frauen kochten emsig Essen. Sie schnitten, buken, weichten Nahrung ein und brieten. Barnabas hatte sich heimlich ein Stück Pökelfleisch von seinen Vorräten geholt, um nicht verrückt zu werden vor Hunger angesichts der Speisen, die rings um ihn herum zubereitet wurden. Er wollte nicht gierig erscheinen. So besänftigte er seinen grollenden Magen vorerst, indem er diskret an dem Pökelfleisch kaute. Es war so zäh wie Kaugummi. Was er aber nicht bemerkte, da er von Kaugummi noch nie gehört hatte.

Das Essen ließ Gutes erahnen, wenn man es optimistisch sah. An drehbaren Spießen wurden Antilopen, Gazellen, Kaninchen und Hühner gegrillt. In einem Topf brodelte ein aromatisch duftender Brei aus Mais und Hirse.

„Fufu!" sagte Muluglai zu Barnabas. „Du musst es probieren! Es schmeckt phantastisch und ist, seit wir denken können, eine unserer Nahrungsgrundlagen." In heißem Öl frittierte Yamswurzeln kühlten bereits ab, um später verzehrt zu werden. Große saubergewaschene Bananenblätter wurden als Teller benutzt für die Gemüsespeisen des Abends: gesüßte Kochbananen, wilder Sesam, Morogo, Mukusule, Kalembula, Juteblätter, Tomaten und Zitronen. Ein ganzer Strauß verschiedenster Geschmacksrichtungen also, ein Fest für den Gaumen!

Auf einem Grill brutzelten zerhackte Schlangen und ausgeweidete Rohrratten. Das roch zwar ganz gut, war aber nicht ganz nach dem Geschmack des Missionars. Barnabas nahm sich vor, bei der Auswahl der Speisen, die er sich auf den Teller würde häufen lassen, ganz genau hinzuschauen. Auf Schlange oder Ratte hatte er keinerlei Appetit.

Schließlich kündigte Häuptling Mulugleo mit feierlichen Worten den Beginn der Tänze an. Bei ihnen war es den Zuschauern erlaubt zu essen. Das ließen sich die Muluglus nicht zweimal sagen. Eifrig stürzten sie sich auf das Buffet.

Tischmanieren waren hier in der Wildnis unnötiger Ballast, mit dem man sich nicht aufzuhalten brauchte. Die Muluglus schaufelten sich den Fufu-Maisbrei mit den Händen auf ihre Teller, vielmehr: auf die frischen Bananenblätter, die nach dem Essen einfach weggeworfen wurden. *Sehr praktisch und zeitsparend*, dachte Barnabas anerkennend. *Warum bin ich nie auf diese Idee gekommen? Warum habe ich eigentlich Teller auf meiner Missionsreise dabei? Die müssen abgewaschen werden und zerbrechen oft.*

Amüsiert beobachtete er, wie die Eingeborenen Schenkel von heißen Hühnchen rissen, ihre Zähne in zartes Antilopenfleisch bissen und vergnügt schmatzend Kochbananen und Wildkräuter in sich hineinstopften.

Die Tänzerinnen und Tänzer, die seit längerem tuschelnd und tapsend auf ihren Auftritt gewartet hatten, traten nun auf den Plan. Nackt wie der Herr sie geschaffen hatte, jedoch an den Geschlechtsteilen mit bunten Federn und Blütenblättern geschmückt, begannen sie ihren Tanz. Zu dem gleichmäßigen Schlagen der verschiedenen Holztrommeln ließen sie ihre Gliedmaßen zucken und ihre Leiber hüpfen. Federn bauschten sich und Blumenblüten wirbelten durch die Luft. Ein mehrstimmiges Jauchzen und Frohlocken der Tanzenden zeigte, dass sie großen Spaß an ihrem Vergnügen hatten.

Die Brüste der Frauen und die Gehänge der Männer wurden aufreizend im Takt der Trommeln zur Schau gestellt. Nicht ohne Neid musste Barnabas anerkennen, dass nicht wenige der schwarzen Tänzer Fleischriemen ihr eigen nennen durften, die es in seiner Heimat mit der Größe von ausgewachsenen Auberginen aufgenommen hätten. Sie waren recht lang, aber auch unerhört dick. War das eine besondere körperliche Eigenschaft speziell dieses

Stammes? Manche der Schwengel waren mit weißen und rosafarbenen Blumen geschmückt. Sie bildeten einen wunderbaren Farbkontrast zu der dunkelbraunen Haut.

Sie sollen sich bespringen! Ich will sehen, wie sie es tun!

Nein. Das konnte nicht sein! Hatte *er* diese lüsterne Ungeheuerlichkeit soeben gedacht? Er, der immerhin ein Gläubiger war, welcher seit Jahren eifrig in ganz Belgisch Kongo missionierte?

Verstohlen sah Barnabas Treubart sich um. Alle feierten, sangen, aßen und tranken. Natürlich hatte niemand seine Gedanken mitgekriegt. Selbst wenn er laut gedacht hätte, so verstanden alle um ihn herum nur Kongolesisch.

Doch so fest er auch war in seinem Glauben an das Glück und den Frieden, deren Botschaft in seinem Lieblingsbuch verewigt waren: Barnabas konnte und wollte sich nicht schämen für seine Gedanken der sensationsgierigen Wollust! Er war hier inmitten von freundlichen Wilden und weitab seiner Heimat. Inmitten des afrikanischen Dschungels im Kongo, welcher eine Kolonie Belgiens war.

Natürlich war er vor allem Geistlicher in eigener Sache. Er war Angehöriger und zugleich Vorsteher seiner eigenen Kirche des kosmischen Heils und des Lichts, mit dem er die Menschen beglücken wollte. Aber war er nicht auch da, um ihre Sitten und Gebräuche zu studieren? Um sich ihnen anzunähern und ihre Eigenheiten zu respektieren? Würde er nicht umso erfolgreicher missionieren können, desto näher er sich ihnen brachte, desto aufmerksamer er sich mit ihnen beschäftigte?

Und war er nicht einfach im tiefsten Innern seines Herzens ein lüsterner, geiler alter Strolch? Scharf wie ein Rettich und auf der insgeheimen Suche nach etwas, was sein Blut in Wallung brachte? Mochte es der Rausch des Alkohols sein oder das schamlose, hündische Schnuppern am vaginalen Duft einer willigen Frau?

Barnabas hätte eigentlich, seiner eigenen Lehre gemäß, vor Scham im Erdboden versinken müssen. Tatsächlich aber schmunzelte er nun. Er begann das bunte Treiben um sich herum mit allen Sinnen zu genießen. Gutgelaunt griff er nach einem Holzbecher, der ihm gereicht wurde. Er streckte ihn entschlossen aus, als das Bier gebracht und mit einer langen Kelle in die Becher geschöpft wurde.

Das Bier! Er hatte gesehen, wie es gebraut worden war. Das heißt, vielmehr eher nur *geahnt*… Denn er hatte weggeschaut, als vorhin die Leute um den Zuber herum saßen. Sie kauten die Maniokwurzeln, bis der Brei in ihrem

Mund zerkleinert und mit Speichel vermischt war. Dann spuckten sie das Gemisch in den Zuber. Dort musste es vermutlich einige Tage oder Wochen gären. Das Bier, das jetzt serviert wurde, war schon vor einiger Zeit gebraut worden. Die Alkoholgärung hatte längst eingesetzt und würde ihre Wirkung tun.

„Auf die Kraft deiner Eier!" Häuptling Mulugleo hob seinen Becher und wies mit ihm in Richtung seines Gastes. „Möge dein Samen in alle Winde streuen und die besten Früchte tragen!" Er schloss die Augen und leerte den Becher in einem Zug.

Barnabas hatte den Trinkspruch freundlich und mit einem Nicken erwidert. Nun schaute er etwas irritiert in seinen Becher. Eine braune, trübe Flüssigkeit schwamm darin. Sie roch nicht gerade gut, etwa so wie vergorene Pflanzenerde. Mutig hielt er den Atem an und trank. Erst einen Schluck, dann einen zweiten, dann den Rest. Man konnte es trinken, ohne sich erbrechen zu müssen. Aber gut schmeckte es wahrlich nicht!

Er würgte etwas, ließ sich aber nichts anmerken. Als er mit dem leeren Becher dasaß und die Wirkung des Biers spürte, lächelte er selig. Es war stark, sehr stark. Wie in aller Welt schafften es die Muluglus, einen solchen Sud zu brauen? Wurde die Gärung beschleunigt und verstärkt durch Zugabe von überreifen Beeren? Vielleicht aber empfand er die Wirkung nur deshalb als so kräftig, weil er seit Längerem keinen Tropfen Alkohol zu sich genommen hatte. Er war der chemischen Lösung dementsprechend entwöhnt.

Beim zweiten Becher fiel ihm das Trinken schon leichter. Das Gesöff schmeckte jetzt etwas milder. Wie eine kalte, ranzige, alte Suppe, also zur Not durchaus genießbar. Mochte es sich bei dem Bier der Muluglus genau umgekehrt verhalten wie bei dem Gerstensaft in seiner Heimat? Dort war das erste Bier der größte Genuss. Von Glas zu Glas nahm dieser dann ab. Je mehr man trank, desto uninteressanter wurde der Geschmack. Die Wirkung trat dann immer mehr in den Vordergrund. Vielleicht war es bei dem Bier der Muluglus so, dass der erste Becher widerwärtig schmeckte. Der zweite war dann etwas besser und der letzte gar wunderbar? Wenn dem so war, so freute sich Barnabas auf die lange Reihe der gefüllten Becher, die ihm bevorstanden. Denn er wollte von der Köstlichkeit des letzten Bechers kosten!

Doch welcher genau würde der letzte Becher sein? Eines wusste er: Es gab immer einen letzten. Und einen letzten. Und noch einen allerletzten!

Barnabas bemerkte einen seltsamen Kerl unbestimmten, schwer zu schätzenden Alters. Er saß in der Nähe des Häuptlings und verfolgte die

Geschehnisse um ihn herum mit teilnahmslosem Gleichmut. So als schwebte er geistig über allen irdischen Dingen. Er trug eine dicke Kette mit kleinen Holzplatten unterschiedlicher Größe und Form, die allesamt mit merkwürdigen Zeichen versehen waren. Sein Lendenschurz war aus einem hellen Leder gemacht, in welches kleine Tierzähne und winzige Knöchlein oder Fischgräten eingewebt waren. Außer auf der Kehrseite vermutlich, denn sonst hätte es ihn beim Sitzen wohl arg in den Hintern gepiekt. Sein Haar war lang und voll. Es war kunstvoll zu einem kleinen Turm nach oben geflochten. Zwei weiße Vogelschädel waren in die vorderen Haarsträhnen eingeflochten. Ihre Schnäbel überkreuzten sich. Es sah beeindruckend und respektheischend aus. Vor allem aber der Blick des Mannes war sehr eigentümlich: Durchdringend und wissend, fast weise. Intensiv und bohrend, aber weniger unangenehm als vielmehr machtvoll und vertrauenerweckend.

Barnabas wandte den Blick von dem seltsamen Alten ab, als dieser sich anschickte, ihm direkt in die Augen zu blicken. Häuptling Mulugleo bemerkte es. Er sah von Barnabas zu dem Alten und von diesem wieder zu seinem Gast.

„Mein wichtigster Mann", sagte der Häuptling anerkennend und würdevoll. „Unser *Babalawo*! Er nimmt für uns Kontakt auf zu den *Loa*. Geistwesen, die wiederum direkt dem Großen Gott unterstehen. Ein sehr mächtiger Mann, der sehr alt ist, aber nur langsam altert. In jungen Jahren war er schon für meinen Vater tätig." Mulugleo sah Barnabas′ ehrfürchtiges Nicken und fuhr fort: „Der *Babalawo* unterweist unsere Frauen in der Kunst der Kräuterheilung. Er sorgt mit seinen Ritualen und Zeremonien dafür, dass sich die bösen Geister von unserem Stammesgebiet fernhalten. Klug besänftigt er die Ahnen, ersucht ihren Rat und versteht sich auf allerlei Beschwörungen und Geistheilungen. Sogar auf die Kunst des Voodoo! Früher…" Er senkte die Stimme und sah sich nach allen Seiten um, als verrate er ein Stammesgeheimnis. „Früher hat er sogar Tote erweckt, also Zombies erschaffen und beherrscht! Ein äußerst gefahrvolles und mutiges Unterfangen. Das war zur Zeit der Herrschaft meines Häuptlingsvaters. Ich war damals noch sehr jung und kann mich an den Ablauf und die Folgen der Zombie-Beschwörung kaum mehr erinnern. Es gab dabei Probleme… Seitdem wendet er diese Zauberei nicht mehr an. Selbst für einen Meister wie er es ist erscheint sie zu unberechenbar und folgenschwer zu sein!"

Barnabas schluckte. Viel schon hatte er über Schwarzmagie und Weißmagie gehört, über Geisterbeschwörungen und Zombie-Erweckungen. Etliches davon waren Gerüchte gewesen und Märchen. Er war aber überzeugt, dass nicht alles davon erfunden und übertrieben war. Sondern dass es Dinge gab, die die

Weisheit der westlichen Schulmedizin bei weitem überstiegen. Dinge, die weitaus älter waren als jede geistige Lehre in Europa. Geheimes Wissen, von dem fremde Völker und Ureinwohner schon seit Jahrtausenden wussten und mit dem sie und ihre Vorfahren schon zahllose Erfahrungen gesammelt hatten.

Barnabas wollte davon jetzt aber nichts mehr hören oder sehen, sondern unbeschwert das fröhliche Fest genießen. Er lächelte freundlich und bemühte sich, den seltsamen *Babalawo* aus seinem Bewusstsein zu tilgen.

Als hätte der Häuptling diesen Wunsch seines Gastes geahnt, wandte er sich sogleich wieder dem Treiben des Festes zu.

„Schau, wie sie tanzen!" begeisterte sich Mulugleo und stieß seinen Gast aufmunternd in die Seite. Sie saßen nebeneinander auf langen abgeschliffenen Baumstämmen und sahen auf die kahle Fläche rötlichen Erdbodens. Dort hatten sich die Tänzerinnen und Tänzer versammelt. Barnabas starrte auf die Künstler und versank in der Magie ihrer Bewegungen. Das monotone, dumpfe Hämmern der Trommeln umgarnte seine Sinne. Ein milder, leicht betäubender Bierschleier legte sich um sein Bewusstsein. Im Moment hatte er seine Psalmen vergessen, obwohl nach wie vor sein schweres, in Nashornleder gebundenes Buch auf seinem Rücken hing. Er nahm das Gewicht nicht wahr, sondern war ganz fasziniert und selbstvergessen von der Darbietung des erotischen Tanzes.

Die Tänzer sangen aus kräftigen Kehlen. Sie schwenkten stolz und einladend ihre blumengeschmückten Fleischriemen umher. In zarten, beschwingten Versen antworteten die jungen Frauen. Sie schüttelten ihre runden Pobacken und reckten die nackten Brüste nach allen Seiten.

Die Männer:

Da ist was im Busch!
Ein Rammeln, Bespringen!
Da ist was im Busch!
Mit Schwengel wir singen!

Gorilla reitet seine Frau
Bis er vom Ast auf Boden kracht!

Wasserschwein bockt Stachelsau
Bis dass sein Bäuchlein Aua macht!

Löwe rammelt wild drauflos
Brüllt so laut und macht Theater!
Doch nach nur einem starken Stoß
Macht sein Saft ihn schon zum Vater!

Elefantenkuh weiß doch:
Ihr Elefant macht doppelt froh!
Sein Riemen steckt im Vorderloch
Sein Rüssel steckt in ihrem Po!

Da ist was im Busch!
Ein Rammeln, Bespringen!
Da ist was im Busch!
Mit Schwengel wir singen!

Die Frauen:

Da ist was im Busch!
Es raschelt und keucht!
Da ist was im Busch!
Muschi wird feucht!

Flamingos sehen beim Vögeln zu
Schauen aufs Wasser-Spiegelbild
Heimlich macht´s das alte Gnu
Und ist beim Stoßen doppelt wild!

Hyänen: Hässlich! Ach, sie leiden
Rammeln heimlich in der Nacht
Würden sie's bei Tage treiben:
Die ganze Tierwelt sie auslacht!

Wer hat den Überblick? Giraffen!
Beobachten den Sex im Gras
Lassen faul die anderen schaffen
Haben gern als Spanner Spaß!

Da ist was im Busch!
Es raschelt und keucht!
Da ist was im Busch!
Muschi wird feucht!

Häuptling Mulugleo erwies sich als kräftiger Trinker. Während Barnabas erst seinen zweiten Becher geleert hatte, ließ sich das Oberhaupt des Muluglu-Stammes bereits den vierten Becher vollgießen. Oder war es gar schon der fünfte?

Die schöne Muluglai trank nichts von dem Bier. Entweder mochte sie es nicht. Oder es stand ihr als Frau gemäß den Stammesriten nicht zu, sich mit den Männern gemeinsam zu berauschen. Barnabas sah auch keine anderen Frauen Bier trinken. Also konnte es durchaus sein, dass ihnen der Genuss alkoholischer Getränke verboten war.

Der Missionar wusste, dass es in den Verhaltensweisen und Normen der Menschen des Kongo immer wieder überraschende und widersprüchliche Feststellungen zu machen gab: Einerseits waren die Eingeborenen sehr freizügig, auch die Frauen. Vielweiberei, Sex am Tage und in aller Öffentlichkeit und sogar Gruppensex waren nichts Außergewöhnliches. Die Menschen kleideten sich nur spärlich, was eine durchaus sehr aufreizende Wirkung hatte… Die manchmal regelrecht gewollt war!

Andererseits gab es zum Teil sehr strenge Gebote und Gesetze. Tabubrüche wurden hart und oft mit Verbannung oder dem Tode bestraft. Unerbittliche Gesetze mussten eingehalten werden, wenn einem Leib und Leben lieb waren.

Gesetze, von denen viele schon hunderte, wenn nicht tausende Jahre alt waren. Keiner wagte es, sie zu hinterfragen, auch ein Häuptling oder Medizinmann nicht. Dies konnte schließlich Ärger mit den Geistern der Ahnen hervorrufen, die diese Gesetze sorgfältig befolgt oder sie sogar selbst geschaffen hatten.

„Meine Tochter Muluglai!" tönte der Häuptling und hob seinen frisch gefüllten Becher, aus dem das Bier schwappte. „Keine junge Frau war je so stark, ehrenwert und tugendhaft!" Er leerte den Becher mit geschlossenen Augen. Als er ihn vom Mund absetzte, rülpste er laut zur Bekräftigung und wischte sich mit dem Handrücken über die nassen Lippen.

Muluglai nippte an ihrem Becher, der einen süßen Saft enthielt. Über den Rand hinweg sah sie den Tänzern zu. Plötzlich streiften ihre Augen Barnabas und fixierten ihn.

Interessiert, neugierig. Aufmunternd…

Erotisch?

So kam es ihm jedenfalls vor. Ein heißer Schauer lief Barnabas über den Rücken, der bereits schweißnass war. Sein Lieblingsbuch aus Nashornleder hing jetzt schwer wie ein kleiner Mühlstein an ihm. Es erinnerte ihn an seine Züchtigkeit. Seinen Glauben, seine Ehre, seine seelische Reinheit.

In Barnabas′ Baumwoll-Unterhose regte sich etwas. Pulsierendes Leben kroch in seinen Schwengel. Das Blut floss in Eichel und Schwellkörper. Sein weiches Gehänge wollte sich erhärten.

Ruhig! mahnte er in Gedanken, als spräche er zu einem Hund. *Bleib unten! Sie ist tabu! Die Tochter des Häuptlings ist über jedes Begehren meinerseits erhaben!*

Außerdem war er ein Mann der Kirche, wenn auch nur seiner eigenen. Die Gebote und Psalmen, die in seinem Lieblingsbuch verewigt waren, predigte er nun schon seit langer Zeit. In seiner Heimat wie auch im Ausland. Bisher hatte er sich selbst auch stets treu und brav an sie gehalten, sie vorgelebt und aus tiefstem Herzen an sie geglaubt. Mochten die Tänze hier noch so feurig und aufreizend sein und das Bier noch so stark und berauschend – er, Barnabas Treubart, Missionar der Heiligen Kirche des Friedens, des Lichts und der Glückseligkeit, war eine reine Seele! Nichts würde diese Reinheit und Standfestigkeit im Glauben beschmutzen, außer…

Eine unübersehbar harte Standfestigkeit seines Fleischkolbens.

Peinlich berührt beugte sich Barnabas auf dem Baumstamm sitzend vor. Damit nur ja keiner das stramme Zelt bemerkte, das da aus seiner Hose wuchs!

Mochte dieses schreckliche Bier gar ein triebsteigerndes Teufelszeug enthalten? Etwa Pulver der zerhackten und getrockneten Yohimbe-Rinde? Der Yohimbe-Baum war ein magisches Gewächs. Seine Rinde brachte, als Tee zubereitet oder aufgeweicht in Milch und gegessen, eine lang anhaltende sexuelle Geilheit hervor. Noch nie hatte Barnabas es gewagt, von diesem Zeug zu probieren. Hatte er es nun unfreiwillig genossen, aufgelöst in diesem vergorenen Trank?

Mit geschlossenen Augen wollte Barnabas um ein gnädiges Weichwerden seines erhärteten Schwengels beten. Kaum umhüllte Dunkelheit ihn, so tauchten jedoch Bilder einer abnormen Unzucht und Schamlosigkeit vor seinem inneren Auge auf. Sie wogten und waberten im Takt der Musik, die jetzt überall und allgegenwärtig die Festlichkeiten des Muluglu-Stammes begleitete und untermalte. Trommeln, Rasseln, Flötenrufe, Singen, Lachen und aufgeregtes Stimmengewirr umschwirrten die Sinne von Barnabas. Diese waren ohnehin schon genug gereizt und verwirrt von den Aufregungen des heutigen Tages und dem Maniok-Bier.

Als Barnabas die Augen öffnete, um den empörend schweinischen Bildern seiner Phantasie zu entkommen, sah er sofort, dass Muluglai den Platz neben ihrem Vater verlassen hatte. Sie war nicht mehr da.

„Wo ist deine Tochter?" fragte er Mulugleo, beschwingt und ermutigt vom Alkohol.

Dieser sah ihn nachdenklich an und beäugte ihn aus zusammengekniffenen Augen. Mit einer Mischung aus Belustigung und Vornehmheit sagte Mulugleo: „Sie ist fortgegangen, um Stille zu erfahren. Sie betet zu den Göttern! Weil sie meine gute Tochter ist, eine anständige und besinnliche Person. Selbst in der heitersten Festlichkeit steht ihr der Sinn nach Beten und Einsicht."

Barnabas nickte beeindruckt. Er wollte von seinem Bier trinken, sah aber, dass der Becher leer war. Mulugleo bekam dies mit und klatschte barsch in die Hände. Sofort eilte eine Frau des Stammes mit einem Krug herbei, um dem Gast nachzuschenken. Während sie noch dabei war, dem weißen Missionar den Becher zu füllen, klatschte ihr der Häuptling mit der flachen Hand übermütig auf den Po. Dann leerte er seinen Becher rasch, um ihn sogleich der Dienerin entgegenzustrecken. Sie füllte auch ihm nach, und so konnte Mulugleo Barnabas freundlich zuprosten.

Sie stießen ihre Becher aneinander.

„Auf die Kraft deiner weißen Eier!" verkündete der Häuptling feierlich.

„Auf dein Häuptlings-Gehänge!" pries Barnabas seinerseits. Er trank, begleitet vom ratlosen Blick des Stammesführers. Der hatte den Trinkspruch seines Gastes nicht recht verstanden und rätselte nun, was damit gemeint sein könnte. Freilich wäre er viel zu stolz gewesen, um nachzufragen und sich damit eine Blöße zu geben. Für das Wort „Gehänge" gab es im Kongolesischen missverständliche Bedeutungen. Es konnte „Laterne" bedeuten, aber auch mit einer Hängematte zu tun haben oder mit Ohrringen.

Die Tänzerinnen und Tänzer imitierten jetzt den Geschlechtsverkehr zwischen Mann und Frau. Mit dem Po wackelnd, bewegten sich die Tänzerinnen im Takt der Trommeln. Sie stolzierten aufreizend gebückt und kreischend vor den Tänzern umher. Diese vollführten mit ihren federgeschmückten Becken Stoßbewegungen. Hier und da klatschte einer den Frauen angeregt auf die Gesäßbacken.

Barnabas fühlte seinen steifen Schwengel heiß pulsieren. Als wäre er Bestandteil eines qualmenden Weihrauch-Kessels, der bis zur Weißglut erhitzt war! Gleichzeitig spürte er, dass seine Blase voll war. Das viele Bier! Es musste hinaus. Diesmal würde nicht das Geräusch plätschernden Wassers nötig sein, um das gelbe Rinnsal in Gang zu setzen. Barnabas wollte in die Büsche, um zu urinieren.

Vielleicht kann ich mir dort anschließend den Eiersaft abmelken! rief eine leise, geifernde Stimme in ihm. Er ignorierte sie. Ächzend stand er auf. Sein schwerer Bauch hing vorne an ihm herab und erschwerte seine Bewegungen. Auf seinem Rücken hing das fromme Buch.

„Großer Häuptling Mulugleo!" sagte er. Seine Zunge schien ihm schwerer geworden zu sein. „Ich muss… austreten."

Stirnrunzelnd sah ihn der Häuptling von unten herab an. „Treten?" fragte er. „Wen willst du treten? Warum?"

Barnabas erinnerte sich an die vielen Missverständnisse, die zwischen den kongolesischen Dialekten auftreten konnten. Er verkniff sich ein Lachen. „Nun, bei uns im Land des weißen Mannes sagt man so, wenn man… das Wasser aus seinem Schlauch hinausgießen will." Er deutete eine Verbeugung an.

Nun lächelte Mulugleo und schwenkte seinen Bierbecher. „Dort hinten, werter Gast", er deutete auf eine ferne Ansammlung roter Büsche, „kannst du ungestört dein Wasser aus dem Mannes-Euter melken." Er hielt kurz inne und zwinkerte dem Missionar zu. „Aber gieße es direkt in die Büsche! Keiner der Behälter, die du vielleicht auf dem Weg dorthin siehst, ist dafür bestimmt. Auch der Bottich, in dem das neue Bier vergoren wird, steht da irgendwo. Unterstehe dich, dort hinein dein Wasser zu lassen! Sonst wird das Bier sauer… Und wer weiß, vielleicht würden uns auch noch die Schwengel weiß werden wie der deine und schrumpfen, wenn wir später davon trinken würden!" Er lachte laut und meckernd über seinen eigenen seltsamen Witz, prostete dem Gast abermals zu und setzte den Becher an die wulstigen Lippen.

Barnabas entfernte sich von dem Platz des Tanzes. Dabei spähte er nach dem *Babalawo*, den er vorhin gesehen hatte. Der Stammespriester war nirgends zu sehen. Vielleicht war ihm das Fest zu oberflächlich und er nahm gerade Kontakt zu den *Loa* auf, den Geistwesen, mit denen er sich beriet? Barnabas jedenfalls war nicht unbedingt erpicht darauf, gerade jetzt die Bekanntschaft mit dem *Babalawo* zu machen. Er wischte den Gedanken an ihn beiseite und schritt auf die roten Büsche zu.

Die Musik und die Stimmen wurden leiser, während das Dickicht ihn zu umschließen begann. Die Blätter der roten Büsche waren dick und lederartig, bräunlich-rot und fast rund. Was waren das für Pflanzen? Er konnte sich kaum erinnern, solches Gewächs überhaupt jemals erblickt zu haben. Es roch stark und aromatisch, fast wie Tee oder Pfefferminze. Vielleicht dienten diese Büsche den Muluglus deshalb als Abort? Weil sie den Gestank von Urin oder Kot zu übertünchen vermochten? Afrika barg immer wieder eine Fülle seltsamer Geheimnisse und Rätsel, die nie versiegen würde.

Seine Blase war jetzt so warm und prall, dass es kaum auszuhalten war. Ohne Umschweife knöpfte Barnabas die Knöpfe im Schritt seines Tropenanzugs auf und zerrte seinen Schwengel hervor. Er war nur noch ein fleischiger, krummer Halbmast. Die Steifigkeit war auf dem Fußweg hierher weitgehend verschwunden. Ein Glück! Mit einem harten Rohr gelang das Pissen schlecht. Allenfalls ein halbherziger Springbrunnen entstünde so. Bei starkem Druck bestand sogar die unappetitliche Möglichkeit, sich damit aus Versehen selbst anzupissen. Auf den Bauch oder womöglich gar mitten ins Gesicht!

Barnabas hatte seinen fülligen Schlauch aus der Hose gefischt. Er positionierte ihn dicht vor dem roten Gebüsch. Er zählte die Sekunden, bis das Wasser endlich aus ihm herausplätscherte, warm und sich windend wie ein flüssiger gelber Wurm. Erleichtert wollte er stöhnen, zunehmend befreit von dem Ballast des verdauten Bieres, als er ein menschliches Geräusch hörte.

Ein Keuchen oder Winseln aus den Büschen, ganz in der Nähe.

Er war nicht allein!

Kaum war sein kleines Geschäft erledigt, verstaute er seinen Wasserhahn aus Fleisch wieder in der Hose und knöpfte sie zu. *Kann ich nicht EINMAL in meinem Leben in Ruhe pinkeln gehen, ohne dass ich dabei gestört werde!* fluchte er still vor sich hin. Er hatte die fatalen Geschehnisse des heutigen frühen Mittags am Fluss noch so deutlich vor Augen wie einen dieser modernen schwarzweißen Stummfilme in Lichtspielhäusern, die jetzt überall in den Großstädten in Mode kamen.

Kaum war seine Wurst zurück in der Verpackung, schlich sich Barnabas durchs Gebüsch auf die Quelle der Geräusche zu.

Was er sah, ließ ihm den Atem in der Brust stocken.

Häuptlingstochter Muluglai war in ein heißes Liebesgefecht mit einem kräftigen jungen Mann verwickelt! Er war etwa Anfang zwanzig und gehörte offenbar auch zum Stamm der Muluglus, denn er war ebenso farbenfroh für das Fest geschmückt wie die anderen Männer des Stammes. Um seinen kräftigen Hals trug er eine Kette aus Tierzähnen. Seine Lenden schmückte ein Gürtel aus Blättern und bunten Federn. Leidenschaftlich hatte er mit seinen kräftigen, starken Armen Muluglais Hüften umschlungen. Er küsste sie begierig. Sie stand vor ihm, die Hände auf seine breiten Schultern gelegt, und wühlte mit ihrer Zunge in seinem Mund herum.

Augenblicklich umspülte Barnabas eine Welle des Schmerzes und des Neides. Wie gerne wäre *er* jetzt an der Stelle des jungen Schwarzen gewesen! Muluglais Lendenschurz wurde beiseite gedrückt vom unverschämt emporgereckten Schwengel des Kerls! Groß, lang und unerhört massig angeschwollen, durchsetzt von dicken, dunklen Adern, durch die das Blut gepumpt wurde, wuchs das Glied des jungen Muluglus in die Höhe. Es befand sich jetzt deutlich oberhalb von Muluglais Bauchnabel. Die Eichel, groß wie ein dunkler Pfirsich, rieb an ihrer zarten Haut.

Barnabas stand der Schweiß auf der Stirn. Er floss bereits in mehreren dünnen Rinnsalen an seinem Gesicht hinab. Erste Tropfen brannten in seinen Augen und konnten diese doch nicht daran hindern, das Ungeheuerliche mit anzusehen.

Die Umarmungen und Küsse der beiden wurden inniger und erregter. Muluglai wagte es nun sogar, das Glied des jungen Mannes mit einer Hand zu ertasten. Sie fing an, es mit den Fingern zu umschließen, ja, es zu melken, als sei es die riesige pralle Zitze eines Kuheuters!

Wie mechanisch und ohne es selbst zu bemerken, führte Barnabas die rechte Hand an seinen Schritt. Unter dem Stoff des Tropenanzugs schwoll sein eigener Riemen zu steifer Größe heran. Hektisch begann er an dem Stoff zu reiben und fühlte dahinter seinen Kolben erhitzt pochen, fordernd wild in seinem Drang, aus dem baumwollenen Gefängnis auszubrechen. Diesmal nicht, um Wasser zu lassen, sondern um sich des weißen Saftes aus dem Sack ausgiebig und gründlich zu entledigen.

Die Bewegungen der beiden Liebenden wurden fahrig, rasend und unkontrolliert. Mit einem lauten Seufzer sprang Muluglai an dem Jüngling hoch, die Finger und Arme um seinen Hals gelegt. Er umschloss ihre Pobacken mit seinen großen Händen und wuchtete sie nach oben. Es schien ihm keinerlei Mühe zu bereiten. Schließlich war er nicht nur sehr kräftig; die Häuptlingstochter war auch schlank und leicht.

Ehe sich's Barnabas versah, bewegte sich Muluglai rhythmisch hin und her. Sie hing an dem jungen Kerl, die Beine um dessen Po geschlungen und sich an seinen Schultern festhaltend.

Noch etwas anderes gab ihr Halt…

Sie hatte, flink und wie beiläufig, das Glied des Mannes in sich aufgenommen! Voller Erregung und hoppelnd wie ein Hase ritt sie auf ihm, während er breitbeinig dastand und das Gewicht beider auf seinen Füßen trug.

Es war beinahe wie ein Tanz. Ein zweisamer, sportlicher Tanz der Unzucht und Schamlosigkeit. Begleitet von den Gesängen und den Trommeln, die aus einiger Entfernung vom Fest herüberschallten.

Fieberhaft hatte Barnabas beide Hände in der aufgeknöpften Hose versenkt. Er walkte an seinem Gehänge herum. Dieses machte jetzt seiner Bezeichnung nicht mehr Ehre, sondern tat alles andere als hängen. Vielmehr stand der Kolben fest und starr in die Höhe wie eine gusseiserne Kanone.

„Du… du bist so *groß*!" hauchte Muluglai, die Stimme schwach und erbebend zwischen den kraftvollen Stößen ihres Bockpartners. Er schien sie ganz auszufüllen. Ihr Becken rotierte auf seinem. Sein Sack klatschte hin und her. Er peitschte im Rhythmus des Begattens gegen ihre weichen Pobacken, in die sich seine Finger gruben. Der Mann hatte sie fest im Griff. Sie saß gewissermaßen wie in einem engen, straffen Pferdesattel, aus dem sie nicht entgleiten konnte.

Während er drauf und dran war, sich selbst keuchend und heimlich abzumelken, hielt Barnabas plötzlich inne.

Was war hier Verruchtes im Gange! Wie wütend würde Häuptling Mulugleo sein, wenn er von dem Treiben hier erführe? Erwartete er ihn nicht bereits ungeduldig, da er, Barnabas, sich doch nur kurz zum Wasserlassen verabschiedet hatte? Wie schrecklich würde die Strafe sein für die Häuptlingstochter, wenn ihr Vater mitbekommen würde, was sie hier trieb?

Und er selbst, Barnabas Treubart, Retter des Lebens und der Ehre von Muluglai und Gast des Stammes der Muluglus… War dies hier nicht ein schlimmer Missbrauch des Vertrauens, das ihm entgegengebracht wurde? Er befriedigte sich selbst, während er heimlich und verborgen die Tochter Mulugleos dabei beobachtete, wie sie sich entehrte!

Selbstverständlich war es in ganz Afrika und erst recht im Falle einer Häuptlingstochter so, dass sich eine junge Frau ihre Jungfräulichkeit bis zur Ehe bewahren musste. Andernfalls galt eine Frau nicht mehr nur als unwürdig für die Heirat mit einem anständigen Mann von gutem Ruf. Sondern gar als rechtlose, vogelfreie Hure, derer sich jeder zur Lustbefriedigung bedienen durfte! Ob reich, ob arm: Der wertvollste Besitz einer Frau in Afrika war ihr kostbares Jungfernhäutchen. Es wartete tief verborgen in den Schätzen ihrer Weiblichkeit auf den Tag, an dem es auf rechtmäßige, ehrenvolle Weise zerstört werden würde und damit ein neues, reiferes Kapitel im Leben der Frau einläutete.

Barnabas wurde ganz schwindelig vor Angst davor, was geschehen konnte, wenn der Häuptling von der Sache erfahren sollte. Die Furcht ließ seinen Schwengel schrumpfen, obwohl der Liebesakt der beiden jungen Leute sich gerade dem Höhepunkt näherte.

Muluglai besprang in Ekstase und mit zitterndem, schweißüberströmtem Leib den jungen Muluglu-Krieger. Dessen Pobacken waren bis zum Äußersten gespannt; die Muskeln bebten straff unter der Anspannung. Mit federnder Kraft kam er Muluglais Gewicht entgegen und empfing es unter der Wucht seiner Stöße. Ihre Busen wogten fleischig und fest unter seiner Nase. Unzählige Schweißperlen rannen an ihnen herab. Hungrig wie ein Raubtier auf Beutegang schnappte er mit dem Mund nach ihr. Seine Zunge versuchte ihre Brüste zu erhaschen. Ab und an erwischte er einen ihrer steifen Nippel mit der Zungenspitze und leckte daran.

Wie salzig und köstlich mochte wohl der Nektar schmecken, den er da aufsog? Barnabas leckte die Lippen in seinem Versteck.

Schließlich fing Muluglai an, laut zu stöhnen. Hatte sie nun vollends die Beherrschung verloren oder war es ihr einfach egal? Immerhin waren sie nicht allzu weit weg vom Festplatz, wo die ganzen Dorfbewohner feierten. Jederzeit konnte einer von ihnen hier aufkreuzen! Er würde ihre Liebeslaute hören, das schändliche Treiben entdecken und es womöglich umgehend dem Häuptling berichten!

Der geschwollene, blutgefüllte Riemen des Muluglu-Kriegers glänzte. Er war eingeölt vom Liebessekret der jungen Frau und auch von den ersten Tropfen der Sacksuppe, die aus seinem Schwengelkanal getreten war. Lange konnte es nicht mehr dauern bis zum unheilvollen und vermutlichen lauten Orgasmus der beiden. Zu wüst, zu selbstvergessen und tierisch war ihr begeistertes, jugendliches Getümmel, als dass der Höhepunkt leise und zivilisiert von statten gehen würde.

Die Bockpartie geriet nun in eine solche Raserei, dass der rammelnde Kerl auf seinen Beinen umherwankte, als wäre er urplötzlich schwach geworden. Unbeirrt klatschte die geile Häuptlingstochter ihr empfangsbereites Becken gegen seinen Mannskolben. Der Mann fing an zu grunzen, als wolle er seine Liebespartnerin warnen.

Dann passierte es: Er fiel nach hinten, gefällt wie ein Urwaldbaum und ohne einen weiteren Ton. Noch im Fallen besprang Muluglai ihn weiter. Als ob ihr in ihrer wollüstigen Raserei entgangen war, dass ihr Begatter den Halt verloren hatte.

Beide stürzten ins hohe, tiefe Gras. Nichts Ernstes geschah ihnen dabei. Nach einer ersten Schrecksekunde begann Muluglai hysterisch zu lachen. Sogleich aber stürzte sie sich wieder auf das unverdrossen steife Glied ihres Partners. Um nichts in der Welt würde sie ihn jetzt entkommen lassen! Ihren Gipfel der Lust nahe vor Augen, verfolgte sie zielstrebig das Erklimmen desselben.

Barnabas blickte auf das niedergewälzte dünne Gras und musste breit grinsen. *Tja... Wo die Liebe hinfällt, da fällt sie eben,* dachte er amüsiert. *Und manchmal wächst dann an der Stelle kein Gras mehr!*

Er packte verstohlen seine halbsteife Wurst in die Baumwoll-Pelle zurück und trat langsam den Rückzug an. Dabei achtete er darauf, nicht auf trockenes Geäst oder raschelnde Blätter zu treten. Wobei derlei Geräusche von dem Liebespaar kaum bemerkt worden wären. Doch Barnabas wollte jegliches Risiko vermeiden, in diese brisante Sache irgendwie hineingezogen zu werden, und sei es nur als entdeckter Mitwisser. Es kam für ihn nicht in Frage, sich jetzt abzumelken und sich damit kurzfristige Erleichterung zu verschaffen. Ein taktischer Rückzug war dringend angebracht.

Kaum befand er sich außer Sichtweite der beiden, vernahm er ein hohes, haltloses Gebrüll. Völlig außer sich und durchgedreht klang es, wie das von übergeschnappten Affen! Ein langgezogenes Stöhnen und Jaulen aus zwei Kehlen. Die eine Stimme heller, langgezogener und melodischer, die andere dunkler, abgehackter und krächzender.

Mit klopfendem Herzen arbeitete sich Barnabas weiter durch das dichte rote Gebüsch hindurch. Zügig bewegte er sich auf den Festplatz zu. Er wollte sich sogleich wieder neben Häuptling Mulugleo setzen, bevor dieser sich wundern würde, wo er so lange blieb. Wenn er das nicht schon längst tat!

Das ausgelassene Trommeln, Singen und Johlen wurde lauter. Schon waren die ersten Tänzer in der Ferne zu sehen. Die Nacht hatte sich inzwischen wie ein schwarzes Tuch über den Dschungel auszubreiten begonnen. Ein Tuch mit unzähligen winzigen Löchern. Millionen Sterne, die vom Himmel herabblinkten. Über allem prangte der Mond: bleich, kühl und allmächtig in seinem ewigen uralten Gleichmut.

Barnabas schluckte. Sein Mund war trocken wie ein Wasserloch nach sechs Monaten Dürrezeit. Wie sollte er dem Häuptling gegenübertreten, nach dem, was er soeben gesehen hatte? Vermochte er ihm überhaupt in die Augen zu schauen, ohne dass seine Mimik verriet, dass er soeben Zeuge des Ungeheuerlichen geworden war? Konnte der listige Mulugleo womöglich Gedanken durchschauen, in Menschen lesen wie in einem Buch?

Barnabas trat auf die große Lichtung des Dorfes zu und verließ das schützende Dickicht der roten Büsche. Sein Schwengel hatte beinahe seine normale Betriebstemperatur und sein gewöhnliches Volumen erreicht, als er sie erblickte.

Sie.

Eine junge kaffeefarbene Schönheit mit üppiger Oberweite und schwarzglänzendem langen Haar. Ihre großen dunklen Augen musterten ihn, scheu wie ein Reh und zugleich neugierig wie ein frecher Vogel. Ihre sinnlichen Lippen lächelten breit und wollüstig. Beide Brüste standen von ihrem Oberkörper ab, nackt, feucht vom Schweiß und groß wie überreife Kokosnüsse.

Um ihre Hüften trug sie ein Nichts von einem bunten Federbusch. Er war gerade groß und auffallend genug, um die Aufmerksamkeit der Blicke auf ihren Schritt zu lenken. Jedoch verhüllte er kaum etwas. In ihren Händen hielt sie einen Korb aus geflochtenem Schilf. Er war voller kleiner grüner Beeren oder Knollen. Vermutlich war sie im Begriff, mit diesem zum Fest zu gehen. Oder kam sie von dort?

„Weißer Mann!" rief die junge Schwarze in einem unbeholfenen, merkwürdig gestelzten Kongolesisch. „Weißer Mann, koste von den Früchten!" Sie streckte ihm den Korb entgegen. In gleichem Maße bebten ihre großen Brüste und wogten sanft in seine Richtung. Die Nippel waren rosafarben, groß und augenscheinlich so hart wie Bonbons. Ob sie auch genauso süß schmeckten?

Barnabas fuhr sich mit der Zunge über die Lippen. Sie fühlten sich so trocken an wie alte Baumwurzeln, die seit Monaten keinen Regentropfen mehr gesehen hatten. In seiner Hose begann sich wieder ein Zelt aufzurichten, unaufhaltsam und obszön groß. Der Stoff spannte sich bis zum Zerreißen.

Alles war jetzt egal. In seinen Adern pulsierten das starke Maniok-Bier und die pure Manneslust. Ganz gleich, welche Gefahr ihm drohen mochte: Er war bereit, von diesen Früchten zu kosten. Jetzt und hier. Koste es, was es wolle!

Kapitel 4:

DIE EINZIG WAHRE STELLUNG

Das Abenteuer kostete ihn etwas Selbstüberwindung und sehr viel Schweiß.

Barnabas brauchte nicht viel Worte, um sich mit der Frau zu verständigen. Sie schien äußerst willig, ja sogar sehr begierig zu sein, sich ihm auf der Stelle hinzugeben. Als hätte sie auf ihn gewartet und ihm gar deswegen aufgelauert! Merkwürdig, wo er doch gewiss nicht mehr der Jüngste und Schlankeste und der Schönste noch nie gewesen war. Verspürte die junge Muluglu-Eingeborene eine erotische Neugier wegen seiner fremden Herkunft? Strahlte er väterliche Sicherheit aus und materielle Nestbau-Qualitäten? Wollte sie in den Schatten seiner großen Lebenserfahrung treten und auf dem Wege des Geschlechtsverkehrs Nähe aufbauen zu seinem gewinnenden Wesen und gütigen Charakter?

Ganz gleich, was die Gründe für ihre Willigkeit waren! Er würde ihr festes, junges Fleisch besitzen, wenn auch nur für einige intensive, unvergessliche Augenblicke lang.

Kaum hatten sie Sichtschutz hinter einem Zaun mit mannshohen dünnen Baumpfählen gefunden, fielen sie übereinander her. Der Korb mit den Beeren oder Knollen fiel ins Gras. Barnabas grub seine dicken, kräftigen Finger ins weiche Hinterteil der Muluglu-Frau und presste ihr Becken an das seine. Sein Kolben wurde rasch größer und härter und stieß forsch gegen ihren Bauch, umhüllt vom Stoff seiner Kleidung. Ihr Bauch zitterte, ob wegen erwartungsvoller Nervosität oder lustvoller Erregung war nicht zu deuten. Mit dunkel glühenden Augen suchte die Schwarze die seinen. Sie schien ihn förmlich anzuflehen, sie endlich von ihrer aufkochenden weiblichen Lust zu erlösen!

Barnabas konnte nicht vermeiden, etwas schweratmend zu keuchen, als sie sich umarmten und küssten. Seine dicke große Nase rubbelte an ihrer zarten, kleinen, als ihre Münder sich gefunden hatten und die wieselnden Zungen

Speichel austauschten. Buschig und weiß leuchtete sein Schnauzbart inmitten seines Gesichtes, das nicht nur von der Sonne gerötet war.

Wieder verspürte er gerade jetzt das Gewicht des ledergebundenen Buches besonders deutlich. Das Buch der Glückseligkeit, welches er auf dem Rücken trug. Doch hatte diese Bürde nun keine mahnende und moralisch strenge Wirkung auf ihn, sondern eine eher nutzenbringende und verheißende.

Ja, es war ein Buch mit wertvollen Psalmen, Versen und Gesängen. Aber war es nicht auch einfach eine stabile Stütze und praktische Hilfe für alle Lebenslagen?

Noch während sie schmusten und sich küssten, tasteten seine Hände zielsicher und eilfertig seinen Rücken ab, um das Buch von dem Tragegurt loszubinden. Mit einem dumpfen Rascheln fiel es schließlich hinab ins tiefe Gras und sorgte für eine lichte Mulde in demselben.

Hungrig machte sich Barnabas mit saugendem Mund über die Brüste der jungen Frau her. So groß sein Schlund auch war, er bekam nicht einmal einen Teil ihrer Busen richtig zu fassen. So blieb ihm nichts Weiteres übrig, als wie ein ungeduldiges Riesenbaby an ihren Nippeln zu lutschen. Er ließ seine Zunge zärtlich um die Warzenhöfe kreisen. Mit der Zungenspitze massierte er die Brustwarzen und drückte sie tief in das weiche Fleisch hinein, nur um sie daraufhin wieder keck herausschnellen zu spüren.

Ihr Atmen wurde schneller, ihre Erregung wuchs. Sie war nicht gespielt, sondern echt. Barnabas wusste, dass die Eingeborenen eine tiefe, unbekümmerte Aufrichtigkeit und Ehrlichkeit besaßen. Verstellung und falsches Spiel war ihnen fremd, was sie ihm überaus sympathisch machten. Einzig und allein eine naive Art des Theaterspielens war ihre einzige Verstellungskunst. Wenn es darum ging, zum Takt von Trommeln und Gesängen Jagdszenen darzustellen oder aufreizende Tänze vorzuführen, so taten sie dies geschickt und unterhaltsam. Jedoch immer so naiv, dass man deutlich merkte, dass hier ein Spiel vorgeführt wurde. Wenn es um feinere Gefühle und dezente Wahrnehmungen ging, so konnte man bei den Muluglus sicher sein, dass sie echt waren. Sie hätten auch gar nicht verstanden oder eingesehen, warum man Gefühle oder Stimmungen vorgaukeln sollte. Deshalb hatte es sicher noch nie eine Frau bei ihnen gegeben, die Lust oder gar einen Orgasmus vorgetäuscht hatte.

Gerade diese Natürlichkeit und Aufrichtigkeit war es, die Barnabas so reizvoll fand beim Liebesspiel mit der Eingeborenen. Diese Frau war etwa zwanzig Jahre jung und hübsch, wenn auch nicht annähernd so betörend wie

Muluglai. Doch mit halbgeschlossenen Augen und ganz auf sein Fühlen und Riechen fixiert, konnte Barnabas sich fast der Illusion hingeben, sich beim Vorspiel zum sexuellen Akt mit der Häuptlingstochter zu befinden. Eben jener frechen Göre, die soeben, nicht weit von ihnen entfernt, von dem frechen Muluglu-Krieger begattet worden war!

Waren diese beiden inzwischen zum Fest zurückgekehrt, als ob nichts geschehen wäre, und hatten die Spuren ihrer Liebesschlacht hastig beseitigt? Oder lagen sie sich noch zärtlich in den Armen, inmitten des roten Gestrüpps?

Egal!

Hätte der kleine dicke Missionar länger nachgedacht, so wären ihm Bedenken gekommen ob des Risikos seines Abenteuers und der moralischen Zweifelhaftigkeit seines Tuns. So aber war er ganz Genussmensch, triebhafter Mann in den besten Jahren. Paarungswilliges Tier, sich ganz den Gefühlen hingebend.

Er ergriff die Führung. Nachdem es zunächst *sie* gewesen war, die ihn herausgefordert und sich ihm angeboten hatte, war es nun an ihm, sich zu nehmen, wonach ihm die Lust stand.

Kräftig aber behutsam packte er ihr Hinterteil. Es war nicht gerade klein, aber prall und griffig. Er hob sie hoch, presste sie fest an seinen Leib und bückte sich nach unten. Mit einem Quieken sah sie mit an, wie er sie nach unten hievte und ihren Po genau auf dem großen Lederbuch positionierte, das im Gras lag. Mit fachmännischer Gründlichkeit bog er ihren Oberkörper nach unten ins Gras. Ihr Unterleib war nun durch das dicke Buch emporgereckt und ihm schutzlos ausgeliefert. Seufzend breitete sie die Arme im hohen Gras aus und schloss die Augen in Erwartung dessen, was dieser geile Strolch mit ihr vorhatte.

Barnabas fletschte die Zähne. Er machte sich an dem kleinen Federbusch zu schaffen, der ihre Scham mehr schlecht als recht bedeckte. Unwirsch und mühelos riss er ihn ab und spie ihn in hohem Bogen aus, weit weg ins Gras.

Dann lag er vor ihm, der Heilige Gral der wilden Weiblichkeit. Das Faszinosum, das seit Jahrtausenden und wahrscheinlich noch viel länger die Welt der Männer antrieb, durcheinanderwirbelte und verrückt machte.

Die Scham der jungen Eingeborenen war kurz rasiert. Krause, schwarze Löckchen ringelten sich wie schwarze Zuckerwatte um die fest verschlossene Spalte. Barnabas senkte seinen großen Zinken auf dieselbe herab. Er berührte mit ihm die Stelle, wo ihr Kitzler war. Genau zu lokalisieren war er nicht inmitten des engen Schlitzes, der von dem schwarzen Schamhaar-Gekräusel halb verdeckt war.

Ein glucksendes, helles Lachen ertönte, sprudelnd aus der Quelle ausgelassener Heiterkeit. „Großer Rüssel von weißem Mann wie kleine Ameisen, so kitzelig!" kicherte die Muluglu-Frau. Jedenfalls waren dies in etwa die Worte, die Barnabas mit seinen nicht ganz sattelfesten Kongolesisch-Kenntnissen zu verstehen glaubte. Seine große Nase rieb an ihrem Kitzler. Seine Zunge versuchte sich etwas unterhalb davon Eintritt in ihr Heiligtum zu verschaffen. Das war gar nicht so einfach, denn die Schamlippen schienen sich entschlossen zu haben, seinem dreisten feuchten Schmeck-Organ den Zutritt zu verwehren.

Schon erahnte er das Aroma ihrer Höhle, das sich durch die fast gänzlich geschlossene Öffnung bemerkbar machte: Ein etwas bitterer, scharfer Geschmack des Verruchten, Verbotenen und über alle Maßen Unvergleichlichen! Kaum hatte seine Zunge endlich die Schamlippen aufgestemmt und die Spitze zaghaft hineingetrieben, schmeckte sie eine brodelnde Feuchtigkeit. Hinter den so fest geschlossenen Lippen war ihr Liebessaft in Wallung geraten und nicht mehr zu bändigen. Erst tröpfchenweise und dann in einem nicht versiegenden Dunstschleier trat die Scheidenflüssigkeit aus ihrer Quelle. Nach wenigen Augenblicken waren nicht nur Zunge und Lippen des Missionars, sondern auch sein Kinn und sogar etliche Büschel seines großen weißen Schnauzbartes damit eingenässt.

Barnabas begann zu lecken wie ein Kater auf dem Boden einer Milchschüssel. Die Eingeborene stöhnte leise. Zunächst kurz, abgehackt und wimmernd, dann zunehmend lauter und langgezogener. Als hätte sie zunächst ihre aufkeimenden weiblichen Lustgefühle zu beherrschen und schamhaft zu verheimlichen versucht… um nun schicksalsergeben der Natur ihren Lauf zu lassen. Ihre Schenkel waren willig gespreizt und wogten hin und her im Takt seines stürmischen Leckens. Hohe Grashalme raschelten, von ihren nackten Knien umhergescheucht.

„Ich bocke dich, meine junge Schöne!" versprach Barnabas mit tiefer, lüsterner Brummstimme. Sein Schnauzbart bebte. An den unteren Enden liefen die weißen Haare in spitzen, nassen Strähnen zusammen, benetzt von ihrem Lustsekret.

Als stumme Antwort ließ die Muluglu-Frau ihr Becken kreisen. So als würde sie es mit leichter Gymnastik für den Geschlechtsakt trainieren und aufheizen wollen. Sie nahm die Herausforderung an und erwartete seinen steifen Fleischriemen.

Barnabas tastete mit der rechten Hand nach seinem Schwengel, während er mit der linken nachprüfte, ob ihr Unterleib sicher und mittig auf dem nashornledernen Buch auflag. Sein treuer Kolben stand in einem schrägen Winkel von seinem Leib ab, eingepfercht in die Enge seines Tropenanzugs.

Für einige Augenblicke ließ der Missionar die Hände von der Frau, um sich seiner Kleidung entledigen zu können. Rasch stieg er aus dem hellen Anzug. Der hatte schon einige Flecken, darunter auch etliche grasgrüne. Unwirsch wollte Barnabas das Kleidungsstück hinter sich werfen. Er besann sich dann aber eines Besseren und formte es zu einem festen, kleinen Paket. Sogleich legte er dieses seiner Sexpartnerin unter den Kopf. Als stützende Unterlage sowie um ihr einen besseren Blickwinkel zu verschaffen. Sie sollte genau mit ansehen wie er sie bockte! Er war ein umsichtiger und rücksichtsvoller Mann.

Barnabas richtete sich vor ihr auf, kniend und nackt, sein Rohr steil über ihr ragend wie eine mächtige Fahnenstange. Konzentriert spannte er die Muskeln und ließ seinen Schwengel auf- und ab zucken. Ihr schien der Anblick zu gefallen, denn sie machte große Augen und starrte ihn mit offenem Mund an. Mit der Zunge berührte sie ihre vollen Lippen. Ihr Hals und ihr Brustkorb verrieten ihren schnellen, aufgeregten Atem.

Dann ging er zum Angriff über. Er senkte sein steifes Gerät steil nach unten, wobei er den Hintern stark abwärts biegen musste. Denn der Schwellkörper seines Bockriemens war derart angefüllt mit Blut, dass er diesen in einem engen Winkel zum Bauch emporreckte. Ein Einfädeln war deshalb nicht einfach.

Als Barnabas seinen holzharten Kolben etwas nach unten drückte, um ihn in die Nähe der Scheidenöffnung bugsieren zu können, protestierte der mit pochender, schmerzhafter Anspannung.

Die Muluglu-Frau wurde sehr unruhig, als sie den Eindringling nahen spürte. Sie bekam am ganzen Körper eine Gänsehaut. Besonders um ihren Intimbereich herum öffneten sich ihre dunklen Hautporen sinnlich erregt.

Barnabas hielt mit einer Hand die Wurzel seines Mannskolbens fest, um ihn geschickter ins Ziel dirigieren zu können. Mit der anderen Hand streichelte er ihren bebenden Hintern. Er spürte das raue Leder des Buches, das dem Po der Frau Halt gab und ihren Unterleib erhöhte, sodass er umso tiefer in sie eindringen würde. Sein Buch der Glückseligkeit war auf so wunderbare Weise zweckentfremdet und selbst in dieser Situation sehr nützlich. Wahrhaft eine stabile Hilfe für jede Lebenslage!

Mit diesem Buch würde er der Muluglu-Frau die einzig wahre und anständige Stellung beibringen, die zivilisierten Menschen geziemt! Nur das direkte Bocken von oben herab tief in den empfangsbereiten, fruchtbaren Schoß der Frau war rechtmäßig und gut. Nur so lag ein göttlicher Segen auf dem Geschlechtsakt!

Die Eichel wurde gegen die feuchten, aber hartnäckig zusammengepressten Schamlippen gedrückt. Was sich zuvor die Zunge an Freiraum erkämpft hatte, schien momentan wieder verloren zu sein.

Der Widerstand währte jedoch nicht lange. Unerbittlich schob Barnabas seinen Pfahl vorwärts. Die Scheide begann sich zu weiten und die pralle, großporige Eichel in sich aufzunehmen. Die Frau pustete heiße Luft zwischen ihren üppigen Lippen hindurch und bog den Kopf weit nach hinten ins hohe Gras. Nur, um ihn kurz darauf wieder zu heben, da sie den Blick nicht lassen mochte von der behutsamen, aber unbeirrbaren Begehung ihrer Pforte.

Schon war der Kolben drei Fingerbreit im Loch verschwunden. Die Eichel als neugieriger Vorbote war nicht mehr zu sehen und trieb bereits ihr Unwesen in der Lustgrotte.

„Du sollst mich ganz haben! Ich gehöre dir!" fiepste die Eingeborene. Sie spreizte die Schenkel soweit es ging, um ihm den Eintritt zu erleichtern.

Barnabas schloss die Augen. Eine sehnige, nasse Enge umschlang sein Mannesstück. Als wäre es eine Würgeschlange, die ihr Opfer umgarnte. Die Frau war eng… sehr eng sogar! Ob sie wohl noch nicht viele Männer vor ihm gehabt hatte?

War er womöglich ihr erster Begatter?

Diesen Gedanken verwarf er schnell wieder. Zu fordernd, zu selbstsicher hatte sie sich ihm genähert. Zu schnell war die Annäherung gewesen, als dass er sie noch für eine Jungfrau halten konnte. Vermutlich aber hatte sie schon längere Zeit keinen Bockpartner mehr gehabt. Oder aber sie war von Natur aus so eng gebaut, dass es erst sehr vieler Bockspiele bedurfte, um ihren Vordereingang geschmeidig und dehnbar zu machen.

Schließlich war es vollbracht: Das Revier war abgesteckt, die Eroberung vollzogen. Tief war der Fleischriemen in die Scheide gedrungen, so dass sich nur noch der haarige Ansatz desselben sowie der glockenförmige Sack in Freiheit befanden.

Vorsichtig fing der Missionar an zu rammeln. In einem langsamen, gleichmäßigen Rhythmus schob er den Schwengel vor und zurück. Was hinaus rutschte, wurde von feuchten, rosigen Schamlippen sehnsuchtsvoll verabschiedet. Was hineinfuhr, wurde begierig aufgenommen und eng umschlossen.

Langsam steigerte Barnabas das Tempo. Er schaute der Frau ins Gesicht, das allmählich zu glänzen begann vor Schweiß. Trotz der Dunkelheit des Abends leuchtete es heiß vor Anstrengung und sexueller Erregung.

„Du großer weißer Bock!" stöhnte die Frau in hemmungsloser, passiver Empfangsbereitschaft. „Du auf mich gesprungen wie deine Götter es dir befohlen haben!"

„Ich zeige dir die einzig richtige und echte, gottesfürchtige Art des Stoßens!" versprach Barnabas keuchend. Wie verschwommene Nebelschwaden tauchten die frommen Verse der Einzig Wahren Begattung in seinem Geiste auf. Die Verse, die er schon als Jüngling gekannt und immer wieder gelesen hatte, lang bevor sein Schwengel eine Frauenpforte von innen gesehen hatte. Jene Worte, die ihn ab dem Moment zutiefst berührt hatten, als er sie erstmals hörte.

Er bekam den Wortlaut und die Reihenfolge des frommen Gesangs rasch wieder auswendig zustande und betete laut und inbrünstig, während er stieß und rammelte:

Die Psalmen der Einzig Wahren Begattung

Bocke gut und bocke fleißig!
Stoß ins Becken tief hinab!
Bist du sechzig oder dreißig?
Lass das Lecken, melk´ den Sack!

Stoße kräftig von hoch oben
Lass den Klingelbeutel klingeln!
Diese Stellung ist zu loben!
Hör die Eierglocken bimmeln!

Kommst du dann zum letzten Stoße
Segne Frau mit deiner Lust!
Weihe mit der Eiersoße
Ihre Schenkel, Bauch und Brust!

Halt´ dich an Regeln im Verkehr!
Egal was ist, was vorher war:
Bock´ nicht hinten, schräg und quer!
Mach es wie der Missionar!

Die Muluglu-Frau lauschte andächtig seinen frommen Worten, während sie von ihm begattet wurde. Natürlich verstand sie nicht, was er da in seiner Muttersprache sagte, doch betörte sie sein brummender, mit ernster Andacht vorgetragener Singsang.

Als er das Aufsagen der Verse beendet hatte, widmete er seine Aufmerksamkeit wieder vollends dem Geschlechtsakt. Das war auch bitter nötig, denn schon hatten die Sehnen seines Fleischwerkzeugs begonnen, etwas zu erschlaffen. Seine Stöße wurden härter, weiter ausholend und lauter. Schweißnasse Haut klatschte gegen schweißnasse Haut. Sein rasselndes Keuchen erhob sich über jegliche Geräusche des Dschungels; sei es das Trillern von Vögeln oder das Trommeln und Johlen der Feiernden im Buschdorf.

Der Unterleib der jungen Frau wiegte nun kräftig vor und zurück unter den klatschenden Bockstößen des Missionars. Ihre Beine klafften nach Art einer Schere weit auseinander. Die Unterschenkel ragten steil in die Höhe, die kleinen Füße waren angespannt nach oben gespreizt.

Barnabas riss die Augen weit auf. Er fühlte, wie etwas drohte, ihn zu übermannen: die Ankunft des heiligen zähen Sackwassers aus den Eiern ins Innenrohr seines steifen Schwengels! Kurz, nur ganz kurz und schnell vorüber war der Moment gewesen, wo er der allzu stark aufwallenden Lust noch hätte Einhalt gebieten können. Der Strom des Eiersaftes ließ sich nicht mehr eindämmen. Das Gefühl war einfach zu intensiv und berauschend! Sein letzter Ritt war zudem schon zu lange her, als dass er sich durch routinierte Übung hätte bezähmen können.

Er fing an zu zittern und zu grunzen. Dann begann er zu brüllen. Ein verbleibendes Zeitfenster von wenigen Sekunden bis zum Höhepunkt vor Augen, versuchte er, den steifen Schwengel aus der lustgeschwollenen Scheide herauszuziehen. Er konnte es nicht! Die Frau wollte ihn nicht entweichen lassen. Sie spannte mit äußerster Anstrengung den Muskelstrang in ihrem Innern an, so dass sich ein fester Ring aus kräftigen Sehnen um den gefangenen Schwengel zuzog. Das Druckgefühl war schier unglaublich. Fast war es ihm, als hätte sie okkulte Kräfte, die sie eigensinnig und schamlos ausnutzte.

„Du in mir bleiben! Mir mir Milch geben wie süße Kokosnuss! Nicht gehen!" hauchte die Muluglu-Frau atemlos und versuchte mit den Händen nach seinen Schenkeln zu greifen.

Endlich konnte er seinen Schwengel aus der Umklammerung ihrer Scheidenmuskeln befreien. Keine Sekunde zu früh, federte der steife, feuchtglänzende Riemen aus ihr heraus. Er stieß sogleich eine Fontäne der Lust von sich!

Die Eingeborene war sichtlich enttäuscht über das Entkommen des Schwengels, aber auch wollüstig beim Anblick des milchig-weißen, fruchtbaren Regens aus Sacksspritzern, der da über sie kam. Sie schloss die Augen und spürte zähflüssige, warme Schlieren ihren Körper benetzen. Einige davon begannen sogleich, an ihr herab zu triefen. Sie öffnete langsam die Augen, nachdem sie vermuten konnte, dass das gesamte „Pulver" verschossen war, und erblickte verzückt die zahlreichen Spuren seiner Ergüsse.

Während Barnabas ermattet nach hinten sank und sich ins hohe Gras fallen ließ, fing die Frau an, mit gemächlichen und kreisenden Bewegungen den Eierschleim auf ihrem erhitzten Körper zu verteilen. So als brächte das Glück oder irgendeine besondere Segnung.

Der Missionar wusste, dass in vielen Gegenden des Kongo der Mannessaft als ein Geschenk der Götter galt. Er erzeugte durch seine geheimnisvolle Wirkung im Innern einer Frau den Nachwuchs. Als solches Gottesgeschenk wurde ihm vermutlich durch derlei zärtliche Riten wie das Auf-der-Haut-Verschmieren einen besonderen Respekt erwiesen.

Oder benutzten die Frauen des Stammes diesen besonderen Saft schlicht als natürliches und einfach erhältliches Hautpflegemittel?

Wenn ja, so wurde den männlichen Muluglus hier so einiges abgefordert!

Barnabas Treubart streckte sich nackt und schlaff im Gras aus. Er hatte die Geräusche des Festes nur allzu deutlich in den Ohren, war aber noch zu kraftlos, um sich zu rühren.

Er ahnte eines: Was er bisher in dieser kurzen Zeit bei den Muluglus erlebt hatte, war nur ein Ausblick auf das Kommende, vollkommen Abartige. Ein Ausblick auf das große Treiben, das ihn erwartete, in all seiner Vielfalt und Schärfe.

Für einen kurzen Moment hielt er inne und lauschte auf die entfernten Rufe, auf das Trommeln und Klatschen. Dann raffte er sich auf, um zu erleben, was die Nacht und die nächsten Tage für ihn bereithielten.

Kapitel 5:

IM TREIBSAND DER SÜNDE

Als Barnabas Treubart zu der großen Lichtung inmitten des Buschdorfes zurückkehrte, erreichte das Fest seinen ersten Höhepunkt.

Es war inzwischen dunkel bis auf das spärliche Mondlicht. Der afrikanische Regenwald, der das Dorf umschloss, lag in einem tiefen, satten Dunkelgrün unter dem unendlichen schwarzen Sternenzelt. Wie ein schlafendes, aber zutiefst lebendiges Wesen schien er laut zu atmen und zu schwitzen. Er war Heimat unzähliger Tiere, Wohnstätte einer enormen Pflanzenvielfalt und Behüter dunkler Geheimnisse. Nächtliche Räuber schlichen in ihm herum und Insektenflügel schwirrten darin umher. Verborgene Wasserquellen gluckerten und Vögel tauschten unermüdlich Nachrichten aus in ihrer geheimen, singenden Sprache.

Hätten die feiernden Muluglus inzwischen nicht mehrere Dutzend Fackeln aufgestellt, wäre die Dunkelheit Barnabas unheimlich oder gar bedrohlich vorgekommen. So aber fand er gerne zurück in das lebhafte, fröhliche Gewimmel der Feiernden, das erleuchtet war von flackernden Lichtern.

Beklommen erinnerte er sich an den *Babalawo*. Wenn der Stammespriester tatsächlich so mächtig und wissend war... wusste er über alles Bescheid, was auch außerhalb des Festes und der Wahrnehmung des Häuptlings vor sich ging? Und wenn es so sein mochte, hielt er es dann für klug, derlei Wissen für sich zu behalten? Stand er derart über den Dingen, dass er sich neutral verhielt?

Oder war er etwa gar nicht so allwissend und kümmerte sich nur um seine Opferrituale und Geister-Beschwörungen, weltfremd und in sich gekehrt?

Barnabas zwang sich, Haltung zu bewahren und sich nicht in Zweifeln und Befürchtungen zu verlieren. Er setzte eine heitere, arglose Miene auf und ging auf die Feiernden zu.

Unübersehbar war Häuptling Mulugleo der laute Mittelpunkt des Partymobs. Zusammen mit zwei hübschen Muluglu-Frauen bewegte er sich zu einem schnellen Trommelwirbel. Die Federn, Holzperlen und Zahnketten seines Körperschmucks tanzten im wirbelnden Rhythmus seiner Schritte umher.

Offenbar hatte ihn die längere Abwesenheit seines Gastes nicht gestört oder verwundert. Denn als er ihn erblickte, rief er freundlich und unbeschwert: „Mein lieber Barnabas! Du kommst gerade rechtzeitig, um unsere tollen Wettkämpfe zu erleben! Das musst du gesehen haben!" Keuchend hielt er inne und ließ das Tanzen sein, während die Trommeln unaufhörlich weiter dröhnten.

Barnabas trat heran und bemühte sich um einen ruhigen, entspannten Tonfall. Als wäre er wirklich nur fort gewesen, um Wasser zu lassen. Und nicht, um ein spontanes nächtliches Sex-Abenteuer zu erleben.

„Ihr vollführt Kämpfe? Mitten in der Nacht?" fragte er schmunzelnd.

„Es ist doch nicht mitten in der Nacht", antwortete der Häuptling, ebenso gut gelaunt wie der Gast. „Wir haben gerade mal die zehnte Stunde nach Mittag, also späten Abend. Und es sind eher sportliche Wettstreite als echte Kämpfe... Eine ganz besondere Schau, du wirst schon sehen! Unsere Männer üben das ganze Jahr dafür, um bei den Feiern in guter Form zu sein. Die Frauen ebenso!" Eifrig nickend nahm er Barnabas am Arm und zog ihn in die Nähe einer sandigen Fläche. Dort wuchsen nur einige vereinzelte Dornengebüsche. Ansonsten diente sie offensichtlich als Sportplatz oder ebenerdige Arena.

Ein Mann trat auf den Häuptling zu. Er trug schwere Waffen: Einen langen Wurfspeer, ein Steinmesser und ein Schild. Dieses war mit ehrfurchtsgebietenden Orakeln in Rot, Weiß, Gelb und Schwarz bemalt. Der Mann wirkte sehr nüchtern und gefasst. Er gehörte nicht zu den Feiernden. Wahrscheinlich war er eine Wache oder ein Späher.

„Alles ruhig!" informierte er in leisem Kongolesisch den Häuptling.

Der blickte ihn kurz etwas verwundert an, als wisse er nicht, was man von ihm wolle. Dann hellte sich sein Gesicht auf, und er nickte zufrieden.

„Gut!" antwortete Mulugleo mit schwerer Zunge. Er wirkte für einen Augenblick sehr konzentriert, fast nüchtern und in düsterer Stimmung. „Du und die anderen! Haltet die Augen und Ohren auf, lauscht auf den Dschungel, riecht ihn! Wenn das Tier kommt, müsst ihr bereit sein. Lasst nicht zu, dass es eines der Kinder holt!"

Der Wächter nickte. Ganz kurz wurde sein Blick sehnsuchtsvoll, als er auf die Becher mit dem Maniok-Bier traf, die Mulugleo und seine Untertanen kreisen ließen. Doch sogleich richtete er seine Augen wieder streng geradeaus, dienstbeflissen und zuverlässig, wie es sein Amt verlangte.

„Sind die Hütten versperrt? Befinden sich die alten Leute bei den Kindern und wachen über ihren Schlaf?" Mulugleo fixierte den Wächter wie ein Raubvogel einen Dschungelhahn.

Der nickte. „Alles wie befohlen, großer Häuptling Mulugleo."

„Gut." Der Angesprochene war sichtlich erleichtert, für den Augenblick, ungeachtet der Festlichkeiten, seine Pflicht getan zu haben. Er hatte die Kontrolle über die Sicherheit des Dorfes. Gerne widmete er sich nun wieder der Party. Der Wächter trat ab und verschwand im Schatten der Hütten, Zäune und Büsche.

„Habt ihr hier Probleme im Dorf? Was meintest du mit *Tier*?" wollte Barnabas wissen.

Der Häuptling winkte ab: „Ist nicht so wichtig momentan. Das erzähle ich dir ein anderes Mal. Lass uns einfach unbeschwert feiern!"

Die schöne Muluglai war nirgends zu sehen. Unauffällig sah sich Barnabas nach allen Seiten um. Er erblickte aber nur Muluglu-Krieger und Muluglu-Frauen. Keine Spur von der Häuptlingstochter. Auch zwei seiner eigenen Kofferträger bemerkte er. Sie amüsierten sich mit Maniok-Bier und reichlich auf Bananenblättern aufgetürmten Leckereien.

Lag Muluglai immer noch mit ihrem Liebhaber in den roten Büschen? Trieben sie es gar noch ein zweites Mal? Und wie naiv war der alte Häuptling eigentlich? Er bemerkte nicht, dass seine neunzehnjährige Tochter heimlich in seiner unmittelbaren Umgebung Sex mit einem jungen Mann des Dorfes hatte. Bestimmt war der Vorfall, von dem Barnabas heute Abend Zeuge geworden war, bisher nicht der einzige seiner Art gewesen. Wie konnte das Oberhaupt eines kleinen Eingeborenendorfes nicht über das triebhafte Verhalten seiner eigenen Tochter Bescheid wissen?

Barnabas hütete sich natürlich, ihm das unter die Nase zu binden. Zu unberechenbar und zu gefährlich konnte die Reaktion des Alten sein. Noch wusste der Missionar nicht genau, wie er den Charakter und die Stammesregeln der Muluglus einschätzen sollte. Vorsicht war angebracht. Es galt, in möglichst wenig Fettnäpfchen zu treten. Obwohl es derer für ihn wohl so viele gab wie schwarze Quadrate auf einem Schachbrett.

Was sich jetzt plötzlich vor seinen Augen abspielte, machte ihn zunächst fassungslos und ließ ihn dann hell auflachen: Zwei große starke Krieger waren gegeneinander angetreten, beide völlig nackt. Ihre ungewöhnlich langen, dicken Schwengel waren an ihren Enden an einem dünnen Seil aus getrockneten Pflanzenfasern befestigt. Es schuf somit eine Verbindung zwischen ihnen. Um die Schwengel herum war das Seil zwar fest verknotet. Dicke Schichten von weichen grünen Blättern sorgten aber dafür, dass zwischen dem harten Seil und der zarten Haut der Schwengel weniger Drückgefühl und Reibung entstand.

Das war wichtig. Denn die beiden zerrten in entgegengesetzten Richtungen an dem Seil! Unter Aufbieten aller Kräfte bogen sie ihre Unterkörper voneinander weg. Das Seil und die beiden Schwengel schienen zum Zerreißen gespannt. Wie in höchster Not japsend und schwitzend tapsten die beiden umher. Sie waren konzentriert auf ihre Leibesmitte und darauf, mit der Kraft ihrer Glieder den jeweils anderen zum Aufgeben zu zwingen.

„Es ist *Tauziehen*, ein altes Spiel der weißen Seeleute! Die sind schon vor Generationen zu uns gekommen und haben es unseren Vätern beigebracht!" sagte Häuptling Mulugleo stolz.

Barnabas nickte grinsend. Er kannte das Spiel natürlich, wenn auch in einer banaleren, harmloseren Variante. Beim Anblick der großen, unnatürlich straff gespannten Schwengel musste er schlucken. Wenn keiner der beiden Gegner nachgab, würden die Fleischriemen womöglich in die Länge gezogen wie Teigrollen unterm Nudelholz! Barnabas fragte sich, ob es wohl häufiges Training war, welches die Schwengel der beiden Muluglus so lang gemacht hatte. Wohl eher nicht, denn sie waren auch recht dick. Langgezogene Schwengel wurden mit der Zeit sicher eher ausgedünnt, da die Masse durch das Ziehen ja nicht größer wurde.

Schließlich gab einer der beiden auf. Mit einem jammernden, erstickten Jaulen ließ er sich am Seil in Richtung des Gegners ziehen, um dem enormen Druckgefühl zu entkommen. Er trat über die Grenzlinie, die in den Sandboden gezogen war. Die Anhänger des Siegers brachen sogleich in lautes Jubeln aus und ließen ihren Helden hochleben. Nicht ohne vorher das Seil von seinem Glied loszuknoten. Sonst hätten sie das Gehänge des Verlierers glatt noch einmal unter Zugzwang gesetzt.

Noch immer angetan von der perversen Darbietung, wurde Barnabas vom Häuptling sanft weitergezogen. „Das ist noch gar nichts!" prahlte er und grinste breit. „Ein kleines, sehr altes Spielchen. Da haben wir noch spannendere Wettkämpfe! Unseren Fußball… und das Sackhüpfen!" Er zwinkerte dem Missionar schelmisch zu. Barnabas ahnte, dass es sich hierbei nicht um die ihm bekannten Sport- und Spielarten handelte, sondern um völlig abnorme und schweinische Wettkämpfe. Die sich nur ein lüsterner Spinner ausdenken konnte, dem die Langeweile des afrikanischen Busches ohne dreiste Sex-Spielchen sonst aufs Gemüt schlug!

Das Fußballspiel war an Irrsinn und Perversion nicht zu überbieten.

Es spielte eine Männer- gegen eine Frauenmannschaft. Der Ball war die mit Luft gefüllte und zugeknotete Blase eines Warzenschweins. Sie war fast rund und kullerte, angestoßen von den Spielern, federleicht hin und her. Gespielt werden durfte, wie der Häuptling eifrig erläuterte, nur ohne Beinarbeit und schon gar nicht mit den Händen oder dem Kopf. Während der Häuptling noch erklärte, sah Barnabas mit eigenen Augen die sportliche Sauerei, die sich vor ihm abspielte. Mitten am späten Abend im Dschungel des Kongo, erleuchtet vom unregelmäßigen Licht der Fackeln und bevölkert von zahllosen Schatten in ständiger Bewegung.

Die männlichen Spieler robbten auf allen Vieren dem Ball hinterher, ebenso wie die Frauen. Im Gegensatz zu diesen besaßen sie knüppelartige Schläger, mit denen sie nach dem Ball kickten: ihre steifgemolkenen Riemen! Gelang es einem der Spieler, sich auf den Ball zu stürzen, so nahm er direkt über ihm mit angewinkelten Armen und Beinen Position ein. Er brachte sein Gehänge in die Nähe der Schweineblase und ließ die Muskeln darin zucken. Der halb- oder auch ganz steife Riemen federte dadurch nach vorn, und wenn der Mann gut gezielt hatte, stieß er damit den Ball in Richtung des gegnerischen Tors. Die Tore bestanden aus grob geknüpften Netzen, die zwischen Gebüschen aufgespannt waren.

Das Knifflige bestand für die Männer darin, ihre Schwengel mehr oder weniger aufgerichtet zu halten, was beim Anblick der vielen nackten Frauen nicht schwer erschien. Am besten war ein nur halbwegs steifer Schwengel, um damit nach dem Ball zu dreschen. Ein allzu hartes Glied prangte steil aufgerichtet am Unterbauch und war zum „Kicken" nach dem Ball kaum zu gebrauchen. War es zu schlaff, vermochten die Muskeln darin nicht, es nach vorne zucken zu lassen. Mit einem schlaffen Gehänge konnte ein Mann nur durch die Bewegungen seines Unterkörpers den Ball vorwärts bugsieren. Ein solcher Versuch wurde vom Publikum mit Buh-Rufen und spöttischem Gelächter quittiert.

Das Mittel der Wahl für die Frauen hingegen waren ihre Brüste. Hier waren die Spielerinnen mit den größten Busen im Vorteil. Ganz besonders die alten Frauen, deren stattliche Brüste schon schlaff herabhingen, waren als geschickte Stürmerinnen gefürchtet. Behände robbten sie auf den Ball zu. Sie beugten sich über ihn, ließen die Brüste einmal hin und herschwingen wie massive Kirchturmglocken und schlugen damit nach dem Ball.

Barnabas mochte es kaum glauben, mit welcher Ernsthaftigkeit und Begeisterung die Muluglus dieses Treiben veranstalteten. Der Ball ging mal auf die eine Seite des Spielfelds, mal auf die andere, aber nicht in eines der Tore. Die Zuschauer riefen wild durcheinander und feuerten ihre Lieblingsmannschaft an. Auffällig war, dass sich hier beide Geschlechter beliebig für jeweils eine Mannschaft ereiferten. Das hieß, nicht unbedingt nur Frauen waren Anhänger der Frauenmannschaft und umgekehrt. Eine bunt gemischte, tolerante und faire Sache also. Wenn auch vollkommen verstörend und unzivilisiert für einen gewöhnlichen, gottesfürchtigen Europäer!

„Die alte Aklawa ist die Beste! Sie kommt über den Ball wie ein Sturm über das Dorf!" rief Häuptling Mulugleo und klatschte in die Hände. Er war betrunken. Seine Augen glänzten glasig. Nicht bei jedem Klatschen trafen sich seine Handflächen in der Mitte. „Es würde mich nicht wundern, wenn sie am Ende den Sieg davonträgt!"

Ungläubig starrte Barnabas auf eine scheinbar steinalte, runzelige Frau mit dürrem, verhutzeltem Körper. Nackt bis auf einen ausgeblichenen Lendenschurz jagte sie über das Spielfeld. Ihre dünnen Ärmchen und Beinchen wirbelten über den Sandboden wie Flugzeugpropeller oder die Flügel eines Kolibris. Ihre hornhäutigen Brüste schleiften dabei hinter ihr her wie leere lederne Wasserschläuche.

Kaum hatte sie den Ball erreicht, spreizte sie ihre Beine und erhob sich etwas. Ihre Hängebrüste hingen fast so weit nach unten, dass sie sie hätte als Schal benutzen können… Sofern es hier im Busch jemals kalt geworden wäre. In halb aufgerichteter Position schwangen die Brüste nun umher wie riesige faltige Pendel. Die Brustwarzen sahen aus wie die Saugnäpfe eines riesigen getrockneten Tintenfischs. Mit geübter Präzision schleuderte die Alte beide Busen nach vorne. Mit einem dumpfen „Plop!" trafen sie auf die Schweineblase und katapultierten sie nach vorne zum Tor der Männer.

Der Torwart, ein schweißüberströmter Dicker mit einem Gehänge wie ein Elefant, sprang hoch, viel eleganter, als man ihm das aufgrund seiner Statur zugetraut hätte. Er vollführte eine halbe Drehung mit dem Bauch nach oben, beinahe einen Salto. Sein Schwengel wippte himmelwärts. Der haarige Sack schleuderte herum… und traf die Schweineblase im Flug! Wirkungslos wurde sie ins Aus gekickt. Viele Zuschauer jubelten und feixten.

Es war nicht sicher, ob der Ball ins Tor gegangen wäre, wenn der Torwart nicht so umsichtig reagiert hätte. Doch was zählte, war nur das Ergebnis. Der Torschuss war abgewehrt. Die Männer waren erleichtert. Es stand momentan eins zu eins.

Die alte Frau namens Aklawa trat vorerst den Rückzug an. Lauernd beugte sie im Stehen ihren Oberkörper nach vorne und ließ die Brüste kreisen. Sie rotierten knapp über dem Boden, schwer und schwielig.

Barnabas war unbehaglich beim Anblick dieser Busen, die zu wahren Kampf-Eutern zweckentfremdet worden waren. Er fragte sich, ob und in welchem Ausmaß die Alte ihre ehemalige Produktionsstätte für Milch als Waffe benutzen könnte. Wer solche Dinger um die Ohren geknallt bekam, würde die Glocken des Himmelreiches bimmeln hören!

Die Männer waren optimistisch. Sie hatten neuen Mut geschöpft aufgrund der erfolgreichen Leistung ihres dicken Torwarts. Erwartungsvoll und unruhig spielten sie mit ihren Schwengeln und versuchten sie steif zu halten, idealerweise nur leicht schlaff und damit voll beweglich.

Eigentlich ist es ein sündiges, verkommenes Spiel! dachte Barnabas etwas beklommen. Doch inmitten der gutgelaunten Muluglus, die sich in natürlicher Heiterkeit und Hingabe ganz auf das „Fußballspiel" einließen, hielt sich sein schlechtes Gewissen in Grenzen. Schließlich machte es allen Spaß und schadete keinem. Mehr noch, selbst eine alte Frau oder ein dicker Torwart konnten hier ihr Talent zeigen und unter ganz neuen Umständen zur Höchstleistung aufblühen!

Das Spiel brandete wieder auf, als der Ball ins Feld geworfen wurde. Neues Leben kam in die Spielerinnen und Spieler. Sie jagten dem Ball hinterher. Köpfe schlugen zusammen, als zwei Männer zugleich versuchten, ihre Schlagriemen aus Fleisch hinter dem Ball in Stellung zu bringen. Frauen zeterten und gifteten sich an, wenn die eine schneller sein wollte als die andere und ihre Busen eilig nach der Schweineblase schleuderte.

„Gemach, gemach!" mischte sich Häuptling Mulugleo gutmütig ein und hob beschwichtigend beide Hände. „Wo bleibt euer Mannschaftsgeist? Hört ihr nicht das Mahnen eurer ehrwürdigen Ahnen? Ihr sollt als Mannschaft zusammenhalten! Nur so könnt ihr gewinnen!" Er ließ sich einen Becher Maniok-Bier reichen und trank einen tiefen Schluck.

Bei Barnabas hatte die Wirkung des Alkohols nachgelassen. Er wollte sich nach dem Muluglu umdrehen, der den Krug mit Bier herumreichte. Der Häuptling war schneller. Trotz seiner Trunkenheit überaus höflich und gastfreundlich, winkte er nach einem Diener und deutete auf Barnabas. Rasch wurde seiner stummen Aufforderung Folge geleistet. Barnabas bekam einen großen Becher in die Hand gedrückt, der sich sogleich mit trübem, braunem Maniok-Bier füllte.

Er fand es nun weniger eklig als vielmehr gut erträglich. In seiner strengen, etwas muffigen Würze war es sogar aromatisch. Er trank den Becher halbleer und spürte die wohlige, beschwingte Wirkung des Getränks. Das Glucksen der Flüssigkeit mischte sich in seinen Ohren mit dem Schreien der Zuschauer, dem Keuchen der Spieler und dem leisen, dumpfen Geräusch, wenn die Brüste einer Frau oder das Glied eines Mannes auf den Ball trafen.

Die Stimmung auf dem Spielfeld begann erhitzter und verbissener zu werden. Eine unglaublich dicke Frau, die von ihren Fans „Gagawama" gerufen wurde, war jetzt besonders draufgängerisch. Anders als die alte Aklawa, die nun sichtlich langsamer wurde und allmählich ermüdete, hatte sie schier unerschöpfliche Kraftreserven.

Gagawamas Busen waren so groß wie ausgewachsene Kürbisse. Sie erschienen bedrohlich wie Kanonenkugeln. Zwar hingen sie herab, aber das in einer solchen Fülle und Schwere, dass sie wahrhaft gefährlich werden konnten. Hier waren die Frauen klar im Vorteil. Im Gegensatz zu den Männern waren ihre „Einsatzgeräte", mit denen sie nach dem Ball schlugen, relativ unempfindliche Hautsäcke. Ihre Gegner allerdings setzten ihre sensibelsten Weichteile zum Schlagen nach dem Ball ein, die sie auch noch in einem steifen Zustand halten mussten. Sie arbeiteten zudem mit dem ungeschützten Sack an der freien Luft. Und jeder Mann weiß, dass sein Gehänge ein zwar wertvolles, aber auch sehr schutzloses Werkzeug ist.

Gagawama näherte sich dem Ball, der gerade von einem besonders feisten, dünnen Kerl mit langem, schlabbrigem Schlauch in Richtung des Tors der Frauen geschleudert worden war. Der Ball drohte seinem Ziel gefährlich nahe zu kommen. Der weibliche Torwart war gerade abgelenkt durch einen der Spieler. Dieser ließ sein Glied mit affenartiger Geschwindigkeit im Kreis rotieren, um es einigermaßen steif zu halten. Er rief dem Torwart der Frauen dabei charmante Komplimente zu.

Gagawama stürzte sich auf den Ball, gigantisch und unaufhaltsam wie ein weiblicher Urknall. Ihre mächtigen Fleischglocken wummerten durch die warme Nachtluft. Die Nippel daran waren groß und hart wie Tretminen. Ihr Gesicht war zu einer finsteren Fratze der Zielstrebigkeit geworden, die nur eines besagte: *Der Ball gehört mir! Wer es wagt, mir zuvor zu kommen, wird weggepustet!*

Ein Leichtsinniger stellte sich ihr in den Weg und bereute es augenblicklich. Mit einem Kampfschrei, der durch den ganzen Dschungel hallte, ließ Gagawama im Heranstürmen ihre massigen Hüften kreisen und holte aus. Die riesigen Brüste, die wild bemalt waren mit allerlei bunten Zeichen und Symbolen, schwirrten in Richtung ihres Rückens. Sie verharrten einen kurzen Moment lang und sausten dann nach vorne.

Der waghalsige Spieler wollte sich gerade runter zum Ball beugen und molk seinen Schwengel, um ihm die nötige Schlaghärte zu verleihen. Er sah die Geschosse zwar kommen, konnte aber nicht mehr ausweichen.

Die gewaltigen menschlichen Euter hätten ihn schlichtweg aus den Schuhen gehauen, wenn er welche angehabt hätte. So trafen sie ihn mit voller Wucht in die Seite und fegten ihn zu Boden. Das Klatschen der gewaltigen Fettpolster auf seine dünnen Rippen war erschreckend laut. Es ähnelte dem Geräusch, wie wenn ein Nilpferd sich bäuchlings von einer Anhöhe in den Fluss fallen lässt. Der Mann überschlug sich und blieb dann liegen. Nur sein bebender Brustkorb verriet, dass er am Leben war. Gagawama hatte ihn einfach aus dem Spiel gehauen.

„Foul!" rief Barnabas, den leeren Bierbecher in der Hand. Er schwenkte ihn umher, was dem Muluglu mit dem Krug signalisierte, ihm nachzuschenken. Er tat es sogleich, während Barnabas seinem Gastgeber die Regeln des Fußballs für einen solchen Fall der unrechtmäßigen Gewalt erläuterte.

Häuptling Mulugleo, selbst nicht mehr ganz klar im Kopf, hörte sich alles interessiert an. Zumindest schien es so. Tatsächlich aber ging das Geschwätz über die Fußballregeln des weißen Mannes bei ihm zum einen Ohr rein und zum anderen raus; befeuert durch den Alkohol, den das üppig genossene Maniok-Bier ihm in die Blutbahn geschwemmt hatte. Momentan erschien ihm der kleine dicke Missionar wie ein geschwätziger, fett gemästeter Papagei.

„Nichts ist faul!" urteilte Mulugleo schließlich. Sein Tonfall war tief und bestimmt, als dulde er keinerlei Widerspruch. Schon gar nicht von einem Auswärtigen, der nicht zum Stamme der Muluglus gehörte. Hier waren die Grenzen seiner Gastfreundschaft erreicht: Der Fremde wurde mit großer Herzlichkeit und Großzügigkeit sowie großem Respekt behandelt. Er hatte sich aber nicht in die traditionellen Regeln und Gewohnheiten des Stammes einzumischen.

„Nichts ist faul!" bekräftigte er noch einmal und winkte den Männern und Frauen, mit dem Spiel fortzufahren. Der niedergeschlagene Mann war inzwischen vom Spielfeld geschleift worden und kam wieder zu sich. Das rege

Treiben ging weiter. Der Ball wanderte wieder von der einen zur anderen Mannschaft.

Kopfschüttelnd und milde lächelnd, als spräche er zu einem kleinen Kind, sprach Mulugleo zu dem verwirrten Barnabas: „Wie kannst du dies *faul* nennen? Die Frau hat mit so viel Energie gespielt, dass es sogar mich beeindruckt hat! Mich, den großen Mulugleo, Häuptling des ehrenwerten Stammes der Muluglus! Wäre die Frau faul gewesen, so wäre sie nicht so gerannt und hätte den Mann nicht vom Platz geschlagen unter Aufbietung all ihrer Kräfte!"

Barnabas gab auf und nickte träge. Er nestelte am Kragen seines Tropenanzugs. Die warme Nachtluft und die Aufregung hatten ihn ins Schwitzen gebracht. Übermütig und euphorisch, wie der Stammeshäuptling nun war, wäre jetzt vermutlich ein guter Zeitpunkt für ein paar kleine Geschäfte. Doch diese mussten warten. Es würde weitere gute Gelegenheiten geben, die mitgebrachten schönen Gegenstände gegen landesübliche Kostbarkeiten einzutauschen. Barnabas verspürte momentan nicht gerade große Lust, um in seinem Gepäck nach den Dingen zu kramen, die die Muluglus eventuell interessieren könnten. Dazu war die Stimmung jetzt zu heiter, unbeschwert und aufgekratzt.

„Wo ist meine Tochter? Wo ist Muluglai?" fragte der Häuptling plötzlich.

Barnabas kratzte sich am Kopf und zuckte dann mit den Schultern. Er fühlte sich mit einem Mal etwas unbehaglich. Tatsächlich wusste er ja nicht, wo sich die Schönheit momentan herumtrieb. Jedoch verspürte er dem Alten gegenüber ein schlechtes Gewissen, da er im Gegensatz zu ihm Kenntnis hatte von Muluglais Schäferstündchen mit dem jungen Mann.

„Sie taucht bestimmt bald auf!" beschwichtigte Barnabas seinen Gastgeber in bemüht gutem Kongolesisch, etwas aufgeregt und vielleicht eine Spur zu fürsorglich. Seine Stimme schwankte etwas. Mulugleo bemerkte es nicht, besoffen wie er war.

„Bald werde ich sie bestrafen!" versicherte er. „Sie wird ihre gerechte Strafe erhalten!"

Bei diesen Worten stockte Barnabas der Atem. Wusste der Alte doch von den sexuellen Heimlichkeiten seiner Tochter?

„Vielleicht ist sie nur müde?" mutmaßte Barnabas. *Ganz bestimmt ist sie das!* dachte er. *Nach DER Rammelei wäre sogar das ausdauerndste Karnickel müde!*

„Doch nicht dafür!" entgegnete Mulugleo, als spräche er zu einem tollpatschigen Affen. „Nicht weil sie sich während des Festes davongestohlen hat werde ich sie bestrafen. Sondern wegen der Sache mit ihrer Tante! Weil sie ihr im Dschungel abgehauen ist und sich dadurch in Schwierigkeiten gebracht hat!" Er überlegt kurz und musterte seinen Gast mit dem Tropenanzug und dem großen weißen Schnauzbart. Dann glitzerten plötzlich Tränen in seinen Augen, und sentimentale Gefühle überschwemmten ihn auf den Wellen des Alkohols. Fest umarmte er Barnabas und drückte ihn an sich. Er patschte ihm auf den Rücken und grub seine Wangen in dessen breite runde Schulter.

„Obwohl", sagte er mit brüchiger Stimme, „obwohl Muluglais ungezogenes Verhalten auch sein Gutes hat! Wäre sie ihrer Tante im Dschungel nicht entflohen und dadurch in Gefahr geraten, hättest du sie nicht retten können und wärest jetzt nicht mein lieber Gast!"

Auch wieder wahr, stimmte Barnabas ihm in Gedanken zu. Behutsam drückte er den Oberarm des Häuptlings und hoffte, dass das als Zeichen des Respekts durchgehen würde.

In diesem Moment beschloss er, sich ganz bestimmt bald wieder einmal zu geißeln. Sobald er allein mit sich wäre, würde er es tun! Als Buße für das schamlose Treiben der verschiedensten Art, welches er an nur einem einzigen Abend mit angesehen hatte, nämlich heute. Und das auch noch durchaus nicht ohne lüsterne Gefühle! Als Buße für den eigenen zügellosen Fleischestrieb, der ihn sogar dazu verleitet hatte, sich melken zu wollen, während des Anblicks der Häuptlingstochter beim Sex! Und nicht zuletzt für seinen zügellosen Umgang mit der jungen Eingeborenen vorhin.

Oh, wie schön und unerreichbar Muluglai doch war! Diese glutäugige, hochgewachsene junge Frau… Wie überaus rein war ihre glänzende Haut, wie exotisch wild duftete ihr gekräuseltes, schwarzes Haar! So zart und dennoch voll klang ihre Stimme. Sinnlich waren ihre Lippen, anmutig ihre hübsche Nase. Und nicht zuletzt waren da ihre wunderbaren Brüste, die herrlichen Beine und das zierliche, versteckte Geschlecht… Was gäbe er darum, einmal, nur einmal vom Nektar dieser verbotenen Blüte kosten zu dürfen! Aber nein, nicht genug damit, dass er ein völlig Fremder war, hier im Kongo missionarisch tätig im Dienste seiner eigenen kleinen Kirche der Glückseligkeit und damit eigentlich ein nur geduldeter Eindringling einer fremden Kultur: Muluglai war die Tochter eines Häuptlings und zu Höherem bestimmt. Mit ihren neunzehn Lebensjahren war sie nicht nur wesentlich jünger als er, sondern auch um ein Vielfaches attraktiver. *Unendlich viel schöner!*

Bei diesen Gedanken verließ Barnabas der Mut. Mit einem Mal fühlte er sich alt, viel zu alt. Die Jahre zogen an ihm vorbei, zügig und immer schneller, unwiderruflich. Zurück blieb nur der Dunstschweif verblichener Erinnerungen.

Barnabas verspürte einen leichten Schlag auf der Schulter. Er erschrak. Sein Rücken versteifte sich.

„Schluss mit Nachdenken!" krähte Häuptling Mulugleo und ließ seine Hand auf der Schulter ruhen. „Wir lassen die Fußballspieler alleine. Jetzt zeige ich dir das wirklich verrückte Spiel… *Das* hast du noch nie gesehen!"

Barnabas lächelte und rieb sich das Kinn. Mulugleo mochte ihn, soviel stand fest. Vielleicht war für ihn damit die schöne Muluglai doch nicht so unerreichbar? *Der Weg zum Herzen der Häuptlingstochter führt über den Häuptling*, dachte er verschmitzt und mit aufkeimender Zuversicht.

Laut sagte er: „Fein, großer Häuptling Mulugleo vom mächtigen Stamme der Muluglus! Zeig mir das verrückte Spiel!"

„Sackhüpfen!" kicherte Mulugleo. Er hatte wieder einen vollen Becher mit Maniok-Bier in der Hand. „Das ist das beste Spiel! Ich habe es erfunden, als ich ein junger Mann war. Seitdem hat es mein Stamm schon unzählige Male gespielt."

Das Fußballspiel ohne den Einsatz von Füßen tobte immer noch laut und erbittert, verbissen und unter dem Anfeuern der zuschauenden Muluglus.

Der Häuptling führte Barnabas zu einer Anhöhe, die etwas abseits lag. Hier standen einige verwitterte Bäume und es war dunkler. Die Bäume warfen schwarze Schatten im Mondlicht. Nur wenige Fackeln erhellten den Untergrund. Barnabas aber sah auf Anhieb genug, um zu erkennen, wie abgrundtief säuisch die Phantasie des Häuptlings sein mochte, wenn allen Ernstes wirklich *er* dieses Spiel erfunden hatte.

Sackhüpfen.

In der Erinnerung des Missionars ein durchweg harmloses, kindgerechtes Spiel. Man hüpfte in Säcken auf ein Ziel zu. Das Schlimmste was passieren konnte war, dass man mit den Beinen im Sack hinpurzelte.

Hier lief die Sache anders. Ganz anders.

Sackhüpfen in der Variante des Häuptlings war ein sehr schweinisches Spiel und eine Demütigung für jeden stolzen Mann. Weswegen sich für das Spiel vor allem diejenigen Männer freiwillig gemeldet hatten, die um jeden Preis der Welt etwas beweisen oder sich bei ihrem Stammesoberhaupt einschmeicheln wollten. Die meisten von ihnen waren junge Männer. Einige ältere waren auch darunter. Sogar ein steinalter, fast zahnloser Greis.

Die Spieler saßen nackt auf einem langen, hölzernen Brett, das auf kurzen Stelzen wie eine Bank auf dem Erdboden stand. In dem Brett waren Löcher gebohrt, etwa vom Durchmesser zweier ausgestreckter Mittelfinger. Die nackten Männer saßen genau über den Löchern und ließen ihre Hodensäcke hindurchbaumeln. Die Säcke glänzten in einem glitzernden Goldgelb. Eine zähe Flüssigkeit tropfte von ihnen herab.

Eine füllige ältere Frau hielt ein kleines Äffchen an einer Leine fest. Gestikulierend und hell wispernd hüpfte es auf und ab.

Ein roter Stummelaffe, wie Barnabas feststellte. Hübsches Kerlchen, sehr niedlich und noch nicht ganz ausgewachsen. Ein tierischer kleiner Clown mit rotbraunem Fell, der es gar nicht abwarten konnte zu tun, weswegen er hier war. Dem Missionar schwante schon, um was es hier ging. Er blickte vom Affen zu den Hodensäcken der angespannt dahockenden Männer und von dort zum Affen zurück.

„Oh Gott!" sagte Barnabas erschüttert. „Nein! Ist das tatsächlich…"

„Nicht schlimm!" wiegelte der Häuptling ab. „Es ist höchstens etwas unangenehm für den Sieger… Ein kleines Kratzen, ein Beißen. Der Kleine hat noch kaum Zähne. Nur kleine, haarige Affenhändchen, die grob an den Sack packen. Ein Mund, der gierig nach dem Wildhonig schleckt." Er lachte meckernd und melodiös, die Stimme gut geölt vom Maniok-Bier. Einige der Herumstehenden fielen in das Lachen mit ein. Andere sahen gespannt und auch etwas mitfühlend auf die Mitspieler, die auf der Bank saßen.

In den Gesichtern der Männer war eine Mischung aus Nervosität, Ekel und Furcht zu lesen. Ihre mit Honig eingeschmierten Säcke durch die Löcher hängend, warteten sie darauf, dass man das Äffchen losließ.

Es wird sich auf den Honig stürzen wie der Teufel auf eine arme Seele! dachte Barnabas. Tief in seinen Baumwollunterhosen schwitzte sein eigener, kürzlich leergemolkener Sack vor sich hin und war froh, dass nicht er sich dieser Herausforderung zu stellen hatte.

Das Äffchen fiepte vor sich hin und tänzelte an der Leine, als wäre es kurz vor dem Verhungern.

„Es liebt Wildhonig über alles!" erklärte Häuptling Mulugleo vergnügt zwischen zwei Schlucken Bier. „Jetzt…" Weiter kam er nicht.

Das Äffchen wurde von der Leine gelassen. Schlagartig wurde es mucksmäuschenstill. Alle starrten wie gebannt auf das kleine Tier. Kaum den Boden berührend und fast wie im Flug schnellte es auf die Bank zu.

Den Männern stand der kalte Schweiß im Gesicht. Einer verlor die Nerven.

Er sprang auf, zog seinen Sack aus dem Loch und ergriff ihn sogleich schützend mit beiden Händen. Benommen torkelte er davon und fing an, unbeherrscht zu schluchzen.

„Weibischer Mistkerl!" fauchte der Häuptling und warf den Becher nach ihm. Er traf daneben. Bier spritzte durch die Gegend.

Der kleine Affe hielt kurz wachsam und verwundert inne. Er stand einige Augenblicke lang wie erstarrt da. Dann, als er gewahrte, dass ihm keine Gefahr drohte, stürzte er sich auf einen der Hodensäcke. Er berührte ihn kurz, strich Honig auf sein Händchen, sah es an und leckte es prüfend ab.

Der Besitzer des Sackes fuhr mit einem verzweifelten Ächzen hoch. Er überschlug sich dabei fast, so fluchtartig war sein Sprung. Auch er wurde vom Spiel ausgeschlossen und von Mulugleo mit einem verächtlichen Schnauben verabschiedet. Er schlich sich davon, um den klebrigen Honig von seinem Gehänge zu waschen.

Das Äffchen schleckte nun hingebungsvoll seine honigverschmierte Hand ab. Die winzigen Backen wogten hin und her. Verärgert klaubte es einige Sackhaare aus dem Mund und schnippte sie weg.

Plötzlich schrie das Tier los. Ein sehr helles, pfeifendes Schreien. In fast demselben Augenblick hing es am Hodensack einer der Männer, klammerte sich daran und grub sein schlabberndes Mäulchen tief in die faltige behaarte Haut.

Mit einem entsetzten Brüllen hüpfte der betroffene Mann hoch und zerrte seinen Sack mitsamt dem daran hängenden Affen aus dem Bretterloch. Er sprang mit gespreizten Beinen davon und jammerte, als wären alle Dämonen der Hölle hinter ihm her. Der kleine haarige Körper des Affen baumelte unbeirrt wie eine hartnäckige Puppe am Gehänge des Schreienden. Er hing zwischen den Pobacken herunter, die im Laufen hektisch wackelten. Die ältere Frau, der der Affe gehörte, eilte dem Mann hinterher, um ihn von dem Tier zu erlösen.

Ein Lachen aus unzähligen Kehlen brandete auf. Frauen und Männer wieherten und kicherten durcheinander. Etliche Muluglus eilten herbei auf die Anhöhe, um dem Spektakel beizuwohnen, wenn auch etwas verspätet.

„Siehst du!" prustete Häuptling Mulugleo und drosch seinem Gast übermütig auf den Rücken, „das ist *Sackhüpfen* auf unsere Weise!"

Barnabas schüttelte entgeistert den Kopf und musste dann so breit grinsen, dass es schließlich in ein dröhnendes Gelächter mündete. Als er sich gefangen hatte, wollte er wissen: „Sag, Häuptling Mulugleo, was wird denn nun aus den

Siegern deiner sagenhaften Wettkämpfe?"

„Nur Geduld!" wiegelte der ab. „Die Sieger aus allen Wettkämpfen treten natürlich gegeneinander an. Das werden wir alles gleich klären. Vorher aber…" Er winkte mit ausholender Geste dem Träger des großen Bierkruges.

Eine ganze Weile verging, in der ausgiebig gegessen und getrunken wurde. Barnabas Treubart, sein Gastgeber und einige der Muluglus gaben sich im Kreis sitzend den leiblichen Genüssen des Abends hin. Bis schließlich ein fröhliches Rufen ertönte, das das Finale der Wettkämpfe ankündigte.

Ächzend stand Mulugleo auf, an einer fetten Geflügelkeule nagend. Er bedeutete Barnabas, ihm zu folgen.

In einem großen Kreis waren mehrere Fackeln aufstellt. Dahinter hatten sich viele Muluglus versammelt, wie es schien ein Großteil der Bewohner des ganzen Buschdorfes.

In der Mitte des Kreises steckte ein langer Holzspieß in der Erde. Er war mit allerlei Amuletten, farbenprächtigen Federn und Tierknochen bestückt. Vermutlich handelte es sich um ein spirituelles Relikt des Stammes. An einer Art Ast oder Haken hing eine lange, weißglänzende Kette mit unterschiedlich großen Zähnen daran.

„Dies ist das Geschenk für den Sieger", hauchte der Häuptling Barnabas verschwörerisch zu. Eine wabernde Bierfahne wehte zu dem Missionar herüber. Der nahm sie aber nicht wirklich wahr, da er selbst schon einiges von dem Maniok-Gebräu intus hatte. „Es ist eigentlich nur eine Leihgabe. Denn es wird bei jedem Wettkampf an den jeweils neuen Sieger verliehen", fuhr Mulugleo fort. „Durch seine enorme spirituelle Kraft aber ist es so energiespendend, dass es für das weitere Leben des Siegers sehr vorteilhaft und glückbringend ist."

„Du meinst diese Kette aus Zähnen?" forschte Barnabas nach.

„Ja", bestätigte der Häuptling. „Eigentlich sind es keine wirklichen Zähne. Sondern Schnitzereien aus Elfenbein, gefertigt und gesegnet von unserem *Babalawo*! Sie haben die Form verschiedener Tierzähne: Löwe, Leopard, Buschkatze, Flusspferd, Nashorn, Elefant. Diese Kette verleiht ihrem Träger eine langanhaltende, magische Kraft."

Drei Sieger hatten sich aus den Wettkämpfen ergeben. Genauer gesagt zwei Sieger und eine Siegerin: Bei dem Fußballspiel ohne Beineinsatz hatte sich die dicke Gagawama schließlich als beste Torschützin erwiesen. Stolz und triumphierend stand sie da und blickte in die Runde.

Der Sieger des „Sackhüpfens" hatte inzwischen seinen Schock überwunden und seinen Hodensack vom Affen und dem Honig befreit. Mit verschränkten Armen stand er inmitten der Menge der versammelten Muluglus und beäugte sie etwas misstrauisch. Er glaubte doch bei gar zu vielen von ihnen Belustigung und gutmütigen Spott wahrzunehmen, der sich gegen ihn richtete.

Der Gewinner des Tauziehens präsentierte sein salatgurkengroßes Gehänge schamlos und hochmütig. Wie eine Trophäe hatte er ein Stück des Seils an sein siegreiches Glied zur Schleife geknotet. Lang und leidgeprüft baumelte sein Schwengel ihm bis fast zu den Kniekehlen herab. Deutlich konnte man die schwielige Druckstelle erkennen, wo vorhin das Tau festgemacht worden war.

Auf einem großen, flachen Baumstumpf waren etwa zwei Dutzend Becher aufgetürmt. Die drei Gewinner der Sportwettbewerbe nahmen um den Baumstumpf herum Platz. Es wurden ihnen Klammern auf die Nasen geklemmt, die aus dicken, kurzen Astteilen bestanden. Diese waren in der Mitte gespalten und hielten die Nasen eng umklammert. Jedes Riechen war dadurch unmöglich.

Häuptling Mulugleo konnte sich überhaupt nicht mehr einkriegen vor albernem Kichern. Das war für einen gestandenen Eingeborenenhäuptling eigentlich unziemlich, wie Barnabas fand. Doch stand es ihm nicht zu, darüber zu urteilen. Er selbst war gespannt auf das, was da kommen mochte.

Die zwei Männer und die Frau mit den geklammerten Nasen begannen nun reihum, abwechselnd einen der Becher zu leeren. Auf ex und mit geschlossenen Augen, als hätten sie Angst oder eine innere Barriere des Ekels vor dem Trinken.

„Die meisten der Becher sind mit Maniok-Bier gefüllt", erklärte Mulugleo mit schwankender, hoher Stimme, die in ein ausgelassenes Wiehern zu kippen drohte. „Ein paar davon aber…" Seine Schultern bebten, er kniff seinen Mund zu und verengte die Augen schelmenhaft zu engen Schlitzen, „ein paar davon…" Eine Lachträne glitzerte auf seinem linken Tränensack. „Ein paar davon sind bis zum Rand oben vollgepisst!"

Jetzt konnte sich auch Barnabas das Lachen kaum verkneifen und biss sich auf die Lippen. Interessiert beobachteten er und die vielen Muluglus, wie die drei Spielgegner vorsichtig und widerwillig die Becher nahmen. Einen nach dem anderen tranken sie sie leer. Bis sie den ersten Schluck gemacht hatten, konnten sie wegen ihres eingeschränkten Geruchsinns nicht beurteilen, ob es sich bei dem ausgewählten Getränk um Bier oder um Urin handelte. Jedes Mal, wenn einer von ihnen das Gesöff herunterkippte und feststellte, dass es sich um Maniok-Bier handelte, war seine Erleichterung für alle deutlich sichtbar.

Lange dauerte es nicht, und der erste Wettstreiter schied aus. Entsetzt fing er an zu gurgeln, als er den sauren und widerwärtigen Geschmack des Urins in seinem Mund wahrnahm. Er beugte sich zur Seite und spie es in hohem Bogen aus.

Die Umstehenden lachten und applaudierten. Sie riefen Worte des Bedauerns und des Trostes, aber auch der Schadenfreude.

„Für dich ist der Wettkampf um die Zahn-Trophäe leider gelaufen!" urteilte Häuptling Mulugleo feierlich. Der Ausgeschiedene – es war der Tauzieher mit dem langen Schwengel – schritt aus dem Kreis der leuchtenden Fackeln. Er war um Würde und Haltung bemüht. Angewidert schnalzte er mit der Zunge die letzten Tropfen Urin aus seinem Mund.

Jetzt war es ein Zweikampf zwischen der dicken Torschützin Gagawama und dem leidgeprüften Sieger des Sackhüpfens. Dieser schien wild entschlossen, die heilige Zahnkette zu gewinnen. Er leerte Becher für Becher mit dem grimmigen Gesichtsausdruck unbedingter Zielstrebigkeit.

„Wer einen Becher mit Pisse erwischt, scheidet aus!" flüsterte Mulugleo Barnabas betrunken zu, als handele es sich um eine wichtige, ungeheuerliche Information von staatstragender Bedeutung. „Wer bis zum Schluss durchhält, ohne einen Piss-Becher zu greifen, hat gewonnen!"

Gagawama war an der Reihe. Sie schnappte einen der Becher, von denen jetzt nur noch ein gutes Dutzend auf der ebenen Fläche des Baumstumpfes stand. Sie leerte ihn mutig in einem Zug.

Bier.

Der Sackhüpfer grunzte ärgerlich. Er zögerte und ließ seine Hand über den Bechern schweben. Schließlich nahm er einen und führte ihn langsam zum Mund. Die hölzerne Klammer auf seiner Nase zuckte, als würde er versuchen, doch irgendwie den Geruch der Flüssigkeit zu schnuppern. Schicksalsergeben schüttete er das Getränk in sich hinein.

Bier.

Die Muluglus riefen begeistert durcheinander, ganz hingerissen von dem geschmacklosen Wettstreit… der so *geschmacklos* aber ganz sicher nicht war.

Gagawama griff ungerührt nach einem Becher. Als wolle sie die Dramatik des Augenblickes noch etwas auskosten, zum Wohle der Unterhaltung ihres Stammes. Sie schwenkte den Becher eine Weile vor ihrem Gesicht umher, während sie die Augen geschlossen hielt. Dann trank sie. Schon beim ersten Schluck entspannte sich ihre Miene und hellte sich auf.

Bier!

Erstes Klatschen aus dem Publikum. Die Becher wurden weniger, die Spannung stieg. Lange konnte es nicht mehr dauern, und das Finale würde seinen Höhepunkt erreichen.

Dem Sackhüpfer standen unübersehbar Schweißperlen auf der Stirn. Er musterte die verbliebenen Becher und versuchte einzuschätzen, in welchem sich wohl Bier und in welchem sich Urin befinden mochte. Beherzt griff er zu und trank. Er kniff die Augen zusammen. Sein Kehlkopf hüpfte hin und her. Als er den Becher leer hatte, warf er ihn zu Boden und keuchte.

Bier!

Gagawama besah sich misstrauisch die restlichen Becher. Mit ihrer abnehmenden Anzahl wurde es nun immer wahrscheinlicher, einen mit Urin zu erwischen. Sie schnappte sich einen und ließ seinen Inhalt den Hals hinabrinnen. Gagawama begann zu lächeln.

Bier!

Sieben Becher standen jetzt noch zur Auswahl.

Mit glasigem Blick wischte sich der Sackhüpfer über die Lippen. Leicht zitternd näherte sich seine ausgestreckte Hand einem Becher und ergriff ihn, zögernd und widerwillig. Er setzte ihn an die geschürzten Lippen und nippte.

„Trinken! Trinken!" hallte es aus der Menge der Schaulustigen.

Er trank, sehr schnell und mit verzerrtem Gesicht. Dann warf er auch diesen Becher von sich und senkte das Gesicht, sodass es im begrenzten Licht der Fackeln nicht zu sehen war.

Bier!

Häuptling Mulugleo rieb sich nachdenklich das Kinn. Obwohl alle um ihn herum übermütig johlten und schrien, dachte er angestrengt nach.

Gagawama war an der Reihe. Ohne lange zu grübeln, wählte sie einen Becher aus und soff ihn leer.

Bier!

Der Sackhüpfer sah nicht gut aus. Sein Gesicht wirkte aufgedunsen und kränklich. Kaum dass es jemand sah, hielt er sich mit der linken Hand den Bauch, während die rechte griffbereit auf den nächsten Becher wartete.

Langsam schritt Häuptling Mulugleo nach vorne und trat in den Fackelkreis. Sein Gesicht wirkte streng und wurde vom warmen Schein der flackernden Fackeln mit harten Schlagschatten bedeckt.

„Kein Bier!" rief er schneidend und stemmte die Arme in die Hüften. Er sah auf den Sackhüpfer hinab, der mit leidendem Gesicht vor dem Baumstumpf kauerte.

Bedächtig bückte sich Mulugleo zu den letzten beiden Bechern, die der Sackhüpfer nach dem Trinken auf den Boden geworfen hatte. Dieser wandte sich ab, als hätte er ein schlechtes Gewissen und beginne sich schon jetzt zu schämen.

Mulugleo führte seine breite, fleischige Nase an die beiden Becher und roch daran. In der Menschenmasse wurde es mucksmäuschenstill. Man hätte einen Hosenknopf auf den Boden fallen hören können.

Der Häuptling schloss die Augen. Er ließ die Nasenflügel beben und schaute sich nach allen Seiten um. Die Augenbrauen gesenkt, die Stimme bedeutungsschwer und düster, stellte er fest: „Kein Bier!"

Ein Raunen ging durch die versammelten Muluglus, verwundert zunächst und dann immer empörter werdend.

Wie als Bestätigung des aufgedeckten Betrugsversuchs, begann der Sackhüpfer nun zu röcheln und zu würgen. Eine nicht unbeträchtliche Menge Urin schwappte wohl in seinem Bauch umher und wollte hinaus! Dann kam es, heiß, gelb und säuerlich: Wie ein Drache aus exotischen Fabelgeschichten Feuer speit, presste er eine nasse Wolke von Pisse aus sich heraus. Er exhalierte den Inhalt von zwei Bechern, ergoss die ekelhafte Brühe in die warme Dschungelluft. Entsetzte Muluglus stoben auseinander, als Urintropfen in ihre Richtung fielen.

Gagawama, die stolze und ehrliche Siegerin, erhob sich und beäugte voller Vorfreude ihre Siegestrophäe aus Elfenbein. Der Sackhüpfer kauerte unter Buhrufen und Gelächter auf der Erde wie ein Häuflein Elend.

Tadelnd schüttelte der Häuptling seinen Kopf und ließ die zwei Becher fallen. Er schalt den Betrüger: „Man kann dir nur deinen Ehrgeiz zugute halten… Dafür hast du ohne mit der Wimper zu zucken zwei Becher mit Pisse leergetrunken und deinen Stamm zu täuschen versucht! Du wolltest uns alle glauben machen, es handele sich um Bier und du wärest weiterhin im Rennen! In der Hoffnung, dass deine Gegnerin bald einen der Urinbecher erwischen würde und das Spiel ein Ende hätte… mit dir als Sieger! Doch weit gefehlt – dein Häuptling hat sich nicht täuschen lassen!"

Die Muluglus klatschten in die Hände. Sie hatten nicht nur die Gewinnerin der begehrten Zahnkette aus Elfenbein ermittelt. Sondern nun auch einen unterhaltsamen kleinen Betrugsskandal! Es war der erste Vorfall dieser Art in ihrem Dorf, an den sie sich erinnern konnten. Und wieder einmal hatte ihr Oberhaupt ihnen gezeigt, dass seine scharfe, kluge Weitsicht nicht trügen konnte und über jede Müdigkeit oder Trunkenheit erhaben war!

Barnabas lächelte frohgesinnt. Obwohl mittlerweile die tiefe Nacht hereingebrochen war, fühlte er sich unter den feiernden Muluglus entspannt, gut gelaunt und pudelwohl. Ja, fast sogar zuhause. Was war dies doch für ein liebenswertes, originelles Völkchen! Einerseits sicherlich mit wildem Hang zu Verrücktheiten und albernen Spielchen. Aber auch gerecht und korrekt in ihrem Sozialverhalten. Selbst bei einer durchgeknallten Buschparty, wo der Alkohol in Strömen floss.

Langsam und heiter klang das Fest aus. Leise Ermattung und feierliche Stille nahmen zu. Bald begann sich wieder eine wohltuende Ruhe im Buschdorf auszubreiten. Erst mit dem morgendlichen Krähen eines Dschungelhahnes würde sie wieder ihr Ende finden.

Kapitel 6:

GESCHÄFTIGES GEMURMEL

Verkatert saß Barnabas Treubart auf seiner Schlafmatte und geißelte sich. Niemand sah es. Er war allein in der kleinen Strohhütte, die die Muluglus ihm zugewiesen hatten.

Entschlossen und schmerzgepeinigt schlug er das kurze, raue Hanfseil über seine linke Schulter nach hinten, wo es gegen den Rücken knallte. Dort, wo sonst das mahnende Gewicht seines nashornledernen Buches der Glückseligkeit hing. An seinem Ende war das Seil zu einem Knoten verdickt, der die Wucht der Schläge verstärkte.

Barnabas geißelte sich, religiös und pflichtbewusst wie er war, für die Ausschweifungen des vergangenen Abends. Diesem hatte er nicht nur als Zaungast, sondern aktiv und mit größter Lüsternheit beigewohnt. All sein Trinken und Herumhuren, sein Voyeurismus und seine Sensationsgier, das konnte und durfte nicht ungestraft bleiben!

Stumm drosch er das strafende Seil der Schmerzen auf die nackte Haut seines Rückens. Noch spürte er dort nicht die Feuchtigkeit von Blut. Dazu dauerte seine Marter noch nicht lange genug. Mit Tränen in den Augen starrte er in das glückselige Buch der Psalmen und Gesänge, das aufgeschlagen vor ihm lag. Die Worte, die er darin las, verschwammen vor seinen feuchten Augen, doch er konnte sie genau lesen:

Die Psalmen der Buße

Büße heftig, büße richtig
Peitsch dir deinen Rücken wund!
Jede Gnade null und nichtig
Armer Sünder, böser Hund!

Quiektest wie Schwein voller Entzücken
Gier, Völlerei und Geilheit pur!
Mach dich klein und schlag den Rücken!
Lasse von der Sünde nur!

Dreiste Blicke, lüstern schauen
Saufen wie bodenloses Fass!
Eitel, stolz und keck wie Pfauen
Pfui! Endlich von den Sünden lass!

Hau dir deinen Rücken blau!
Peinige dich, lass Narben künden!
Lerne dich tief bücken, Sau!
Reinige dich von den Sünden!

Doch wenn das Schlagen dich erregt
Dann bist du Sadomasochist!
Wenn dadurch gar der Schwengel steht
Ist die Buße sinnlos – Mist!

Barnabas schloss die Augen und ließ die weisen, kostbaren Verse in sich wirken, befeuert vom Rhythmus der Schläge auf seinem Rücken. Als er sich schon fast in einen gleichmäßigen, betäubenden Trance hineingesteigert hatte, klopfte es gegen die dünne Türe. Sie war sehr leicht, da aus geflochtenem Bast gefertigt, und hing in dünnen Angeln aus Ziegenleder. Deshalb vibrierte und zitterte sie stark, obwohl das Klopfen nicht besonders kräftig war.

„Ja bitte?" seufzte Barnabas und ließ die Hand mit dem Seil sinken.

Die Tür schwang auf. Sein treuer alter Kofferträger Balla stand da und streckte den Kopf durch den Türrahmen. Er erfasste die Situation rasch, wie seine Augen verrieten. Schon öfters hatte er die Geißelungen des Missionars mitbekommen und wunderte sich nicht mehr darüber.

„Häuptling Mulugleo schon wach", begann er vorsichtig, als spräche er zu einem Verrückten. „Er lässt fragen, ob du bereit zu einem frühen Mahl, Boss. Außerdem er an Tauschhandel interessiert. Balla ihm gesagt, wir Güter zum Tauschen dabeihaben."

Barnabas runzelte die Stirn und entschied dann, das Geißeln später fortzusetzen. Er legte das Seil beiseite und begann, sich das Oberteil des Tropenanzugs über die Brust zu ziehen. Er band sich den Riemen des nashornledernen Buches auf den Rücken. Die malträtierte Haut schmerzte, als sie von dem klobigen Ding belastet wurde. Vielleicht war das bereits Buße genug und er würde vorerst auf eine weitere Selbstbestrafung verzichten können?

„Ich komme!" versprach er. „Sag dem Häuptling, dass ich gleich da bin. Hunger habe ich noch keinen. Doch zu einem Tauschhandel bin ich gerne bereit. Schaffe schon mal das Gepäck mit den Sachen herbei… na, du weißt schon."

Balla nickte und entfernte sich. Barnabas erhob sich ächzend. Er musste sich kurz an den Holzpfählen der Hüttenwand festhalten, da ihm schwindelig wurde. Die Schläge mit dem verknoteten Seil hatten ihn doch recht mitgenommen. Weiß Gott, er war nicht mehr der Jüngste! Nach einem kurzen Moment des Innehaltens und der Besinnung machte er sich auf den Weg zum Häuptling.

Mulugleo erwartete ihn bereits. Er sah frisch und vergnügt aus und kniete im Schneidersitz auf dem kahlen Erdboden vor seiner großen Hütte. Huldvoll erwiderte er den Morgengruß des Missionars mit einer freundlichen Geste.

Die Sonne war bereits aufgegangen und schickte zaghafte, aber schon wärmende Strahlen über die große Waldlichtung, auf der sich das Hüttendorf der Muluglus ausbreitete. Nur wenige der Eingeborenen waren wach. Irgendwo tratschten Frauen. Hühner gackerten, vereinzelt meckerten Ziegen. Unüberhörbar waren auch die Geräusche des Dschungels; er atmete. Ein wummernder, leiser Klangteppich belebte die Atmosphäre. Er bestand aus Vogelrufen, dem Rauschen von Blättern im zarten Wind und dem Kriechen, Krächzen und Rascheln unsichtbarer, rätselhafter Tiere.

„Treiben in deinem Schädel auch übermütige Affen ihr Unwesen, geweckt durch die Genüsse des Maniok-Biers gestern Abend?" fragte Mulugleo interessiert.

Barnabas nickte und setzte sich. Der Häuptling reichte ihm einen hölzernen Becher mit einer schaumigen grünen Flüssigkeit. Er selbst hatte einen solchen Becher vor sich stehen, der bereits geleert war.

„Trink das!" riet Mulugleo. „Es ist ein Kräutertrunk von unserem *Babalawo*. Angereichert mit wertvollen Pflanzen aus dem Wald. Er vertreibt die Affen aus deinem Kopf."

Zögernd griff Barnabas nach dem Becher und nahm einen Schluck. Das Zeug schmeckte sehr bitter, wie aufgekochte Baumrinde oder Gräser. Dann zwang er sich, den Becher unter den aufmunternden Blicken des Häuptlings vollends zu leeren.

„Was ist das für ein Kasten, der an deinem Rücken hängt?" fragte der Häuptling und deutete auf das lederne Buch.

„Mein weises Buch der Glückseligkeit", antwortete Barnabas. „Ich trage es stets bei mir."

„Was ist ein Buch?"

„Ein Buch ist ein Hort des Wissens, der Information und der gesammelten Erzählungen. Es belebt den Geist, erfreut und vergnügt ihn."

„Kann es auch mich beleben und mir Vergnügen bringen?"

„Wenn du lesen kannst, Häuptling, dann ja."

„Was ist *lesen*?"

„Lesen ist ein magischer Vorgang. Das Entziffern geheimer Zeichen in hoher Geschwindigkeit. Dabei entstehen Bilder im eigenen Kopf, die Geschichten erzählen."

„Wie lernt man das Entziffern dieser Zeichen?"

„Das ist nicht so einfach. Man braucht dazu Geduld und Ausdauer."

Häuptling Mulugleo schwieg beeindruckt. Er beschloss, das Thema erst einmal auf sich beruhen zu lassen. Vielleicht würde er zu einem späteren Zeitpunkt darauf zurückkommen.

Inzwischen schleppten zwei von Barnabas´ Trägern, beaufsichtigt vom wichtigtuerischen alten Balla, die Segeltuchtasche mit den Tauschgütern herbei. Neugierig und sichtlich aufgeregt rieb sich Häuptling Mulugleo die Hände.

„Was hast du mir mitgebracht?" fragte er. Und, nachdem er sich kurz besonnen hatte: „Hast du Hunger? Willst du essen?"

Barnabas schüttelte den Kopf. Die Träger stellten die Segeltuchtasche vorsichtig auf die Erde und öffneten sie. Dann traten sie beiseite. Beide und auch Balla entfernten sich, als Barnabas ihnen ein Zeichen gab.

Ohne Umschweife griff der Missionar in die große Tasche, suchte nach etwas und fand es. Er holte einen länglichen dünnen Gegenstand daraus hervor, der in geöltes Leder gewickelt war. Behutsam schälte er die Verpackung ab und präsentierte seinem Gastgeber den Inhalt: eine metallene, silberglänzende Stange mit Widerhaken und einigen schmückenden Ornamenten. Sie hatte eine Spitze, beinahe so scharf wie eine Nadel. Am anderen Ende war eine kreisförmige Öse aus Metall.

„Ein Speer?" fragte der Häuptling.

„Eine Harpune!" korrigierte ihn Barnabas feierlich. „Damit könnt ihr im Fluss nach Fischen jagen. An der Öse befestigt man eine Schnur, so dass die Harpune beim Werfen nicht verloren geht und man sie wieder einholen kann aus dem Wasser."

Mulugleo grinste zufrieden und nahm die Harpune entgegen. Dann nahm er etwas zur Hand, das die ganze Zeit dicht neben ihm gelegen hatte und das Barnabas erst jetzt bemerkte. Einen fingerlangen, gelblich verfärbten Raubtierzahn. Er übergab das Geschenk.

„Er stammt von einem Löwen, den bereits meine Vorfahren unter der Herrschaft meines Vaters erlegten!" sagte er stolz. „Ist geweiht vom *Babalawo* und wird dir Stärke und Mut verleihen auf all deinen Wegen."

Barnabas Treubart war gerührt. Er verbeugte sich im Sitzen und verharrte einen Moment in dieser Position, darauf hoffend, dem Stammesoberhaupt damit großen Respekt entgegenzubringen. Sorgsam steckte er den Zahn in die Brusttasche seines Tropenanzugs, nachdem er ihn eingehend bewundert hatte. „Ich werde ihn immer bei mir tragen", versprach er. „Er wird mich allzeit an die Bekanntschaft mit dir erinnern, großer Häuptling Mulugleo!"

Der Angesprochene war geschmeichelt. Er machte jedoch keinen Hehl daraus, dass er sich jetzt brennend für den weiteren Inhalt der Segeltuchtasche interessierte.

Barnabas suchte nach den schweren, in dicke Strohkissen eingewickelten Likör- und Weinbrandflaschen, die er vor Antritt seiner langen Reise eingepackt hatte. Betrübt und etwas schuldbewusst fiel ihm ein, dass er sie nach und nach selbst geleert hatte. In manchen Stunden des Übermutes oder auch in düsteren Momenten der Grübelei und Frustration hatte er sie allesamt leergesüffelt. Nur Reste der ausgefransten Kissen aus Stroh lagen noch in der Tasche und zeugten von ihrem einstmals edlen, zerbrechlichen Inhalt.

Seine dicken kleinen Wurstfinger glitten über gehärteten, kühlen Stahl. Die Messerklingen! Gute Tauschobjekte. Derlei Gerät besaßen Eingeborene in den

Tiefen des Kongo für gewöhnlich nicht.

Mulugleo war begeistert, als er das Dutzend schöner Klingen sah und betastete. Ehrfurchtsvoll strich er mit der Handkante über die scharfen Schneiden und besah sich die zackigen Messerspitzen. Er begutachtete die leichten, ausgedünnten Griffe aus blankem Metall.

„Die Griffe sind viel leichter als die Klingen selbst", informierte ihn der Missionar. „Das ist gewichtsmäßig von Vorteil. Diese Waffen können dadurch als Wurfmesser benutzt werden! Die Griffe sollten zur besseren Handhabung mit getrockneten Lianen oder dergleichen umwickelt werden."

Der Häuptling nickte. Eine solche Vorgehensweise kannte er bereits von der Herstellung der Steinmesser, die sein Volk seit Jahrhunderten benutzte. Diese Klingen hier aus Metall waren allerdings etwas ganz Anderes, weit Kunstvolleres und Besseres. Er erkannte die Qualität der Ware und wusste sie zu schätzen.

„Ich kann dir dafür dunkles Holz geben", bot er an. „Sehr gutes, hartes Holz, wohlriechend und verarbeitet zu verschiedenen Gegenständen." Als er den ratlosen Blick des Missionars bemerkte, klatschte er in die Hände. Sogleich erschien ein Diener und erhielt leise Anordnungen in unverständlichem, hastig gemurmeltem Kongolesisch. Der Diener verschwand und erschien kurz darauf wieder mit einem Korb voller kleiner Kunstwerke.

Barnabas besah sie sich und war davon angetan. Es handelte sich um winzige Schatullen, kleine Figürchen, Masken und Essbesteck voller aufwändig geschnitzter Verzierungen. Alles war aus Teakholz gefertigt, mit ungeheurer Sorgfalt und Fingerfertigkeit hergestellt. Es würde in Europa großen Anklang finden. Wenngleich es nicht wirklich *das* war, was man als vielversprechendes Geschäft hätte bezeichnen können.

„Wie viel gibst du mir davon, großer Häuptling?" fragte Barnabas.

„So viel in deine große Tasche passt", antwortete Mulugleo großzügig und deutete auf das Behältnis aus Segeltuch. „Die Frauen haben noch viel mehr davon in den Hütten. Sie sind es, die das meiste davon herstellen. Wir sind stolz auf unsere Frauen!"

Barnabas verbeugte sich abermals. Er bemerkte, dass seine Kopfschmerzen und sein Kater wie weggeblasen waren. Ob das tatsächlich an dem grünen Trunk aus dem Becher liegen mochte?

Er wühlte weiter in der Tasche. Einiges war schon eingetauscht worden bei anderen Stämmen. Meist im Tausch gegen Kost und Logis, manchmal gegen Schutz beim Überqueren eines gefährlichen Stammesgebietes. Einmal auch gegen medizinische Behandlung durch einen Kräuterarzt. Beiläufig nahm er einen kleinen Leinensack aus der Tasche, um sich darin mehr Platz und damit Übersicht zu verschaffen. Ein helles Zischen ließ ihn aufhorchen.

Einige der Murmeln, die der Beutel enthielt, waren daraus hervorgekullert. Der Häuptling hatte mit spitzen Fingern nach einer der Glaskugeln gegriffen. Sie hatte die Größe einer Kirsche. Er betrachtete sie im jungen Licht der Vormittagssonne und pfiff leise durch die Zähne. Seine Augen blickten groß, starr und wie hypnotisiert auf die Murmel.

Das Ding war nichts Besonderes. Gleichmäßig, rund und durchsichtig, aus gegossenem Glas. In ihrem Innern glänzte und glitzerte ein winziger roter Schweif aus einem Material, von dem Barnabas nicht wusste, was es war. Bei den anderen Murmeln war dieser Schweif nicht immer von der gleichen Farbe. Mal leuchtete er blau, mal grün oder auch orangefarben.

Die Stimme Mulugleos klang belegt und war einem mächtigen Stammesoberhaupt eigentlich nicht würdig, als er fast unterwürfig sagte: „Dies ist etwas Großes!"

Reflexartig nickte Barnabas. Nun, ganz billig waren die Murmeln nicht gewesen. Es gab sicherlich preiswerteres Kinderspielzeug. Noch immer war die Herstellung von Glasprodukten in seinem Land ein aufwändiger, kniffeliger Vorgang.

Kurz erhaschte Mulugleo einen Blick auf seinen Gast, nervös und sogar leicht verlegen. Als schämte er sich ein bisschen wegen seinem gierigen Griff nach den Kugeln, ohne abgewartet zu haben, dass der Missionar sie ihm zeigte.

Gütig lächelte Barnabas und zwinkerte freundlich. Ein Signal für den Häuptling, sich weiter den Murmeln widmen zu dürfen, unbeschwert von Bedenken oder Schuldgefühlen.

Er drehte sie in den Händen, als könne er sich nicht satt sehen an der Form und dem Farbenspiel der bunten Glaskugeln. Sehr behutsam, als handele es sich um empfindsame, liebenswerte Lebewesen, legte er sie auf die Erde. Er holte weitere Murmeln aus dem Leinenbeutel.

„Ich spüre die Macht!" hauchte er benommen. „Ihre Macht ist stark! Es sind…" Er hielt die Hand mit der Murmel, die er gerade betrachtete, etwas weiter von sich. So, als würde ihn das zur Besinnung bringen und ihm das Denken erleichtern. „Es sind Eier! Nicht wahr? Die sagenumwobenen Eier der Sternenmutter!"

Barnabas rieb sich ratlos das Kinn. Keinesfalls wollte er dem sympathischen Häuptling widersprechen oder ihn gar enttäuschen. Was hatte dieser im Sinn?

Wie konnte er harmlose Glasmurmeln für die Eier irgendeines überirdischen Wesens halten?

Verstohlen warf Häuptling Mulugleo einen Blick auf den Missionar. Dessen Schweigen deutete er offensichtlich falsch, denn er bemühte sich sogleich um eine Beschwichtigung, die gar nicht nötig gewesen wäre.

„Nicht böse sein, dass ich es sofort erkannt habe", lächelte er verschmitzt. „Kein Geheimnis bleibt lange vor mir verborgen." Er senkte die Stimme und beugte sich dem Gast zu. „Bevor du die Eier irgendjemand anderem überlässt, gib sie mir! Kein Stamm des Waldes soll sie besitzen! Sie sind dazu auserkoren, die Kraft und den Einfluss der Muluglus zu erhalten und zu vergrößern."

Barnabas zuckte die Achseln. „Wenn du willst, großer Häuptling, dann gebe ich sie dir."

„Alle?" Mulugleos Augen blinzelten gierig.

Barnabas legte die Hände auf seine Knie. „Alle!"

Mulugleo schloss die Augen wie zum Gebet. „Danke", flüsterte er leise, kaum hörbar. „Oh Sternenmutter weit oben im Himmel! Wenn die Nacht einkehrt, blickst du wieder auf uns herab in deiner Güte und Weitsicht… Du sollst sehen, ich, der große Häuptling Mulugleo vom ehrenwerten Stamme der Muluglus, bewahre und behüte die Eier deiner Kinder! Bis dass der Tag kommt, an dem sie schlüpfen werden!"

Barnabas bemühte sich, nicht laut loszulachen. *Der hat doch einen an der Murmel!* dachte er belustigt. Laut sagte er: „Großer Häuptling, ich weiß, dass die Eier der Sternenmutter bei dir am besten aufgehoben sind. In Wahrheit sind diese vermutlich der wahre Grund, warum mich die Vorsehung auf den Weg in dein Dorf geschickt hat!" Er erschrak über seine Kühnheit, nicht nur auf den verrückten Aberglauben des Häuptlings einzugehen, sondern ihn sogar noch darin zu bestärken mit neuen Ideen und Ausschmückungen.

Ein Schatten fiel auf Barnabas. Er hob den Kopf… und sah in das Antlitz des *Babalawo*, der sich lautlos genähert hatte. Mit reglosem, nicht zu deutendem Gesichtsausdruck sah er auf den Häuptling und seinen Gast herab. Über seinem Gesicht ragten die langen, gekreuzten Schnäbel der weißen Vogelschädel auf seinem aufgetürmten, schwarzen Haar. Er trug nun einen schlichteren Lendenschurz als den, den er beim gestrigen Fest getragen hatte. Ohne eingewebte Knöchlein und Fischgräten, sondern lediglich bemalt mit seltsamen Mustern und Zeichen.

Barnabas schluckte. Ihm wurde heiß und kalt. *Gleich wird der Babalawo in höhnisches Lachen ausbrechen und mich der Anmaßung und Täuschung bezichtigen!* befürchtete er. *Obwohl ich dem Häuptling doch nichts eingeredet, sondern seinem irren Eier-Geschwätz nur beigepflichtet habe! Um ihn nicht zu kränken.*

Der *Babalawo* schwieg. Als Mulugleo ihm eine Murmel entgegenstreckte, nahm er sie in seine schwieligen, alten Hände. Bei deren Anblick kam Barnabas der Gedanke, dass der Stammespriester der Muluglus wirklich alt sein mochte. Womöglich sehr, sehr alt. Sein maskenhaftes, seltsames Aussehen, das durch allerlei Bemalungen verziert war, machte eine genaue Schätzung seines Alters unmöglich.

Gemächlich und unbeirrt, als habe er alle Zeit der Welt, musterte der *Babalawo* die Murmel. Er drehte sie in den Händen. Sein Blick schien mikroskopisch genau die Beschaffenheit ihrer Oberfläche und ihres Innern zu erforschen. Barnabas wagte es nicht, den Priester anzusehen. In jedem Augenblick erwartete er sein spöttisches, vernichtendes Urteil.

Wie tolerant und humorvoll, wie verzeihend und unbekümmert mochten die Muluglus sein? Würden der Häuptling und sein Stammespriester über die Sache mit den Murmeln großmütig hinwegsehen? Würde Mulugleo seine Blamage mit der Wahnidee vom Ei der Sternenmutter rasch vergessen und keine Rachegelüste gegen seinen Gast hegen, der ihn mit seinen Murmeln zu diesem Unsinn verleitet hatte?

Mit einem Mal hatte Barnabas Durst, großen Durst! Sein Gaumen fühlte sich an wie heißer Sand. Er fuhr sich mit der trockenen Zunge über die spröden Lippen. Sie schienen wie aufgedunsen zu sein vom Wassermangel. Er sah auf den leeren Grund seines Holzbechers, der das belebende Heilgetränk des *Babalawo* enthalten hatte. Vielleicht würde er den Priester mit einem gutgemeinten Lob besänftigen können?

„Großer *Babalawo*, dein Sud war hervorragend!" beteuerte er mit schwacher Stimme. Er zwang sich, zu dem Mann emporzusehen: „Er hat die, äh… Affen in meinem Kopf verjagt!"

Der Priester beachtete ihn nicht. Er schien die Worte gar nicht wahrzunehmen. Wie gebannt beäugte er die Murmel in seinen Händen.

Schließlich sprach er, kaum vernehmbar und leise murmelnd: „Sind sie alle so?"

Eifrig nickte der Häuptling. „Manche sind noch großartiger! Sieh selbst!" Mit beiden Händen, als handele es sich um eine heilige Reliquien, hob er den Leinenbeutel mit den Murmeln und streckte ihn dem *Babalawo* entgegen.

Der winkte ab. Nicht unwirsch oder gar verächtlich, im Gegenteil: eher so, als würde er es nicht wagen, den Worten des Häuptlings keinen Glauben zu schenken, und wollte sie deshalb gar nicht erst überprüfen. „Nimm sie alle!" empfahl er und sah das Stammesoberhaupt ernst und würdevoll an. Dann ließ er den Blick zu Barnabas schweifen und beschied ihm: „Wir danken dir sehr für die Darreichung dieser Eier! Sag, was du dafür willst, und wir geben es dir."

Barnabas überlegte nicht lange. „Habt ihr Elfenbein? Stoßzähne vom Elefanten, Rhinozeros-Hörner oder dergleichen?"

Wie abwesend nickte der Häuptling. Er war wieder ganz in den Anblick der Glasmurmeln versunken. „Die Muluglus werden der mächtigste Stamm des Kongos sein", raunte er, ganz hingerissen von der Tragweite und Bedeutung seines Tauschhandels.

An seiner statt antwortete der *Babalawo*: „Du sollst unsere gesamten Elfenbeinvorräte haben, großzügiger und hilfsbereiter weißer Mann! Denn umso besser wir die Eier der Sternenmutter bezahlen und umso mehr wir uns für ihren Erhalt erkenntlich zeigen, desto umfangreicher und reiner wird die Macht sein, die sie uns verleihen!"

Barnabas lächelte beipflichtend: „Nur ein Geschäft, bei dem beide Seiten gewinnen, ist ein gutes Geschäft!"

Er hatte kein schlechtes Gewissen, den Eingeborenen die Glasmurmeln im Tausch gegen wertvolles Elfenbein angeboten zu haben. Denn wem stand es schon zu, den wahren Wert von Dingen zu bemessen? Zumal wenn es um Gegenstände des Glaubens und des Kultes ging. Nur zu gut wusste er um die geheimnisvollen Mächte der Glaubenskraft. Ob es nun um sogenannte Placebos ging, um eigentlich wirkungslose Zuckerpillen also, die einen Kranken genesen ließen nur aufgrund seiner eigenen Überzeugung, es handele sich dabei um einen heilenden Wirkstoff… oder ob es sich um heilige Schreine und Statuen handelte, die Gläubigen ihren Schutz und ihre Hilfe versprachen: Der Geist eines Menschen war ungeheuer stark. So stark, dass er imstande war, Berge zu versetzen, wenn er nur angespornt wurde von der enormen Energie unerschöpflichen, vertrauensvollen Glaubens. Dieser Glaube musste natürlich geweckt, genährt und am Leben gehalten werden.

So gesehen erschienen die Murmeln Barnabas wirklich wie phantastische Eier einer göttlichen, außerirdischen Lebensform, die ihren Behütern und Bewahrern abnorme Kräfte verleihen würden. Hingerissen von seinen erhabenen Gefühlen und dem Wissen über die energetisch hohe Macht des

Glaubens, bedauerte es Barnabas einen Augenblick lang fast, die „Eier" herzugeben. Tränen der Rührung aufgrund seiner eigenen Großzügigkeit glitzerten in seinen Augen. Nein, er durfte sein Herz nicht an diese kleinen Glaskugeln hängen, egal wie fasziniert und besitzergreifend die Muluglus ihretwegen auch sein mochten! Sollten sie damit glücklich werden... Mochte ihr reiner, naiver Glaube an die Bedeutungsschwere der „Eier" ihre Seelen emporschwingen zu äußerster Leistung und Seligkeit!

Er, der demütige und bescheidene Missionar seiner eigenen kleinen Kirche, verzichtete auf die Murmeln und würde dafür das schnöde, weltliche Elfenbein mitnehmen. Wieder einmal hatten es Menschen geschafft, ihm etwas abzuluchsen, das oberflächlich gesehen zunächst nicht wertvoll sein mochte. Das aber im Grunde etwas Einzigartiges, zutiefst Phantastisches und Segensreiches war!

Die großen Vorräte an Elfenbein, welche die Muluglus besaßen – vielmehr: besessen hatten – wurden vom alten Balla und den anderen Trägern in gewachsten Segeltuchplanen zusammengepackt. Währenddessen wollte sich Barnabas in seine Hütte zurückziehen. Er deutete dem Häuptling gegenüber an, der Verlust der „Eier" gräme ihn sehr, da er die mit ihnen dahinschwindende Energie wie schlimme Schmerzen am ganzen Leibe spüre. Mitfühlend wünschte ihm Mulugleo alles Gute und versicherte, dass sämtliches Elfenbein bis auf den letzten Krümel in das Gepäck des Missionars verladen würde. Der *Babalawo* segnete Barnabas mit einigen liebevoll gemurmelten Sprüchen, um seine Verlustschmerzen zu lindern.

Endlich war das Geschäft besiegelt und in trockenen Tüchern! Barnabas schritt in Richtung seiner Hütte, um sich etwas auszuruhen. Die Geschäftstüchtigkeit und Gerissenheit der Muluglus hatte ihn ganz mitgenommen. Die Sonne stand nun ziemlich hoch und fast senkrecht am wolkenlosen Himmel, der wie hellblaues Porzellan schimmerte. Es war fast Mittag, Zeit für eine Ruhepause.

Er legte sich ächzend in seine Hängematte. Sie schaukelte zunächst wild, als protestiere sie, den fülligen Leib des Missionars tragen zu müssen. Doch kaum lag er sicher verwahrt in ihr, wiegte sie ihn in einen tiefen, erholsamen Schlummer.

Ein Saugen weckte ihn. Es kam von seiner Leibesmitte her. Barnabas hob die verschlafenen Augenlider und sah einen dunklen Schatten über seinen Körper gebeugt. Zunächst wollte sich Entsetzen und Angst um sein Leben in ihm breitmachen. Panisch hievte er seinen Oberkörper in der Hängematte nach oben, indem er seine Arme nach hinten ausstreckte. Als er aber sah, wo da gesaugt wurde und vor allem von wem, lehnte er sich entspannt zurück. Er ließ seinen Körper weiterhin im engen Netz der getrockneten Lianen baumeln.

Eine junge, dralle Muluglu-Frau von etwa fünfundzwanzig Jahren kümmerte sich um das Wohlbefinden seines Schwengels. Er hatte sich steil aufgerichtet, obwohl sich sein Besitzer eben noch im Schlaf befunden hatte. Ein klarer Fall von unerlaubter Schwengel-Beschwörung! Barnabas empfand es aber als sehr angenehm, die vollen, feuchten Lippen der Schwarzen auf seinem strammen Riemen zu spüren.

„Wie kommst du… hier herein?" fragte Barnabas matt, ganz im Banne ihres zärtlichen Lutschens.

„Durch Türe", antwortete sie unschuldig und in fast lupenreinem Kongolesisch. „Ich Vertraute von *Babalawo*. Er mich zu dir geschickt, weil du sehr schwach! Er gesagt, deine Energie weg. Gab mir magischen Trank auf meine Zunge und meinen Gaumen. Damit ich soll dir Kraft und Leben einhauchen durch deinen Zauberstab."

„Das ist gut so!" bekräftigte Barnabas und tätschelte ihre Hand, die die Hängematte festhielt, während sie über ihm gebeugt dastand. „Der *Babalawo* hat Recht! Ich fühle mich schon viel besser."

„Er mir aufgetragen: Ich dir so lange Energie spenden, bis Schwengel Heilung verkündet durch Ausstoß von weißem Saft!" fuhr sie fort. Sie öffnete den Mund weit und umschloss sogleich wieder seine geschwollene Eichel mit ihren Lippen.

„So ist es!" keuchte er in fiebriger Erwartung des Höhepunktes, der sich anbahnte. Wusste der Himmel, wie lange dieses hübsche Wesen sein Gehänge bereits in Bearbeitung hatte!

Nicht lange dauerte es, und eine schwungvolle weiße Fontäne stob nach oben und benetzte die von der Sonne gerötete Haut am Bauch des Missionars. Die Schöne wischte sich mit der Hand die Lippen ab und erhob sich.

„Jetzt es geht dir besser?" fragte sie voller Mitgefühl.

„Ja", bestätigte Barnabas. „Vielen Dank! Sag dem *Babalawo*, dass meine Kräfte nun zurückgekehrt sind. Ich freue mich für ihn und euch Muluglus, dass die heiligen Eier der Sternenmutter in eurem Besitz sind."

Sie verneigte sich vor ihm und verschwand lautlos aus der Hütte.

Barnabas erhob sich nach einem Moment des Innehaltens von der

Hängematte. Er zog das herabhängende Oberteil seines Tropenanzugs nach oben und machte die Knöpfe zu, die die Schöne ihm während seines Schlafes geöffnet hatte.

Ausgeruht und frisch abgemolken, ging er nach draußen, um zu essen. Sein Magen knurrte wie ein hungriges Tier. Er sah sich um. Nur wenige Muluglus waren zu sehen. Einige Frauen klopften Hirse in Mörsern aus Ton. Andere breiteten an Zäunen frischgewaschene Wäsche in der Sonne aus. Männer lagen dösend im Schatten der Hütten. Ein kleiner Junge spielte mit einer schwarzen Ziege.

Barnabas sah seinen alten Träger Balla, der sich gegen eine hölzerne Hüttenwand gelehnt ausruhte.

„Habt ihr das Elfenbein eingepackt?" erkundigte er sich.

„Ist alles verstaut", war die Antwort. „Ziemlich schwer, alles. Wird beim Tragen Aua machen auf Schulter und Rücken!"

„Dann müssen wir eben mehr Pausen machen!" entgegnete Barnabas. „Das schaffen wir schon."

WIR ist gut, dachte Balla missmutig. *Er selbst trägt ja nichts außer der Verantwortung!*

„Wo ist der Häuptling?" forschte der Missionar. „Ich habe Hunger und will essen."

„Häuptling wünscht keine Störung!" sagte Balla eilfertig. „Er sich mit *Babalawo* in Hütte zurückgezogen. Dort sie willkommen heißen Eier von Sternenmutter und sie segnen. Sie ihm das gesagt. Balla aber nicht weiß was sie damit meinen. Beide wollen machen Zeremonie ganzen Nachmittag. Häuptling hat Balla aufgetragen, dass du darfst essen, was wollen. Du nur befehlen!"

Das ließ sich Barnabas nicht zweimal sagen. Er orderte sogleich bei den Frauen des Stammes einen kleinen Imbiss: Gebratenes Ziegen-, Antilopen- und Hühnerfleisch am Spieß, geräucherte Fische aus dem Fluss, geröstete Hirsefladen, in Wildhonig gedünstete Bananen und allerlei frische Früchte und Nüsse. Dazu Fufu-Brei, heiße Yamswurzeln und in Kokosmilch gekochte Maiskolben.

Als er endlich satt war und sich mit dem Ärmel seines Tropenanzugs den Mund abwischte, rülpste er laut und langgezogen. Er nahm an, dass dies bei den Muluglus als Zeichen der Zufriedenheit und des Lobes für das reichliche Mahl galt. Behaglich lehnte er sich zurück an den Stamm der alten, knorrigen Palme, unter dem er während des Essens gesessen hatte. Am Fuße des

Stammes wuchs dichtes, pelziges Moos, das die Härte des Holzes abmilderte. Sein Buch der Glückseligkeit schnallt er vom Rücken ab und legte es behutsam neben sich.

Es dauerte nicht lange, und Barnabas Treubart umfing wieder ein zarter, friedlicher Schlummer. Er wurde begleitet vom Rumoren der Eingeborenen, den fernen Schreien der Papageien und dem Zwitschern der kleinen Vögel.

Kapitel 7:

BARNABAS DER BUSCH-BOCK

Barnabas wachte auf. Zwielicht umgab ihn. Die Dämmerung war hereingebrochen. Er rieb sich die Augen und sah sich um.

Die Muluglus schienen sich in ihre Hütten zurückgezogen zu haben. Auch von seinen Trägern war nichts zu sehen. Hoch über dem Dschungel war fahl und verschwommen der Mond zu sehen. Er war fast voll und umwölkt von trüben, nebelartigen Wolken. Ob es bald regnen würde? Zeit wäre es, und gut für sämtliche Pflanzen. Der letzte Regen war schon mehrere Wochen her.

Unablässig waren die Tiere des Waldes zu hören, ein nie enden wollendes Orchester aus Freuden-, Warn- und Imponier-Rufen. Dargeboten von unzähligen Mäulern, Zungen und Schnäbeln.

Auch ein Klatschen war zu vernehmen. Schwach zwar, aber hart, knallend und gleichmäßig. Handelte es sich um Wasser? Oder das Aneinanderschlagen von Handflächen? Wurde irgendwo wieder eine Tanzvorführung dargeboten?

Langsam und ächzend stand Barnabas auf und schüttelte sich Grashalme vom Tropenanzug. Er bückte sich nach seinem ledernen Buch und schnallte es sich auf den Rücken. Dieser schmerzte immer noch von der Geißelung am späten Vormittag. Dennoch hieß er das heilige Werk wieder feierlich willkommen als Bürde, die er wieder und wieder unermüdlich zu tragen hatte.

Fast unhörbar schlich Barnabas sich durch das zertrampelte Gras der Waldlichtung. Er ging zwischen den Hütten hindurch in die Richtung, wo er die Quelle des Geräusches vermutete. Neugierig sah er in die Fenster und Türöffnungen der Behausungen. Die meisten der dünnen Türen aus geflochtenem Schilf waren geschlossen. Hinter manchen Fenstern saßen Familien im Kreis. Sie aßen und unterhielten sich.

Das Klatschen wurde lauter. Jetzt war auch ein klagendes Wimmern zu hören. Wie von einer weinenden Frau!

Muluglai.

Muluglai war in Gefahr!

Barnabas beschleunigte seine Schritte. Da er jetzt auf körniger, trockener Erde lief, machten seine Stiefel mahlende, schabende Geräusche. Er zwang sich, vorsichtiger und langsamer aufzutreten, um den Überraschungseffekt nicht zunichte zu machen. Den würde er vielleicht brauchen beim Angriff auf Gegner.

Die Stimme… Jetzt war er sich absolut sicher, dass es die von Muluglai war. Ein verzweifeltes, schmerzgeplagtes Schluchzen.

Wer wagte es, die Häuptlingstochter mitten im Dorf der Muluglus zu bedrängen? Und warum nahm vom Stamm davon keiner Notiz?

Als Barnabas schleichend die Hütte des Häuptlings umrundete, erfuhr er die Antwort.

Der Häuptling selbst kniete am Boden und versohlte seiner Tochter den nackten Hintern! Ihr Lendenschurz hing ihr an den langen, schlanken Beinen hinab. Ihr praller, runder Po leuchtete seidig matt im dunkler werdenden Licht der Dämmerung. Immer wieder droschen seine rauen, großen Hände auf ihre Hinterbacken, streng und unnachgiebig.

„Ich mache es nicht wieder, Vater!" presste Muluglai mit heller, weinerlicher Stimme hervor. „Bitte, so halte doch ein! Was sollen unsere Leute denken!"

„Sie sitzen beim Essen und hören es nicht!" knurrte Muluglao und hieb weiter. Das feste dunkle Fleisch von Muluglais Hintern zitterte unter der Wucht der Schläge. Jung und straff wie es war, schlug es aber keine langen Wellen. „Und wenn sie es doch hören, so werden sie mir Recht geben! Jeder hier im Dorf weiß, wie ungezogen du bist!"

Muluglai sagte nichts mehr und weinte nur noch vor sich hin. Der Häuptling fuhr mit seiner Bestrafung noch einige Augenblicke lang fort. Dann ließ er von ihr ab. Sie glitt von seinem Schoß, krümmte sich auf dem Boden zusammen und zog sich den Lendenschurz über den Hintern.

Der Häuptling stand auf und musterte sie nachdenklich. „Denke über dein Verhalten nach, Muluglai!" sagte er. „Ich versuche nur, dich zu erziehen."

Barnabas linste um die abgerundete Ecke der Hütte. Er fühlte Verärgerung über die Grobheit des Häuptlings und zugleich ein tiefes, liebevolles Gefühl der Anteilnahme für dessen Tochter.

Wortlos stand sie jetzt auf und ging, ohne ihren Vater eines Blickes zu würdigen, auf eine Baumgruppe am Rand des Buschdorfes zu. Muluglao sah ihr nach und schüttelte den Kopf. Er setzte sich in Bewegung und ging zum

Eingang seiner Hütte. Zum Glück lag der entgegengesetzt zu Barnabas′ Beobachtungsposten, sonst wäre dieser in Erklärungsnot geraten.

Als der Häuptling nicht mehr zu sehen war, schritt Barnabas Muluglai hinterher, leise und mit weit ausgestreckten Beinen wie der Storch im Salat. Obwohl sie in der mittlerweile hereingebrochenen Dunkelheit nicht mehr zu sehen war, glaubte er doch, sie rasch einholen zu können.

Und richtig: Unweit der Hütte ihres Vaters saß sie hinter einem hohen Strauch violetter Buschrosen auf dem Grasboden. Sie hatte die Beine angewinkelt und die Arme um die Unterschenkel geschlungen. Verwundert sah sie auf, als der Missionar plötzlich vor ihr stand.

„Du hier?" entfuhr es ihr. Die Worte klangen etwas dumpf und verschnupft.

„Ich habe es zufällig mit angesehen, wie er dich geschlagen hat", erklärte Barnabas. „Warum hat er das getan?"

Sie antwortete nicht und sah zu Boden. Dann schaute sie kurz mit einem zweifelnden, traurigen Gesichtsausdruck zu ihm hoch.

Selbst in dieser Stimmungslage war sie wunderschön. Barnabas konnte es nicht fassen, dass der Häuptling diesem bezaubernden Wesen hatte wehtun können. Ihre Augen erschienen ihm wie die einer scheuen Gazelle.

„Warum nur? Was hast du denn Schlimmes getan?" hakte er nach, selbstbewusst und bestärkt durch seine neue Position als Überbringer der Sternenmutter-Eier.

„Er hat mich bestraft, weil ich meiner Tante im Dschungel abgehauen bin", antwortete sie schließlich, als koste sie diese Information einiges an Selbstüberwindung. „Und auch ganz allgemein deshalb, weil ihn mein Verhalten im Dorf schon seit Längerem nicht gefällt. Dabei…" Sie lachte in sich hinein. Es klang etwas verbittert und auch frohlockend. „Dabei weiß er nicht einmal die Hälfte!"

Barnabas nickte bedächtig und sah ihr lange in die Augen. Sie senkte den Blick. Hatte sie bemerkt, dass er von ihrem Fehlverhalten mehr ahnte als ihr Vater? Dass er sogar von ihrem gestrigen Schäferstündchen mit dem jungen Muluglu-Mann wusste?

„Er hält mich für eine missratene, eigenwillige Göre", fuhr sie fort, als wolle sie sich ihren Frust von der Seele reden. „Insgeheim macht er sich wohl Vorwürfe, dass er mich nicht besser erzogen hat! Wie denn auch, er hat ja sonst genügend Pflichten als Häuptling. Erziehung ist in unserem Stamm Frauensache."

„Was ist mit deiner Mutter?"

„Sie lebt nicht mehr. Starb an einem unheilbaren Fieber, als ich noch sehr klein war. Selbst der *Babalawo* konnte ihr nicht helfen."

Barnabas schwieg betroffen.

„Mein Vater hat mich alleine großgezogen, zusammen mit der Hilfe meiner Tanten. Allerdings hatte er kaum Zeit für mich, und von den alten Schildkröten habe ich mir nichts sagen lassen. Schon gar nicht von der Hexe!" Damit meinte sie wohl ihre kräutersammelnde Tante, der sie neulich im Busch abgehauen war.

Barnabas waren derartige familiäre Probleme neu. Er war verunsichert, was er ihr antworten oder raten sollte. Ganz entschieden wusste er aber, dass es nicht gut war, wenn eine junge Frau haltlos in der Gegend herumstreunte und es mit Männern trieb! Er beschloss, diese Sache anzusprechen, jetzt und hier.

„Dein Vater hat bestimmt sein Bestes gegeben", sagte er. „Er macht sich wohl große Sorgen um dich. Und hat damit vielleicht nicht ganz unrecht."

Sie sah ihn an, abwartend und skeptisch. Verbarg sich da der leise Anflug von Schuldbewusstsein in ihren Augen?

„Ich musste gestern unfreiwillig mit ansehen, wie du mit dem jungen Mann zugange warst!" erklärte er kurz und knapp. Er bemühte sich um einen sachlichen und zugleich freundlichen Tonfall.

Sie reagierte anders als erwartet. Nicht erschrocken und schamvoll, eher kühl und trotzig. „Und?" fragte sie schnippisch. „Seit wann geht das einen Fremden etwas an? Du bist nur ein Gast bei uns."

Ihre Worte verletzten ihn etwas. Er ließ sich aber nichts anmerken. Angriff war die beste Verteidigung. „Ich merke doch, wenn etwas nicht stimmt", hakte er nach. „Glaube mir, Muluglai: Du bist eine ganz außergewöhnliche, bezaubernde Frau! Viele Männer himmeln dich an, doch nur sehr wenige meinen es auch wirklich gut mit dir. Was dein Vater dir auf seine etwas unbeholfene und grobe Art zu verstehen geben wollte, war, dass du auf den richtigen Weg zurückfinden musst!"

Muluglai sagte nichts. Sie schien nachzudenken und musterte ihn, als wäre ihr ein neuer Gedanke gekommen, der sie überraschte und amüsierte.

„Mit wie vielen Männern hast du es bereits getrieben, Muluglai?" stieß Barnabas hervor. Er konnte nicht mehr an sich halten beim Anblick der stolzen und überirdisch attraktiven Eingeborenen. „Wie viele waren es? Sprich!"

„Gezählt habe ich sie nicht, nur besprungen!" antwortete sie in unbekümmerter Aufrichtigkeit. „Aber ganz sicher nicht mehr als ein Dutzend."

Ein Dutzend! In ihrem Alter! Es verschlug ihm die Sprache. Wie gottlos und ganz ohne Scham ihr diese Worte herausgerutscht waren… Es war einfach ungeheuerlich. Der Missionar verspürte mit einem Mal den dringenden Wunsch, Rat und Trost zu suchen beim Lesen und Singen der heiligen Psalmen seines Buches.

Sie begann ihn jetzt anzulächeln, frivol und fast wollüstig. Als wolle sie ihn provozieren und ihn gar zum Äußersten treiben!

„Glaubst du, ich bin zu jung, um die Bedürfnisse zu haben, die jede Frau hin und wieder verspürt?" neckte sie ihn.

Er starrte sie mit offenem Mund an. „Aber doch nicht auf diese Weise, wild und wahllos! Züchtig muss es zugehen und anständig, wohlgeordnet und zivilisiert!"

„Dann bring mir Zucht bei!" entgegnete sie. „Zeige es mir! Na los!"

Einen Moment lang hielt er inne. Dann stürzte er sich auf sie. Er packte ihre Schultern, stark und behutsam zugleich, und drängte seinen Mund gegen den ihren. Sie ließ es geschehen, auch als seine Zunge die Öffnung zwischen ihren fülligen dunklen Lippen suchte und fand. Er schmeckte ihren Atem und ihre Feuchtigkeit, roch den Duft ihrer schwarzen Haare. Seine Sinne gerieten in eine wahnhafte Betäubung und drohten, sich vollends seines Verstandes zu bemächtigen.

Jetzt erwiderte Muluglai das Umherwühlen seiner Zunge in ihrem Mund. Geschmeidig wie eine nackte Katze im taufeuchten Gras, wälzte sich ihre Zunge um die seine herum.

Oh, wie herrlich und schnell war diese Situation über ihn gekommen! Wie wunderbar und zugleich gefährlich war sie… Jeden Moment konnte Häuptling Mulugleo, der *Babalawo* oder ein anderer Muluglu auftauchen!

„Ich will dich!" keuchte Barnabas. „Oh, Muluglai, ich bin der Richtige für dich!" Sein Schwengel war bereits so hölzern hart aufgerichtet wie ein Wurfspeer, jedoch nicht gar so lang. „Werde meine Frau!"

Sie schüttelte den Kopf, langsam und mit halb geschlossenen Augen. „Das geht nicht! Mein Vater würde es nie erlauben. Kein Außenstehender darf die Tochter eines Häuptlings heiraten."

„Heißt das…" Er sah ihr in die Augen und versuchte die tiefe, lebhafte Schwärze darin zu ergründen. „Heißt das, *du selbst* würdest es wollen?"

„Was ich will oder nicht will, ist in diesem Fall bedeutungslos", antwortete sie tonlos. „Was zählt, sind die Traditionen und Bräuche unseres Stammes."

„Diese Regeln haben dich bisher aber nicht daran gehindert, dein Leben zu führen, wie du es im Sinn hattest!" entgegnete er.

Muluglai sagte nichts. Sie wandte den Blick ab. Er sah nur noch die Fülle ihrer gekräuselten langen Haare. Dann hörte er ein leises Schniefen. Ihre zarten Schultern bebten.

„Muluglai!" entfuhr es ihm, besorgt und zärtlich zugleich. Doch sie riss sich von ihm los, stand auf und eilte davon.

Barnabas sah ihr nach, bis die Dunkelheit des Dschungels ihre Gestalt verschluckt hatte. Seufzend wandte er sich ab, um seine Hütte aufzusuchen.

„Komm her zu mir, weißer Mann!"

Schon bevor er die dünne Türe zu seiner Behausung aufgestoßen hatte, war Barnabas klar geworden, dass er nicht alleine war. Es roch seltsam; fremd, aufregend und angenehm süßlich.

Eine dicke Eingeborene stand in seiner Hütte vor ihm. Völlig nackt, die Hände ausgebreitet wie ein segnender Engel der Fleischeslust. Sie war ziemlich jung. Er schätzte sie auf Anfang zwanzig. Ihr Gesicht war rund und hübsch, wenngleich von etwas säuischem, verruchtem Aussehen. Als wäre sie ein lüsternes Busch-Luder oder die willige, sexsüchtige Hure des Dorfes.

Kurz, ganz kurz nur hatte Barnabas geglaubt und gehofft, Muluglai hätte es sich anders überlegt, wäre ihm zuvorgekommen und erwarte ihn nun in seiner Hütte. Als er jedoch die fremde Frau in ihrer reizvollen Nacktheit sah, verwarf er kurzerhand jeden romantischen Gedanken an Liebe.

Er riss sich die Kleidung und die Gurte mit dem Lederbuch vom Leib und besprang sie. Geifernd schmiegte er seinen verschwitzten Körper an den ihren. Im Stehen rieben sie sich aneinander wie Frierende, obwohl es in der Hütte sehr warm war. Ohne Umschweife griff sie ihm an den Schwengel, als wäre ein solches Verhalten das Natürlichste der Welt. Sein Fleischriemen war noch erhitzt vom Zustand der Erregung, in dem er sich vorhin in Gegenwart Muluglais befunden hatte. Rasch wuchs er zu alter Größe heran.

„Sei kräftiger Bock!" bat die dicke Frau ihn. „Sei Busch-Bock, wild und nimmersatt, stark und dreist! Nimm mich, besitze mich… Für heute Nacht ich gehöre dir!"

Er nickte, nervös und taumelnd vor Geilheit und Verwirrung. Soeben noch hatte er im Beisein von Muluglai von Liebe und dem wertvollen Gut der Ehe geträumt. Angetrieben von edlem Helferdrang, loderndem Beschützerinstinkt und seinen hohen Idealen. Jetzt stürzte er grunzend und wollüstig in die

Niederungen der reinen Triebe. Egal, ganz egal war nun alles! Er würde heute Nacht der Bock der Böcke sein; der Buschbock, Rammler im grünen Reich der Muluglus. Der geilste Gast, den der Stamm jemals bei sich beherbergt hatte!

Die Dicke sank nach hinten auf den blanken Boden, ihre Sinne umwölkt von weiblicher Lust. Sie war unfähig und auch nicht willens, seinem vorwärts stürmenden Drängen etwas entgegenzusetzen. Er roch ihren säuerlichen Schweiß, die nassen Ausdünstungen ihrer unzähligen Hautporen. In tierischer Raserei leckte er wie im Fieberwahn und stöhnte wie ein Gepeinigter unter Folterungen. Sein Atem rasselte. Unbeherrscht packte er ihre Beine an den Kniekehlen und bog sie so weit nach hinten, dass ihr großer Po nach oben wippte. Fast zeitgleich pflanzte er seinen erhitzten Kopf über ihre Scham. Sein rötlich schimmerndes Gesicht versank im dichten drahtigen Gebüsch ihres Schamhaars. Der große weiße Schnauzbart wühlte sich in ihr krauses schwarzes Haar und vermählte sich mit ihm. Seine imposante rundliche Nase rubbelte an ihrem Geschlecht, während er zugleich mit der Zunge nach demselben leckte. Als ob er ein durstiger Löwe wäre neben den letzten Resten eines Wasserlochs während der Trockenzeit!

Als Barnabas mit dem Mund ihren Kitzler zu fassen bekam, lutschte er daran wie ein Schuljunge an einem Bonbon. Der Kitzler war so groß wie eine ausgewachsene Traube und ebenso hart. Auch sehr glitschig war er. Kein Zweifel, das dicke Luder war erregt, wie es bisher selten eine Frau gewesen war, der er je beigewohnt hatte.

Ob Häuptling Mulugleo sie zu ihm geschickt hatte, damit sie ihm Genuss verschaffte? War sie durch einen magischen Trank des *Babalawo* angestachelt worden und deshalb so hungrig nach Sex? Oder faszinierte sie sein neuerworbener Ruf als Überbringer der heiligen Eier der Sternenmutter? Dieser schien sich in Windeseile bei den Muluglus verbreitet zu haben. Das konnte ihm, Barnabas, ja durchaus recht sein. Wie betörend und berauschend waren doch Macht und Einfluss, dass sie sogar auf das Sexualverhalten der Damenwelt wirkten!

Barnabas erwies sich als tüchtiger und kundiger Busch-Bock, ganz so wie es sich seine Gespielin wünschte. Lange hielt er sich nicht mit dem Lecken ihrer Scheide auf. Während sein Kopf sich zwischen ihren riesigen, schaukelnden Brüsten räkelte, suchte er mit dem steifen Riemen einen Weg in sie hinein und fand ihn auch. Heiß und geschwollen fuhr sein Kolben in sie. Er spürte die pochende, enge Hitze ihres Unterleibes und schob sich im Takt ihres Pulsschlages immer tiefer hinein. Sie stöhnte laut. Halb lustvoll, halb jammernd, als könne sie sich nicht zwischen Genuss und Schmerz entscheiden. Wahrhaft ungewöhnlich war die Enge ihrer Scheide, da die Frau ansonsten doch eher stattlich statt zierlich war. Unbeirrt drang die wachshart pulsierende Eichel des Missionars vorwärts. Sie erkundete forschend und ruhelos die dunkle Höhle.

Endlich hatte er seinen Riemen ganz in sie hinein versenkt. Ohne Zeit zu verlieren, begann er mit dem Begatten. Keuchend auf- und ab bockend, ließ er seinen Schwengel rotieren und fuhr nach Belieben in sie hinein und hinaus. Er nahm das zunehmend geschmeidiger werdende Loch ganz in Besitz.

Erst jetzt bemerkte er den steilen Stoßwinkel seines Begattens: Tatsächlich steckte sein harter Riemen in ihrem hinteren Loch anstatt im vorderen! Er hatte die muskelumspannte winzige Öffnung durch sein Stoßen bereits stark geweitet. Ihre dunkle und mit zartem Flaum bedeckte Rosette schien bis zum Äußersten angespannt zu sein. Ihr Schließmuskel sah sich einem anstrengenden Training ausgeliefert.

Seinen Irrtum vor Augen, wollte Barnabas im Bocken innehalten. Doch die Dicke ließ ihn nicht. Sie wies ihn durch ungeduldigen Druck ihrer Oberschenkel an, sich weiter um ihren braunen Eingang zu kümmern, der da so schamlos zweckentfremdet worden war.

„Du der Erste hier drin!" hauchte sie dahinschmelzend und mit einer Spur ängstlicher Scham in der unsicheren Stimme. „Es anders… und… und *so gut!*"

„Es gefällt dir!" stöhnte Barnabas erregt und empört zugleich. Er fühlte sich als Mann ausgenutzt, ja geradezu missbraucht! Mit ihrer zügellosen, heidnischen Geilheit zwang sie ihn förmlich dazu, sich auf eine gottlose, entartete Weise über sie herzumachen. „Oh, was für ein verruchtes Luder du bist! Mein argloses Versehen erfüllt dich mit unbändiger Lust… Nun, denn!" Immer schneller werdend stieß er in ihren Enddarm. Sein Kolben grub sich in die gespreizte Öffnung und fuhr im blitzschnellen Takt daraus hervor. Ihr Hinterloch aber schloss sich nicht sogleich wieder in den Momenten, in denen der Kolben ihm entwich. Anders als bei einer Scheide, blieb die braune Pforte offen. Nur langsam und sehr zögerlich wollten die Muskelstränge das Loch wieder enger ziehen. Der Schwengel des Missionars aber kam ihnen jedes Mal zuvor und glitt wieder hinein, bevor die Öffnung sich auf Erbsengröße zuziehen konnte.

Barnabas Treubart ritt im Galopp. Sein Becken prasselte im wirbelnden Takt seiner Stöße gegen das ihre. Die Dicke lag mit weit geöffneten Beinen am Boden und empfing seine Begattung ausgehungert und unersättlich. Überall an ihrem Körper wogten die Fleischmassen. Ihre Brüste schaukelten wie gigantische, teigige dunkle Leberknödel hin und her. Ab und an beugte er sich hinab und saugte an den glockenförmigen kleinen Brustwarzen, sofern er sie erhaschen konnte.

Immerhin trieb er es mit ihr in der einzig wahren Stellung! Diese hatte er schon am Abend des Festes im Gebüsch mit der anderen Eingeborenen vorgeführt. Er hoffte, dass sein Rammeln auf diese Art wenigstens als Anleitung für mehr Würde und Anstand unter den Muluglus brauchbar war. Eigentlich war auch eine solche Missionierung gut und förderlich für das Wohl des Stammes. Es war einfach nicht recht, dass wild und in allen Spielarten gestoßen wurde. Barnabas fühlte in sich die ehrenvolle Verpflichtung, den Muluglus die einzige gottgefällige Weise des Begattens beizubringen.

Wenn es sein musste, so würde er sich opfern und jede einzelne Frau des Stammes in der Missionarsstellung unterweisen! Nicht auszudenken, was ihn dies an Saft und Kraft kosten würde.

Die füllige Eingeborene war nicht nur äußerst wollüstig, sondern erschien ihm zunehmend attraktiver, je länger er in sie hineinstieß. Auch dicke Frauen besitzen einen großen Reiz auf Männer. Große Brüste, ein ausladendes, empfangsbereites Becken und viel weiches Fleisch sind sozusagen aus dem Vollen geschnitzt und können sehr erotisch wirken. Barnabas war es unverständlich, dass manche Männer nur sehr dünne und fast wie ausgemergelt wirkende Frauen anziehend fanden. Wenn es nach ihm ginge, so durften die Frauen ruhig mehr essen und sich kleine Fettpölsterchen zulegen. Eine dicke, rundliche Körperform war immer auch Ausdruck einer üppigen Weiblichkeit.

Sein Blick fiel auf das ledergebundene Buch der Glückseligkeit, das mahnend und in ruhmvollem Glanz auf der Erde lag. Ihm kam einer der vielen kostbaren und weisen Texte in den Sinn, die darin enthalten waren und die er auswendig wusste: Ein Bekenntnis zu innerer Moral und Reinheit, bezogen auf die sündhaften Verlockungen des Darmausgangs. Obwohl die Ekstase ihn bereits zu übermannen drohte, begann er die heiligen Verse vor sich hin zu murmeln. Er war erfreut und erregt über die zunehmenden Erkenntnisse und Wahrheiten des Lebens, die er im reiferen Alter immer mehr ergründete und die sich in ihm festigten.

Barnabas Treubart sprach:

Die Psalmen vom braunen Loch

Bewahrst du dir dein Seelenheil?
Bist du aufs Himmelreich erpicht?
Dann Finger weg vom Hinterteil!
Zum Stoßen nimm das Po-Loch nicht!

Selbst mancher Bischof, Päpste gar
Soviel weiß man letztlich doch
Stießen die Ministranten-Schar
In ihr braunes Popo-Loch!

Fragt sich, ob du gehorsam bist?
Ein braves Schaf nur? Willst du Ruhe?
Nein! Ein Weg ist, wo ein Wille ist –
Was du wirklich willst, das tue!

Dennoch lass es, lass es aus!
Sei nicht aufs Gesäß erpicht!
Die Kot-Wurst darf zum Darm hinaus
Doch hinein darf Schwengel nicht!

Nur: Bist du Schwester, mach´s anal!
Denn willst du´s mit dem Bruder treiben
Dann ist das Hinterloch die Wahl
Um Schwangerschaften zu vermeiden!

Die augenzwinkernde und doch beschwingte Erhabenheit dieser Psalmen verschafften Barnabas augenblickliche Erleichterung. Sie linderten seine Schuldgefühle wegen der schmutzigen Begattung. Immer wieder, bei allen kleinen Sünden des Lebens, waren Ausnahmen gerechtfertigt. Man durfte nicht alles so eng sehen! Jedenfalls nichts so eng wie die Rosette eines Gesäßloches. Die Mächte des Universums waren großmütiger und gütiger als sich kleinkarierte Erbsenzähler auch zur auszumalen vermochten! Das Prinzip des Lebens und die kosmischen Kräfte waren so allumfassend und gigantisch, dass kleinliche Gebote und unsinnige Regelungen im Vergleich dazu geradezu unsinnig erschienen.

Horche nicht auf andere, sondern in dich hinein! Dann frisch voran, Kopf gesenkt und mittendurch! Immer der Nase nach! Das besagten zusammengefasst die meisten Psalmen seines Buches. Sie erfüllten Barnabas mit Glück, Frieden, Frohsinn und Sinnhaftigkeit. Was sollte er da noch mehr wollen?

Im Weihrauchkessel dampfte es heiß und unter Hochdruck: Seine beiden Eier hatten den Hodensack inzwischen dermaßen mit Sacksuppe vollgepumpt, dass er zu bersten drohte. Erste Tropfen des Eiersaftes waren bereits träge aus dem steifen Schwengel hervorgekrochen. Sie glänzten milchig-weiß am Po-Eingang des braunen Salons.

„Ich spritze in dich!" verkündete Barnabas mit japsendem Atem. Er hatte sich jetzt weit über sie gebeugt. Schweißtropfen fielen auf sie herab. Die Dicke bemerkte es nicht. Sie war mit geschlossenen Augen ganz auf die intensiven Gefühle der Begehung ihrer Hinterpforte konzentriert.

Der Schwengelschleim befand sich jetzt auf dem Weg vom Sack in den Kanal des Gliedes. Ein Zurückhalten war kaum mehr möglich. Zu ungeheuer und mitreißend war das Gefühl, als tausende kleine Termiten die Macht über den glühenden Kolben zu erlangen schienen.

Während die Muluglu-Frau in den höchsten Tönen seufzte und lüstern winselte, kam es. Ohne in seinem Stoßen innezuhalten, schoss die schleimig weiße Munition aus dem fleischigen Schießprügel. Barnabas brüllte laut und gellend, als wäre er ein Ochse, der bei lebendigem Leibe an einem Drehspieß hing. Wie mechanisch stieß sein Unterleib weiter gegen ihr wabbelndes Fleisch. Unsichtbar für beide spritzte sein weißer Saft tief in ihr Hinterloch hinein und ölte die Darmwände. Hier würde die Saat seines Sackes keine Frucht hervorbringen. Sie war auf diesem Wege allenfalls diskret entsorgt. Es war unheiliges und auf eine sündige Art sehr abwegiges Gebiet, auf dem sich sein Schwengel hier herumtrieb.

Als würde er sich dessen plötzlich bewusst werden, zog Barnabas sein Glied aus dem Hintern der Frau. Die Steifigkeit hatte nach dem Ausstoß des

Eiersaftes rasch nachgelassen. Das Ding ragte tropfend und wie eine zu lange gekochte bleiche Wurst über ihrer nassen Scham. Die stark gerötete Öffnung ihres Pos blieb geweitet. Der Muskelstrang pumpte rhythmisch. Zähe lange Schlieren der Sacksuppe krochen aus dem Loch, träge und langsam wie Schnecken.

Ermattet sank der Missionar zu Boden. Sein runder Bauch bewegte sich auf und ab. Er war schweißüberströmt und rang nach Luft. Wieder einmal merkte er deutlich, dass er nicht mehr der Jüngste war. Die Rammelei hatte ihm alles abgefordert, was er an körperlicher Leistung zu erbringen vermochte.

In der Hütte roch es stark und intensiv nach Ausdünstungen und Körpersäften, durchaus erotisch und betörend.

„Du guter Bock!" urteilte die Dicke anerkennend und mit mehr als einem Hauch Bewunderung in der Stimme. Auch sie war merklich außer Atem. „Großer weißer Busch-Bock!" lobte sie ihn. „Ich erschöpft! Du hart geritten!"

Wie wahr! Sein Gehänge fühlte sich an, als hätte es eine Bärenfamilie wochenlang als Spielzeug benutzt. Der Sack war leergemolken und wie ausgewrungen. Der Schwengel schmerzte. Er war durch das ausgiebige Eindringen in den engen Darm arg strapaziert. Die Eichel war wundgescheuert und würde ein tagelanger Pflegefall sein.

„Ich gehen!" sagte die Frau. Sie war aufgestanden und zog sich ihren sandfarbenen Lendenschurz über. Tropfen glibberigen Saftes liefen ihre Beine hinunter. Zum Abschied beugte sie sich noch einmal zu Barnabas herab und drückte ihm einen feuchten Kuss auf die stoppelige Wange. „Du hier im Dorf bleiben?" fragte sie neugierig. „Dann wir viel bocken!"

Er lächelte müde. Als sie gegangen war, breitete er seine Arme auf dem Erdboden der Hütte aus und sah zum strohgedeckten Dach hinauf. Ein bleierner, trauriger Schwermut machte sich in ihm breit.

Jede noch so wilde sexuelle Schlacht und alle körperlichen Genüsse dieser Welt könnten nicht darüber hinwegtäuschen, dass sie nur Zeitvertreib waren. Kleine Abenteuer, die eine innere Leere zeitweise übertünchen, nicht aber ausfüllen konnten. Nur die Liebe, *echte* und treue Liebe zu einer wundervollen Frau war es, die Erfüllung brachte!

Mit einer Träne im Augenwinkel dachte Barnabas an Muluglai und was sie jetzt, in diesem Augenblick, wohl tat. Befand sie sich in der Häuptlingshütte? Lebte sie überhaupt bei ihrem Vater oder besaß sie eine eigene Behausung?

Ihm wurde klar, wie wenig er über die junge Schöne wusste, der er kürzlich am Fluss das Leben gerettet hatte. Voller Sehnsucht nach ihrem Anblick, ihrer

Stimme und ihrem Geruch versuchte er einzuschlafen. Die Geräusche des Dschungels krönten den späten Abend mit einlullender Exotik. Dennoch fiel Barnabas erst nach stundenlangem Grübeln in einen unruhigen Schlaf.

Die Nacht legte sich über ihn und das Dorf der Muluglus. Noch weilte die Sonne auf der anderen Seite des Erdballs. Mit ihr sollten am nächsten Morgen nicht nur gleißende Helligkeit, sondern auch neue Erkenntnisse auftauchen und seine Liebeshoffnung beflügeln.

Kapitel 8:

DIE SORGEN DES HÄUPTLINGS

Helle Lichtstrahlen drangen durch die Ritzen der hölzernen Hüttenwand. Geschäftiges morgendliches Treiben herrschte im Buschdorf. Rufe, Kinderstimmen und das durchdringende Gackern von Hühnern waberten durch die warme Luft. Irgendwo schrie ein großer Vogel. Dumpfes Pochen schallte über die Dorflichtung. Frauen zerkleinerten Maiskörner zu Mehl und hackten Yamswurzeln.

Barnabas blieb mit geöffneten Augen eine Weile liegen. Trotz der nur dünnen Unterlage aus geflochtenen Schilfgräsern hatte er lange und gut geschlafen. Es war bereits später Vormittag.

Er befühlte sein zusammengeschrumpftes Gehänge. Es hing zwischen seinen Beinen, als wäre es abgestorben. Kein Wunder, der gestrige Ritt hatte sein Werkzeug schwer belastet. Täglich mehrere Monate ähnliche Übungen, und er würde nur noch gebückt und auf Krücken gehen können wie ein alter Greis!

Barnabas stand auf. Sorgfältig schnallte er sich sein schweres Buch auf den Rücken und machte sich bereit für den Tag. Er ging hinaus und um die Hütte herum, da er einen stillen Ort suchte, um Wasser zu lassen. Stumm hoffte er, dass es sogleich klappen möge, möglichst auch ohne das hilfreiche Rauschen eines Flusses oder das Plätschern von gefüllten Wasserkaraffen. Sein geheimes Zipperlein, das ihn beim Wasserlassen plagte, meldete sich mal mehr und mal weniger stark. Selbst wenn der Druck seiner Blase groß war, konnte es passieren, dass es einige Minuten dauerte, bis sein Hahn normal funktionierte.

Diesmal ging alles reibungslos vonstatten. Erleichtert beobachtete Barnabas, wie ein langer, goldener Urinstrahl nach vorne in die Büsche schoss. Wie herrlich, wie wunderbar war es doch, Abwasser nach draußen zu befördern und seinen Körper davon zu befreien!

Als er gerade dabei war, die letzten Tropfen vorsichtig aus dem geplagten

Glied heraus zu schütteln, spürte er eine Hand auf seiner Schulter.

Barnabas drehte sich um und blickte in die schwarzen, unergründlichen Augen des *Babalawo*. Der Stammespriester hatte sich ihm lautlos genähert. Vielleicht war er auch zu konzentriert auf das Wasserlassen gewesen, um sein Umfeld wahrzunehmen.

Der *Babalawo* ließ seinen Blick nach unten schweifen, wo der Schwengel des Missionars schwielig und tropfend in die Gegend ragte. Er war in einem leichten Winkel nach oben aufgerichtet.

Verlegen stopfte Barnabas seine helle Wurst in den Stoff des Tropenanzugs zurück. „Ich… ich habe nicht gemolken!" bemühte er sich um vorauseilende Schadensbegrenzung. „Ich habe nur den letzten Rest der gelben Brühe hinausgeschüttelt. Schütteln ist nicht Melken!"

Der *Babalawo* winkte wie beiläufig ab. Er wollte die Belanglosigkeiten von Barnabas´ Morgentoilette gar nicht erst zur Sprache bringen.

„Du sollst nachher beim Häuptling erscheinen, werter Gast", sagte er. Sein sachlicher Tonfall verriet nicht, ob diese Aufforderung die Einladung zu einem fröhlichen Frühstück oder der Befehl zu einer gemeinsamen problematischen Aussprache war. Hatte Mulugleo davon erfahren, dass Barnabas gestern ein Gespräch mit seiner Tochter geführt hatte? Und, schlimmer noch: Wusste er von dem verbotenen Kuss und den forschen Heiratswünschen des Missionars?

Barnabas lief ein heißer, unangenehm pulsierender Schauer übers Rückgrat. „Geht klar, ehrwürdiger *Babalawo*!" hörte er sich wie aus weiter Ferne sagen. „Ich komme gleich!"

Der Priester nickte und sah unbeirrt zu, wie Barnabas seinen zerknitterten Tropenanzug zurecht rückte und glattzustreichen versuchte.

„Die Liebe", sagte der *Babalawo*, „ist wie ein scheuer Vogel. Will man ihm ein Nest bauen, so kommt er nicht, weil er seinen eigenen Regeln folgt. Denkt man aber nicht an ihn und beachtet ihn nicht, so bemerkt man ihn plötzlich auf der Schulter sitzen."

Barnabas spürte sein Gesicht bei diesen Worten heiß werden. Er war froh, sich jetzt nicht im Spiegel sehen zu können, denn er musste wohl gerade rot geworden sein wie eine Tomate. Ahnte der *Babalawo* von dem Annäherungsversuch des Missionars gegenüber der Häuptlingstochter? Hatte er einen solchen Verdacht soeben gar brühwarm dem Häuptling erzählt und diesen damit erzürnt? Wenn ja, dann drohte höchste Gefahr! Barnabas hatte keine Ahnung, welche Strafe bei den Muluglus auf unerlaubtes Küssen der Häuptlingstochter stehen mochte. Er verspürte nicht die geringste Lust, es herauszufinden. Dennoch riss er sich zusammen und machte sich beherzt auf den Weg zur Hütte des Stammesoberhauptes.

Unterwegs durch das kleine Dorf hielt Barnabas verstohlen Ausschau nach Muluglai. Sie war nirgends zu sehen, was vielleicht auch besser so war. Er wurde vom *Babalawo* zum Häuptling begleitet und fühlte sich unter wachsamer Beobachtung. Ein Treffen mit Muluglai hätte ihn jetzt sehr durcheinander gebracht und seinen Begleiter misstrauisch gemacht.

Hinter einigen mannshohen Schilfgräsern raschelte es. Dumpfes Grunzen ertönte. Lange, fast mannshohe Gräser bogen sich und gaben den Blick frei auf ein merkwürdiges Paar. Augenscheinlich Mann und Frau und schon reichlich alt, waren sie in eine lustlose Begattung vertieft. Der Alte stand nackt hinter der gebückten Greisin und bockte sie mit zaghaften, ungelenken Stößen. Sie krächzte schrille Lustschreie, die eher an das Pfeifen paarungswilliger Papageien erinnerten. Der alte Mann war…

Balla! Sein alter Kofferträger!

Er trieb es zwar nicht mitten im Buschdorf mit der Alten. Aber doch nahe genug des Dorfplatzes, so dass jederzeit neugierige Eingeborene das Treiben beobachten konnten.

Barnabas stemmte seine Arme in die Hüften. Er hielt inne und betrachtete das schamlose Treiben. „Unfassbar! Was für eine bodenlose Frechheit!" knurrte er aufgebracht, um den bevorstehenden Besuch beim Häuptling etwas hinauszuzögern. Auch um von seinem eventuell bereits aufgedeckten eigenen Fehlverhalten abzulenken.

Balla und seine welke Sexpartnerin bemerkten nichts von den ungebetenen Zuschauern. Sie rammelten verdrossen weiter, als wäre es eine anstrengende Arbeit. Krumm und schwarzglänzend wie eine längst überreife Banane glänzte der fettige Mannskolben Ballas in der Vormittagssonne. Er fuhr schmatzend in das sperrangelweite Loch der alten Frau.

Barnabas war drauf und dran, dem abnormen Treiben lautstark Einhalt zu gebieten. Der Stammespriester aber zog ihn weiter. „Der Häuptling wartet!" sagte er. „Lass sie." Zögernd folgte ihm der Missionar.

Je näher sie sich der Hütte Mulugleos näherten, desto klammer wurde Barnabas ums Herz. Die Tür stand offen. Lediglich ein gelbgrüner Vorhang aus zusammengeflochtenen Blättern hing vor dem Eingang. Es raschelte, als sie hindurchtraten, ohne sich anzukündigen. Das schien nicht nötig zu sein. Der *Babalawo* ging stumm voran. Er musste schließlich wissen, was sich dem Häuptling gegenüber geziemte.

Mulugleo lag in einer Hängematte. Im dem Raum war es halbdunkel. Grelles Sonnenlicht waberte durch die langen dünnen Ritzen der Holzplanken, die die Wände der Hütte bildeten.

Der Häuptling hob einen Holzbecher zum Gruß und trank sogleich daraus. Während dem Trinken waren seine Augen zu sehen, die die Besucher über den Rand des Bechers hinweg musterten; aufmerksam, aber ohne den Ausdruck einer Gefühlsregung. In der Hängematte lag auf Bauchhöhe neben ihm ein mittelgroßer Tonkrug.

Barnabas stand mit dem *Babalawo* im Eingangsbereich der Hütte. Sie warteten ab, bis Mulugleo ausgetrunken hatte. Der Häuptling wischte sich den Mund mit dem Handrücken ab und rülpste. Es klang beinahe wie das Quaken eines gigantischen Frosches.

„Der Geist des Maniok ist aus meinem Bauch herausgefahren", informierte er sie. „Wenn ich zu schnell trinke, wird der Geist im Getränk die Kehle hinuntergeschluckt, weil er nicht aufpasst. Dann muss er sich befreien und schwebt in einer Wolke aus meinem Mund."

Barnabas nickte verständnisvoll. Er vermutete, dass der „Geist des Maniok" ein gern und häufig gesehener Gast im Hause des Stammesoberhauptes war. Nicht nur bei Festen, sondern auch privat und sogar schon am Vormittag, wie sich jetzt herausstellte. Gab es einen besonderen, schwerwiegenden Anlass für das morgendliche Trinkgelage?

Als hätte er die stummen Fragen des Missionars gehört, winkte Mulugleo jetzt dem *Babalawo* zu. „Ich spreche alleine mit ihm. Dann wird er etwas unbefangener sein", sagte er. Der Stammespriester deutete eine leichte Verbeugung an und antwortete: „Gut, ich warte draußen." Lautlos war er von einem Augenblick auf den anderen verschwunden.

Barnabas´ Kehle schnürte sich zu. Was gab es zu besprechen? Die Sache schien wirklich ernst zu sein.

Mulugleo musterte ihn. Er griff unbeholfen nach dem Tonkrug neben sich. Die Hängematte schaukelte bei seinen Bewegungen hin und her. Vorsichtig, ohne etwas von dem Maniok-Bier zu verschütten, goss er sich wieder den Becher voll. Als er gefüllt war, sah er hinein und lenkte seinen Blick dann auf den Missionar.

„Willst du Bier?" fragte er, weder freundlich noch abweisend.

Barnabas schüttelte den Kopf und deutete eine Verbeugung an, so wie er es eben beim *Babalawo* gesehen hatte. „Nein danke, großer Häuptling Mulugleo", erwiderte er höflich. „Am frühen Tage bei Sonnenlicht bekommt es mir nicht so gut."

Mulugleo nahm einen langsamen Schluck und fixierte den Gast mit unbeirrtem, nachdenklichem Blick. „Gefällt es dir hier bei uns?" wollte er wissen.

„Oh ja!" beteuerte Barnabas eifrig.

„Geht es dir inzwischen besser?"

„Wie… wie meinst du das, großer Häuptling?"

„Wegen dem Verlust deiner Eier!"

Barnabas stockte der Atem. Der Häuptling erkannte die Irritation seines Gastes und ergänzte: „Ich meine die Eier der Sternenmutter."

„Nun… Ich habe den Verlust verkraftet. Mir ist ja klar, dass ich sie einem würdigen Stamm weitergegeben habe. Und zuhause, in meiner Heimat, werde ich mir neue besorgen können."

Der Häuptling schwieg respektvoll. Dann fuhr er fort: „Wir sind sehr froh, die kostbaren Eier zu besitzen. Dennoch können sie uns nicht bei allen Problemen helfen, die wir haben. Vielleicht erst, wenn sie geschlüpft sind… Womöglich auch gar nie, weil unsere Probleme der großwürdigen Sternenmutter als zu gering und unbedeutend erscheinen mögen." Mit geschlossenen Augen nahm er einen tiefen Zug aus dem Becher.

„Was sind denn das für Probleme, die ihr habt?" wagte Barnabas leise zu fragen.

Der Häuptling hielt die Augen weiter geschlossen und schnalzte mit der Zunge, als wolle er die Reste der vergorenen Maniok-Brühe in seinem Gaumen auskosten. „Wenn du das wissen willst, mein lieber Gast, so sehe dich vor! Als Mitwisser gehst du eine tiefere Verbindung mit den Muluglus ein. Ich könnte dich mit einbeziehen in die Lösung der Probleme!"

Barnabas zuckte hilflos mit seinen runden Schultern. „So sprich doch!" forderte er den Häuptling auf.

Dieser süffelte noch etwas von dem Bier, bevor er hervorstieß: „Raubtiere! Zwei davon sind es, die mir den Schlaf rauben!"

Barnabas wurde hellhörig. „Löwen?" hakte er nach.

„Nein. Ein schwarzgefleckter Gelber. Das, was du in deinem Land vermutlich *Leopard* nennst. Groß, ausgewachsen, gefährlich. Ein Einzelgänger."

„Ist er hier im Dorf aufgetaucht?"

„Noch nicht. Er wurde zwei- oder dreimal gesehen von Frauen, die Wasser holten und auch von Männern auf der Jagd. Bisher war das kein besonderer

Grund zur Aufregung. Schon öfters gab es vereinzelt Raubtiere, die in der Nähe unseres Dorfes gesichtet wurden und wieder verschwanden. Dieses Tier aber…" Mulugleo sah auf den Grund seines Bechers, als suche er dort nach weiteren Worten. „Dieses Tier hat getötet! Insgesamt vier Ziegen und mehrere Hühner. Nachts, unbemerkt und heimlich. Erst heute Morgen wieder wurden die Überreste einer Ziege gefunden. Ein wertvolles Tier, das gute Milch gab und zudem trächtig war."

Mitfühlend wiegte Barnabas den Kopf hin und her. Er wusste, wie wertvoll gute Ziegen für die Muluglus waren. Rücksichtsvoll schwieg er, bis der Häuptling fortfuhr.

„Aus irgendeinem Grund streunt der Leopard um unser Dorf herum, seit etlichen Tagen bereits. Noch hat er uns nicht direkt bedroht. Doch die Frauen haben Angst um ihre Babys."

Barnabas erinnerte sich an die Anweisungen Mulugleos während des Festes, die er einem schwerbewaffneten Wächter gegeben hatte. Jetzt kannte er den Grund für diese Wachsamkeit.

„Ich dachte, bösartige Krieger wären das Problem", warf Barnabas ein. „Wie der, der deiner Tochter etwas zuleide tun wollte."

Der Häuptling wedelte verächtlich mit dem Handgelenk, als verscheuche er eine lästige Mücke. „Die Kannibalen", antwortete er, „werden es nicht wagen, uns anzugreifen oder unser Vieh zu stehlen. Wir haben vor langer Zeit ein Abkommen mit ihnen geschlossen. Sie essen nur ihresgleichen; die Kranken und die Schwachen. Und Fremde, die sich in ihr Stammesgebiet verirren." Bei den Worten sah er den Missionar milde lächelnd an. In seine Augen hatte sich bereits ein bierseliger Glanz geschlichen. „Nein, über die Kannibalen mache ich mir keine Sorgen", fuhr er fort. „Sicher, es ist eine empörende Beleidigung, dass einer von ihnen meine Tochter angegriffen hat! Wahrscheinlich war es nur ein Abtrünniger von ihnen, der zudem auch nicht wusste, dass Muluglai meine Tochter ist. Von ihrem Stamm war das bestimmt nicht gewollt. Dennoch wird es eine Art Sühne geben müssen für diese Sache! Aber das hat noch Zeit." Er leerte den Becher und goss nach. Seine Zunge wurde ihm bereits schwer und formte die Worte etwas träger, schleppender und undeutlicher.

„Der Leopard muss erlegt werden!" sagte Mulugleo unbeirrt. „Wegen ihm haben die Frauen Angst. Mit einem solchen Tier lässt sich kein Abkommen schließen wie mit den Kannibalen. Es befolgt nur seine eigenen Regeln. Ich hege keinen Groll gegen den Leoparden, doch er bringt Unfrieden in unser Dorf. Er weckt die bösen Geister der Angst, die den Verstand vergiften!"

„Und das andere?" fragte Barnabas.

Fragend sah ihn der Häuptling an.

„Du sprachst vorhin von zwei Raubtieren."

Mulugleo besann sich kurz und stieß dann ein befreiendes Lachen aus. Dann, ernster werdend, schwenkte er den Bierbecher. Die Flüssigkeit schwappte darin herum. „Ja, da ist noch ein zweites", bestätigte er. „Gejagt werden kann es nicht. Nur gezähmt!" Er genoss die Pause, die entstand, während sein Gast ihn gespannt ansah. Wie tollpatschig und zugleich doch liebenswert sah er dabei aus, der seltsame Kauz aus dem fernen Land! Mit seinem runden Mondgesicht, dem buschigen weißen Schnauzbart und dem zerknitterten Tropenanzug wirkte er wie ein außerirdischer Fremdkörper inmitten dieses sonnigen und zugleich düsteren Dschungels! Und doch hatte Mulugleo trotz dieser Belustigung einen tiefsitzenden, insgeheimen Respekt vor der Macht des Weißen. Immerhin war er Überbringer der heiligen Eier der Sonnenmutter… und konnte sich sogar neue beschaffen, wie er behauptet hatte! Ein sehr undurchsichtiger, merkwürdiger und nicht zu unterschätzender Kerl.

„Das andere Raubtier ist ein ungleich wertvolleres und schöneres als das erste", fuhr Mulugleo fort. „Es ist meine eigene Tochter Muluglai!" Als diese Worte endlich heraus waren, setzte er den Holzbecher an und trank ihn leer.

Barnabas sagte nichts. Er wusste bereits nur zu gut, wie ungezügelt und schamlos sich Muluglai gestern benommen hatte. Deshalb konnte er die Einschätzung des Problems, die der Häuptling da vorbrachte, durchaus nachvollziehen. Für ein konservatives, patriarchalisches Stammesoberhaupt wie Mulugleo war das Verhalten Muluglais überaus anmaßend und frech. Es war in seinen Augen wohl einer Häuptlingstochter nicht würdig. Eher einem wilden Tier.

„Muluglai treibt sich herum. Sie widerspricht mir ständig, schielt nach jungen Männern… Sehr, sehr ungehörig, so etwas!" Mulugleo senkte die Stimme zu einem heiseren, trunkenen Flüstern: „Ich vermute sogar, dass ihr Interesse für junge Krieger sich nicht nur auf Blicke beschränkt! Am Ende hat sie sogar schon die Hand eines solchen berührt… oder ihn gar auf den Mund geküsst!" Entsetzt und mit großen Augen hielt sich der Häuptling bei diesen Worten die Hand vor den Mund. Diese Vorstellung schien für ihn sehr schrecklich und überaus peinlich zu sein.

Barnabas dachte an die leidenschaftliche, sündige Szene in den roten Büschen, welche er am gestrigen Abend während des Festes mit angesehen hatte. Diese war weit weniger harmlos gewesen als das Händchenhalten und Küssen, dessen Mulugleo seine Tochter verdächtigte. Nicht auszudenken, wenn er die ganze Wahrheit herausfände! Der Alte hatte ja keine Ahnung, wie durchtrieben seine Tochter schon war.

„An dieser mangelnden Erziehung ist nur der frühe Tod ihrer Mutter schuld!" erklärte Mulugleo betrübt. „Ich bin überfordert mit ihr. Die Geschäfte des Dorfes nehmen mich ganz in Beschlag. Und auf ihre Tanten hört sie nicht."

„Es ist noch nicht zu spät, ihr auf den richtigen Weg zu verhelfen", versicherte Barnabas. In ihm schwelte die Glut einer leisen Hoffnung. Vermutlich gab es noch keinen ernsthaften Heiratskandidaten für die junge Frau. Der Häuptling besaß ein gewisses Vertrauen in ihn, den Überbringer der heiligen Glasmurmeln, beziehungsweise der Eier der Sternenmutter… Galt es hier, eine sich bietende Chance schnell und mutig zu ergreifen? Mulugleo war schon etwas betrunken und schien offenherzig und gesprächig zu sein.

Barnabas rang mit sich selbst. Sollte er seine Vorliebe für Muluglai jetzt einfach zur Sprache bringen? Was würde ihm schlimmstenfalls passieren? Soweit er den Häuptling einschätzte, war dieser ein eher gütiger und besonnener anstatt gewalttätiger oder rachsüchtiger Mensch.

„Aber wie? Wie soll ich sie jetzt noch erziehen, nachdem sämtliche Versuche bisher gescheitert sind?" fragte Mulugleo. Für ein Stammesoberhaupt erschien er ungewöhnlich hilflos.

„Ich helfe dir, aus deiner Tochter eine wohlerzogene, tüchtige junge Frau zu machen!" versprach Barnabas. Dann erstarrte er in ungläubiger Erschrockenheit, als er sich sagen hörte: „Großer Häuptling Mulugleo! Ich halte um die Hand deiner Tochter an! Bitte lasse mich sie heiraten. Dann werde ich mit allem Wissen und aller Erfahrung, die ich besitze, dafür sorgen, dass sie sich zum Guten ändert."

Mulugleo hing in seiner Hängematte und sah ihn mit glasigen Augen an. Er wirkte, als wäre er frontal gegen eine fahrende Dampf-Lokomotive gelaufen. Kein Ton kam aus seinem verkniffenen Mund.

Die Stille, die nun herrschte, war nagend und unangenehm. Irgendwo raschelten Sträucher oder Büsche. Frauen redeten. Vögel schrien. In Barnabas' Kopf schlugen Gedanken der Hoffnung, der Liebe und der Furcht Purzelbäume.

„Ich glaube, dass ich ein passender Mann für deine Tochter wäre!" setzte er nach und trat damit die Flucht nach vorne an. „Nicht mehr ganz der Jüngste, aber dafür mit einem reichhaltigen Erfahrungsschatz."

Langsam und bedächtig goss sich Mulugleo aus dem Tonkrug nach. Er schüttete die letzten Tropfen des Maniok-Bieres in den Holzbecher. Dann warf er den leeren Krug mit Schwung durch die Hütte. Mit einem lauten Scheppern zerschellte er an der Hüttenwand. Klobige Tonscherben rieselten auf den festgestampften Erdboden.

Barnabas war bei dem Geräusch zusammengezuckt. Der Schweiß stand ihm auf der Stirn und rann ihm in salzigen Rinnsalen übers Gesicht. Ihm war zumute, als befände er sich in einem winzigen Ruderboot voller brennender Kerzen mitten auf einem See aus Petroleum. Der geringste Funken würde genügen, um alles um ihn herum in eine Flammenhölle zu verwandeln. Jedes Wort zu viel konnte eine Explosion auslösen.

Mulugleo setzte sich in seiner Hängematte auf. Sie schwankte bedrohlich umher und kam dann langsam zur Ruhe. Er musterte den Missionar ernsthaft, aber nicht wütend.

„Wie dieser Krug soeben, ist auch mein Glaube an eine normale Entwicklung meiner Tochter zerbrochen", sagte er mit dunkler, etwas deprimierter Stimme. „Ich verstehe, dass du sie begehrst. Sie ist außergewöhnlich schön. Neben ihr würdest du in neuem Licht erstrahlen wie ein alter Pilz neben einer Orchidee."

Danke! dachte Barnabas grimmig. *Überaus nett, deine Einschätzung!*

„Es geht aber nicht, dass ich dir Muluglai zur Frau gebe", fuhr der Häuptling fort. „Das würde gegen die Tradition unseres Stammes verstoßen. Sei froh, dass ich ein so milder und gerechter Herrscher bin. Manch anderer würde dich öffentlich hinrichten lassen wegen deiner maßlosen Bitte."

Barnabas gab nicht so schnell auf. „Jedem anderen", sagte er eindringlich, „hätte ich dieses Ersuchen nicht vorgetragen. Jeder andere wäre nicht einmal annähernd so stolz und überragend, wie du es bist, großer Häuptling Mulugleo! Du bist das größte Stammesoberhaupt, das jemals im ganzen Kongo geherrscht hat!"

Bei diesen Worten ließ sich der Geschmeichelte tief und entspannt in die Hängematte sinken. Barnabas bemerkte mit Genugtuung, dass er jetzt zumindest die stille Aufmerksamkeit des Häuptlings hatte. Er führte seine Rede weiter aus: „Deine Tochter Muluglai ist im Grunde ihres Herzens das reinste und erhabenste Wesen, das ich je kennenlernen durfte. Die widrigen Umstände ihrer Jugend können nicht darüber hinwegtäuschen, dass ihr eine großartige, erfolgreiche Zukunft als Königin des Kongo bevorsteht!"

„Mit der Macht der Eier der Sternenmutter?" forschte Mulugleo mit zusammengekniffenen Augen.

„Mit dieser Macht und noch anderen Mächten, von denen sie noch nicht einmal weiß, dass es sie gibt!" bestätigte Barnabas.

„Welche Mächte sind das?"

„Zum Beispiel die kraftvolle Weisheit des auf der Nase Gehörnten."

„Was meinst du damit?"

„Ich meine die Kräfte, die das Werk der heiligen Worte birgt." Barnabas deutete auf das lederne Buch, das an seinem Rücken hing.

„Ist das Ding da", der Häuptling deutete darauf, „so etwas Ähnliches wie die Eier der Sternenmutter? Schenkst du es mir?"

„Ich kann es dir leider nicht schenken", entgegnete Barnabas freundlich. „Man muss die geheimen Zeichen darin entziffern können, um sie für sich zu nutzen. Ich kann dir die kostbaren Lehren und Bedeutungen, die darin enthalten sind, vorlesen und erklären. Ich könnte auch deine Tochter im Entziffern dieser Worte unterrichten. Aber ich kann und darf dieses Werk nicht aus den Händen geben! Anders als die Eier der Sternenmutter ist es nicht ein heiliger Gegenstand zur Vermehrung der magischen Kräfte. Sondern ein gigantischer Wissensschatz, der in fremden Zeichen verschlüsselt wurde. Er dient zur Schulung des eigenen Ich."

Mulugleo sah den Missionar an und gaukelte ihm unbeholfen Verstehen vor. Es war ihm aber deutlich anzumerken, dass er in etwa so viel begriff, als hätte man ihm die Funktionsweise einer Dampfmaschine erklärt.

„Falls, ich meine nur *falls* ich erwägen sollte, dir meine Tochter zur Frau zu geben…" murmelte Mulugleo stirnrunzelnd und vorsichtig, als wären seine eigenen Worte wie spitze Glasscherben, über die er hinwegstakste. „Falls dies also geschehen sollte… Würdest du ihr die Weisheiten des auf der Nase Gehörnten beibringen?"

„Oh ja!" Barnabas nickte heftig. „Sie würde alles erfahren. Über kurz oder lang wäre sie die machtvollste Frau weit und breit!"

„Und da sie mir als ihrem Vater untersteht, und auch du als ihr Gatte mir zu willen sein müsstest, würde *ich* zum größten Herrscher werden!" ergänzte Mulugleo und bleckte sich die Lippen.

„Ganz genau so ist es!" verkündete Barnabas feierlich.

Schweigen machte sich breit. Kaum ein Laut war zu hören außer den Geräuschen des Dorfes draußen.

Schließlich räusperte sich Mulugleo. „Dann sei es folgendermaßen", sagte er. „Wenn du beide Raubtiere bezwingst, sollst du meine Tochter heiraten dürfen! Jage den Leoparden, bringe ihn zur Strecke und überreiche mir sein Fell. Nimm eine Schar meiner Krieger mit und eine junge Ziege als Köder. Binde sie an und warte, bis er auftaucht. Dann töte ihn! Breche gleich heute Nacht auf." Er kratzte sich nachdenklich am Kinn und wiegte den Kopf bedeutungsvoll hin und her. „Was das andere *Raubtier* angeht: Zähme Muluglai! Mach aus ihr eine wissende Frau, anständig und umsichtig, eine echte Muluglu-Häuptlingstochter! Treibe ihr die Flausen aus, gebe ihr festen Halt und eine klare, strenge Ordnung. Dann soll sie dir gehören!" Er sah Barnabas in tief gerührter Betrunkenheit an, als heische er um Freudentränen und stürmischen Beifall.

Der Missionar sank vor dem Häuptling auf die Knie und blickte zu ihm empor. Seine runden, von der Sonne geröteten Gesichtszüge waren aufgeweicht vom Ausdruck grenzenloser Dankbarkeit und inniger Verehrung.

„Oh, großer Häuptling!" stieß er hervor. Sein buschiger weißer Schnauzbart zitterte vor unbeherrschter Freude. „Ich danke dir von ganzem Herzen! Gerne stelle ich mich deiner Prüfung und bin sicher, sie bestehen zu können! Hoch und heilig verspreche ich dir in diesem Fall, deiner Tochter ein guter Ehemann zu sein!"

Mulugleo sah ihn grinsend und lauernd an: „Die Prüfung steht bevor und ist noch nicht bestanden. Du weißt nicht, was es heißt, es mit derlei Raubtieren zu tun zu bekommen!" Er räkelte sich in der ächzenden Hängematte und ließ die Augen zufallen. „Nun geh!" wies er seinen Gast mit matter Stimme an. „Der Geist des Maniok-Biers hat meine Sinne umschleiert und rät mir zu schlafen. Er will mir im Traum erscheinen, um Kraft seiner Natur auf mich einzuwirken und mir Ratschläge zu erteilen!"

Eleganter kann man den Wunsch, seinen Rausch ausschlafen zu wollen, kaum ausdrücken! dachte Barnabas erheitert. Er fühlte sich ungemein erleichtert über den positiven Verlauf des Gesprächs und die Aussicht auf das baldige Zusammensein mit Muluglai. Beim Gedanken an eine heiße Hochzeitsnacht mit ihr drohte sich sein Tropenanzug in der Leibesmitte wieder zu einem geilen Zelt aufzurichten. Er zwang sich, aufkeimende Phantasien über allerlei Sexspiele und Begattungen zu unterdrücken. Obwohl der Häuptling es mit geschlossenen Augen nicht sehen konnte, verbeugte er sich tief vor ihm. Dann verließ er angemessenen Schrittes die Hütte des Herrschers.

Sogleich wollte er Ausschau nach Muluglai halten, um ihr die freudige Nachricht der möglichen Heirat mitzuteilen. Wen er aber traf, als er draußen stand, war der *Babalawo*.

Er stand dicht neben dem Blättervorhang der Eingangstüre und hatte offenbar alles mit angehört.

„Gefährlich!" urteilte er ohne Umschweife. „Du willst viel auf dich nehmen für deine Liebe, weißer Mann. Doch beide Raubtiere werden dich in Gefahr bringen!"

Barnabas zuckte mit den Schultern. Er wollte sich seine gute Stimmung nicht kaputtmachen lassen vom Genörgel des Stammespriesters. Womöglich hatte dieser Kerl selbst ein Auge auf die schöne Muluglai geworfen und war neidisch auf ihn!

„Ich fürchte mich nicht, denn die göttliche Macht der Weisheit wird mit mir sein!" antwortete Barnabas selbstsicher.

„Das mag sein. Doch wird dir die Liebe auch das bringen, was du dir erhoffst?" erwiderte der *Babalawo* und sah ihn mit tiefem und unergründlichem Blick an.

„Das werde ich sehen, wenn es soweit ist", meinte Barnabas und lächelte dem Stammespriester höflich zu. Er blinzelte ins helle Sonnenlicht. Es war nun fast Mittagszeit. Gemächlich ging er in Richtung des Dorfplatzes. In seinem Gehirn begann es eifrig zu arbeiten. Seine Gedanken kreisten weniger um die bevorstehenden Gefahren als vielmehr um die junge Muluglai.

Zweifellos war der *Babalawo* ein erfahrener und kluger Mann, der mit den Gepflogenheiten der Muluglus bestens vertraut war. Seine Worte hatten Gewicht, Barnabas wusste das. Eine innere Unruhe nahm von ihm Besitz. Was, wenn er sich nur etwas vormachte? Was, wenn ihn Muluglai nicht lieben würde und ihn letztendlich nicht zum Mann haben wollte? Hatte es am Ende gar nichts zu bedeuten, dass sie seinen Zungenkuss gestern Abend erwidert hatte? Und was hatte der *Babalawo* soeben von ihm gewollt? Warum hatte er ihn angesprochen und seinen Senf dazugegeben bei einem so heiklen Thema wie der Liebe?

Würde er ihm gar helfen können…?

Barnabas Treubart dachte an Voodoo. Weißmagische Zauberei. Schwarze Magie. Der *Babalawo* verstand sich auf solche Künste. Aber als Stammespriester der Muluglus war er dem Häuptling verpflichtet! Er würde ihm, Barnabas, bestimmt nicht helfen, Kraft seiner Magie die Liebe von Muluglai zu wecken, zu bestärken und zu festigen. Das wäre eine Beeinflussung des Geistes der Häuptlingstochter.

Nun ja… Wissentlich zumindest würde der *Babalawo* das nicht tun.

Barnabas sah seinen alten Kofferträger Balla, der auf einem flachen Stein unweit des Dorfplatzes saß. Er kaute an einem Brotfladen aus Maismehl. Hatte der alte Schlingel also inzwischen das Bespringen beendet und von der Greisin abgelassen!

Der Missionar entschloss sich spontan zu einem waghalsigen Vorgehen. Er würde die Macht der Magie nutzen, um Muluglai ganz und gar für sich zu vereinnahmen! Ohne das Wissen des Häuptlings und ohne dass der *Babalawo* ahnte, wem er da zu Diensten wäre! Über einen Mittelsmann nämlich…

„Balla!" sagte er gütig. „Schmeckt dir das Brot?"

Der alte Träger sah ihn einfältig an und nickte schließlich. „Gut", sagte er. „Frisch gebacken, salzig und weich. Bisschen trocken, aber mit viel Speichel und gründlichem Kauen es gehen. Auch bisschen herb im Abgang, aber Magen von Balla stark. Kann gut verdauen! Doch Balla nicht Brot essen wegen gut Geschmack. Balla Schwierigkeiten mit braunem Dreck aus Popo. Kommt dünn heraus wie Wasser, den ganzen Tag, ganze Nacht! Leute sagen, wenn trocken Brot essen, dann brauner Dreck hart werden. Fallen wieder schön aus Popo wie Klumpen Lehm."

So genau hatte es Barnabas gar nicht wissen wollen. „Du musst mir helfen!" sagte er. „Wirst du das?"

Balla hielt im Kauen inne und sah ihn fragend an. „Bei was?" wollte er wissen.

Barnabas senkte die Stimme und trat näher. Er beugte sich zu dem Sitzenden hinab. „Voodoo!" hauchte er verschwörerisch.

Balla starrte ihn verblüfft an und schluckte seinen Bissen hinab. Unendlich langsam und zögernd, fast würgend. Er sagte nichts, sah nur weiter mit immer ängstlicher werdenden Augen auf den schnauzbärtigen Missionar.

„Ich muss mir der Liebe von Muluglai sicher sein!" erklärte Barnabas eindringlich. „Der Häuptling hat mir gegenüber soeben angedeutet, dass er eine Heirat meinerseits mit seiner Tochter für möglich hält! Ich will aber, dass nichts schief geht und sie mir sehr wohlgesonnen ist. Dabei wird die Kraft des Voodoo helfen!"

Balla hatte die Stirn gerunzelt und blickte seinen Vorgesetzten sorgenvoll an. „Das keine gute Idee, Boss!" sagte er. „Mit Voodoo nicht zu spaßen. Und du bist weißer Mann… Balla nicht wissen, ob afrikanische Magie dir helfen!"

„Das wird sie schon", meinte Barnabas zuversichtlich. „Gehe für mich zum *Babalawo*! Erzähle ihm aber nicht die Wahrheit! Denn er wird nicht dabei helfen wollen, die Tochter seines Häuptlings mit Magie zu beeinflussen."

„Was Balla ihm sagen?" fragte Balla skeptisch.

„Sag, dass du in die Greisin vernarrt bist und sie für dich gewinnen willst."

„Welche Greisin?"

„Die, mit der du es vorhin getrieben hast!" Barnabas sah seinen Träger mit wissendem Lächeln an.

Balla blickte verschämt zu Boden. „Schwengel von Balla hat schon nach Aufwachen gezuckt. So, als wenn böser Geist in ihn gefahren!" versuchte er zu erklären. „Da hat Balla…"

Barnabas winkte ungeduldig ab. „Schon in Ordnung", sagte er großzügig. „Aber verstehst du, was ich meine? Gib dem *Babalawo* gegenüber vor, er solle für dich tätig werden und seine Voodoo-Kräfte einsetzen! Verrate ihm um Himmels willen aber nicht, dass es dabei um Muluglai und mich geht!"

Balla verharrte einen Augenblick lang, als dächte er nach. „Gut", antwortete er dann. „Balla verrät nicht, dass es um Muluglai und mich geht! Er wird es tun."

Barnabas faltete zufrieden die Hände. „Balla, ich bin stolz auf dich! Es soll nicht zu deinem Schaden sein. Wenn die ganze Sache klappt, springt auch etwas für dich heraus."

„Was?" wollte Balla neugierig wissen.

„Irgendwo habe ich noch ein Ei der Sternenmutter. Das sollst du haben!"

Balla strahlte. „Ein Ei! Ganzes Dorf reden von nichts anderem! Neue Macht von Eier groß! Balla nicht wusste, dass wir haben solche Sachen in Gepäck. Er ganze Zeit tragen helfen, aber nicht spüren Magie von Eier!"

„Na siehst du! Auch du wirst ein Stück dieser Macht ergattern", sagte Barnabas. „Aber nun rasch! Erzähle mir, was der *Babalawo* braucht, um ein wirkungsvolles Voodoo-Ritual abzuhalten! Wird er eine Puppe anfertigen?"

„So viel Balla weiß, braucht man nur Haare", erklärte Balla. Es war ihm anzumerken, dass er vom Gedanken an ein Sternenmutter-Ei schon ganz beseelt war. „Haare von Boss und Haare von Frau. Der *Babalawo* sie zusammen vergraben nach Beschwörung. Dann werden magische Kräfte von Liebe wirken und ihr vereinigt!"

„Das hört sich doch gut an!" frohlockte Barnabas. Er klaubte ein Schweizer Messer aus einer der Taschen seines Tropenanzugs. Kurzerhand säbelte er sich ein kleines Büschel weißer Haare vom Kopf, nachdem er sich umgesehen hatte, ob ihn auch niemand im Dorf dabei beobachtete. Er reichte die Haare Balla, der sie vorsichtig entgegennahm. Nach kurzem Überlegen gab er ihm auch das Messer.

„Versuche irgendwie an Muluglai heranzukommen!" wies er ihn an. „Am besten, während sie schläft. Schneide ihr ein paar Haare ab und gehe dann zum *Babalawo*, damit er das Voodoo-Ritual abhält."

Balla besah sich das originelle und praktische Messer. So etwas hatte er noch nie gesehen. „Darf Balla es behalten?" fragte er aufgeregt.

„Sicher, sicher", beruhigte ihn Barnabas. Dann fiel ihm ein, dass seine Haare, die Balla dem *Babalawo* gegenüber als seine eigenen ausgeben sollte, ja weiß waren! „Färbe meine Haare, bevor du sie für das Ritual hergibst!" bat er den alten Träger. „Sie sollen schwarz wie deine eigenen aussehen. Du gibst also meine Haare als die deinen aus. Muluglais Haare soll er für die der Greisin halten, in die du verliebt zu sein vorgaukelst. Schaffst du das?"

Balla nickte. „Mit Ruß es wird gehen", sagte er. „Balla kokelt sie über Feuer an." Dann rieb er sich die Nase und senkte den Blick. „Aber es nicht gut, den *Babalawo* anzuschwindeln. Könnte heraufbeschwören böse Geister!"

Barnabas atmete tief ein und aus. Er mochte sich gar nicht ausmalen, was passieren konnte, wenn der Kerl irgendeinen Unsinn anstellte. Etwas beunruhigt machte er einen Schritt zurück und sah sich unauffällig auf der Lichtung des Buschdorfes um. Unter den wenigen Muluglus, die zu sehen waren, herrschte geschäftiges Treiben, wenn auch in einem recht gemächlichen Tempo.

„Verliere keine Zeit!" schärfte er Balla ein. „Schon heute Nacht werde ich auf die Jagd nach dem Leoparden gehen. Wenn ich zurückkomme, sollte der Voodoo-Zauber wirken und Muluglai unsterblich in mich verliebt sein!"

Der alte Kofferträger kratzte sich am Hinterkopf und lächelte dienstbeflissen. Barnabas verwarf aufkommende Gedanken des Zweifels und des Misstrauens. Er gestattete sich im Geiste eine gehörige Portion Hoffnung. Sehnlichst wünschte er sich, den ganzen Wahnsinn und die Gefahren bereits hinter sich zu haben und mit Muluglai eine ruhige, beschauliche Ehe zu führen.

Noch ahnte er nichts vom perversen Ausmaß der Hindernisse, die seinen Weg bereits beschatteten.

SEX IM BUSCH

#3

IM SCHWARZEN REICH
DER KANNIBALEN

Heiterer
Erotik-Roman
von

Rhino Valentino

Kapitel 9:

GEFÄHRLICHER DSCHUNGEL

Es war, als befänden sie sich auf dem tiefen Grund eines Meeres inmitten von allerlei Schlingpflanzen und moosbewachsenen Felsen. Die Nacht hatte sich wie ein dunkelblauer Schleier über den Dschungel gelegt. Im trüben Mondlicht zeichneten sich die schwarzen Silhouetten der Bäume und Büsche ab. Vögel und geheimnisvolles, verborgenes Getier gaben merkwürdige Geräusche von sich; Laute der Jagd, des Warnens und der Brunst.

Ein schrilles, klägliches Meckern hallte über alle Tierstimmen hinweg durch die Nacht. Die junge, schwarzgefleckte Ziege, die an einem Ast festgebunden war, blökte ängstlich vor sich hin. Ob sie wusste, dass sie als Beutetier Bestandteil der Falle war, die dem Leoparden gestellt wurde?

Barnabas Treubart saß mit den anderen Jägern auf einer steilen, felsigen Anhöhe in Steinwurfweite der Ziege. Er hielt seine klobige alte Flinte griffbereit. Sie war gründlich gereinigt worden und durchgeladen. Der doppelte Lauf schimmerte metallen im fahlen Licht des Mondes.

Mit von der Partie waren zwei seiner schwarzen Träger, die Oke und Lado hießen, sowie drei Krieger des Muluglu-Stammes. Die Männer waren mit Jagdspeeren bewaffnet, mit denen sie vortrefflich umzugehen wussten. Das hatten sie Barnabas bereits auf dem Weg hierher gezeigt, indem sie die Speere erfolgreich auf recht weit entfernte Baumstämme geworfen hatten. Einer hatte dabei sogar einen kleinen Ast gespalten.

Barnabas dachte an die junge schöne Häuptlingstochter. Wie sehr war er inzwischen in Muluglai verliebt! Inständig betete er darum, dass der Leopard bald auftauchen möge und erlegt werden konnte. Er hoffte, dass sein Plan mit der Voodoo-Beschwörung klappen würde. Der alte Balla leistete hoffentlich im Muluglu-Dorf inzwischen gute Arbeit, was die Beschaffung der Haare und die Beauftragung des *Babalawo* mit der magischen Zeremonie anging!

Verstohlen rieb sich der Missionar am Schritt herum. Der raue Stoff seines

Tropenanzugs raschelte. Niemand von den anderen konnte in der Dunkelheit sehen, was er da tat. Sein Schwengel ruhte erwartungsvoll und in fleischiger Trägheit in den Tiefen der Baumwollunterhose. Er war immer noch ermattet vom ausgiebigen Sex mit der dicken Muluglu-Frau. Als wäre er eine weiße Brühwurst, die zu heiß gekocht worden war und nun erst langsam abkühlte. Die Eichel schien immer noch wundgescheuert zu sein von der hitzigen Stoßerei. Die Vorhaut spannte sich faltig und schlaff um sie herum wie ein ausgewrungener kleiner Waschlappen.

„Entspanne dich!" sprach Barnabas leise zu seinem Gehänge. „Bald schon, *bald* wirst du phantastische Genüsse auskosten, wie du sie noch nie erlebt hast! Und zugleich wird mein Männerherz jubeln im Taumel der Liebesgefühle, wenn ich Muluglai heirate, die einzigartig Hübsche und Wundervolle! Alles werde ich darum geben, sie in den Hafen einer glücklichen geilen Ehe heimzuführen."

„Herr spricht mit Geistern der Ahnen?" fragte Lado irgendwo aus dem Dunkeln. Barnabas erschrak und fühlte sich ertappt. Er nahm die Hand von seinem Schritt.

„Ja", sagte der Missionar knapp. „Ich komme von weit her, doch die Geister meiner Ahnen sind immer bei mir. Auch hier im Busch."

„Was sie dir sagen?" fragte Lado.

„Sie meinen, das Raubtier kommt bald, um die Ziege zu melken!" antwortete Barnabas. „Wir sollen uns einfach etwas gedulden." Jetzt konnte er Lado inmitten der vielfältigen Schatten um ihn herum erkennen. Er war nackt bis auf seinen Lendenschurz und eine dicke Halskette aus Amuletten, Tierknochen und bunten Federn, die ihm bis zum Bauchnabel hing.

„Warum Raubtier Ziege melken?" wunderte sich Lado. „Das dir deine Ahnen sagen?"

„Ach so… nein! Unsinn." Barnabas lachte nervös. „Da habe ich mich versprochen. Ich bin etwas durcheinander! Ich meinte natürlich, es kommt, um die Ziege zu *reißen!*"

Lado nickte befriedigt und mit einem überlegenen, leicht spöttischen Gesichtsausdruck. Was war der Dicke mit dem komischen Tropenhelm und dem weißen Schnauzbart doch für ein merkwürdiger Kauz! Ihn auf der Jagd nach dem Leoparden dabei zu haben war, als hätte man einen sprechenden Klotz am Bein. Als würde man mit einem Esel ein Galopp-Rennen gewinnen wollen; als würde man einen Affen damit beauftragen, eine Buschhütte zu bauen! Wohl hatte der Weiße einen dieser modernen Schießprügel bei sich. Bei einer Jagd verließ sich Lado aber lieber auf seine Geschicklichkeit im Umgang mit dem Wurfspeer. Dieser lag in Griffnähe neben ihm. Seine Spitze war so scharf geschliffen, dass man sich damit hätte rasieren können.

„Jetzt still!" zischte es von irgendwoher. „Sonst schwarzgefleckter Gelber nicht kommen!" Die Stimme von Oke. Er hatte Recht. Sie verstummten. Keiner sprach mehr. Es wurde still bis auf die Stimmen der Dschungeltiere und das laute Zetern der angebundenen Ziege. Sie spürte mit ihrem Instinkt, dass sie in Gefahr war.

Geraume Zeit verstrich. Nichts passierte. Barnabas war etwas schläfrig zumute. Er gähnte lautlos. Immer noch war es sehr warm, obwohl sich die Sonne auf die andere Seite der Erdkugel verabschiedet hatte und erst morgen wieder auftauchen würde. Sie hatte ihre Hitze dagelassen, gespeichert in den Pflanzen, den Steinen und der Atmosphäre. Der Stoff seines Tropenanzugs war feucht vom Schweiß und klebte auf seiner Haut. Barnabas erinnerte sich wieder einmal nur zu gerne an seine geliebte Heimat.

Ach, wie schön und erfrischend wäre jetzt eine Sommernacht in der Berglandschaft des kleinen Ortes, an dem er aufgewachsen war! Die Luft wäre nur leicht kühl durch den einen oder anderen Windstoß, der sie aufwirbelte, ansonsten angenehm mild und wohlduftend nach vertrauten Wiesenkräutern. Ab und an wäre vielleicht das Läuten von Glocken zu hören, die Kühe um ihren Hals trugen. Zu jeder vollen Stunde schlüge die Kirchturmuhr…. Lange, zu lange schon war es her, dass er aufgebrochen war und alles zurückgelassen hatte, was ihm lieb und teuer war. Doch zu stark war sein Drang gewesen, die heiligen Erkenntnisse aus dem ledernen Buch der geilen Psalmen in alle Welt zu tragen. Besonders nach Afrika! In den Kongo, dieses unendlich wilde und zugleich so herrliche Gebiet voller Gefahren und Überraschungen.

Wehmütig dachte Barnabas Treubart an die dralle Sofie, bei der er seine Unschuld verloren hatte. Hübsch war sie gewesen, adrett und vollbusig, als sie ihn ins Heu gezogen hatte, wollüstig, geil und fiebrig nach seinem pulsierenden Glied. Voller Entsetzen fiel ihm auch Hilde ein. Jenes abscheuliche, beinahe hexengleiche Saustück, das ihn später mittels Erpressung zum Sex gezwungen hatte. Beim Gedanken an die Ekelhafte wand sich sein Schwengel in der baumwollenen Unterhose wie eine angstvolle Schlange in ihrem Nest. Er schrumpfte zusammen wie ein Akkordeon, dessen beide Seiten aneinandergedrückt werden.

Als achtzehnjähriger Jüngling pflegte er in den Sommerferien immer auszuhelfen bei der Heuernte eines Großbauern. Er und mehrere Schüler beeilten sich mit dem Einlagern der trockenen Heuballen in die Scheune. Auch Mägde, Knechte und andere Bedienstete des Bauernhofes halfen dabei. So auch Sofie, eine junge Hauswirtschafterin von Mitte zwanzig.

Schon während des heißen Nachmittags, als sie unter der gleißenden Sonne geschwitzt hatten, waren ihm Sofies interessierte Blicke nicht entgangen. Auch ihr Lächeln nicht, das sie ihm immer mal wieder zuwarf. Kein unschuldiges Lächeln der Freundlichkeit, sondern ein verruchtes, lüsternes, aufforderndes. Einmal war sie, nachdem sie einen der Heuballen in der Scheune verstaut hatte, sehr dicht an ihm vorbeigegangen. Sie hatte ihn, der gerade einen der Ballen hochwuchtete, mit ihren dicken Brüsten am Arm gestreift. Wie betäubt spürte er die festen, schweißnassen Fettpolster an seinem Ellenbogen. Er roch den Geruch ihres Haares und ihrer Achselhöhlen, ein Aroma der verbotenen sexuellen Verheißung.

Am Abend war es soweit. Nachdem er den ganzen Tag mit einem steifen Fleischrohr in der Hose herumgelaufen war, peinlich bemüht, die dreiste Wölbung hinter vorgehaltenen Heuballen zu verstecken, schien die Erlösung nahe zu sein. Die anderen gingen und machten Feierabend. Die Nacht brach herein. Der Wind frischte auf. Alles duftete wunderbar nach trockenem Heu. Grillen zirpten ihr eintöniges, rasselndes Lied.

Schließlich waren nur noch Sofie und er übrig. Dachten sie jedenfalls. Sie standen sich in der düster gewordenen Scheune gegenüber. Barnabas spürte seinen jungen Schwengel noch härter werden. Obwohl das kaum mehr möglich schien, da er sich bereits in einem Zustand stählerner Starre befand.

„Komm!" sagte sie und streckte ihre Hand aus. Eine feingliedrige, helle Hand mit zarten, etwas dicklichen Fingern. Sie trug keinen Ring und war anscheinend keinem Mann versprochen. Jedenfalls war Barnabas nichts Derartiges bekannt. Im Dorf hatte er noch niemanden davon reden gehört.

Er ging auf sie zu und fühlte sich wie ein wandelnder Zirkus, denn vor seinem Schritt wölbte sich ein enormes Zelt in die Höhe. Der Saft in ihm geriet in Wallung.

Sofie verstand es, ihn zu beschwichtigen. Sie empfing ihn mit ihren weichen, warmen Armen, die gestärkt waren durch die viele körperliche Arbeit und zugleich doch so weiblich sanft. Er fiel in sie wie in ein wunderbares, lange entbehrtes Ruhekissen. Sie stürzten ins Heu, ohne lange nachzudenken oder zu reden.

Er war von sich selbst überrascht, mit welcher selbstverständlichen Hingabe er sich auf ihre Zungenküsse einließ. Sie waren zuerst milde und zögerlich und arteten dann aus in eine wilde, züngelnde Raserei. Ihre beiden Zungen sprangen umher wie sich paarende nasse Frösche im Teich. Mit ihren Händen erkundeten sie dabei gegenseitig ihre Körper. Sofie fing an, laut zu keuchen. Wenig schüchtern und damenhaft, vielmehr brünstig und frei von jeder Scham.

Sie fielen übereinander her. Die junge dralle Frau warf sich mit unverhohlener Gier auf ihn, den Jüngeren, Unerfahrenen. Barnabas passte auf, dass sie mit ihrem nicht gerade leichten Körperbau nicht frontal auf seine Leibesmitte traf. In ihm nistete eine unterschwellige, naive Angst um die Unversehrtheit seines im steifen Zustand zerbrechlichen Schwengels. Rasch hatte sie sich die mit Rüschen verzierte Bluse herabgerissen. Mächtig und prall schaukelten ihre großen Glocken über ihm und läuteten ihm das Lied der Begattung. Hektisch und hungrig, aber auch verschämt schnappte er mit dem Mund nach ihren Brustwarzen. Er verschlang sie mit nuckelnden Lippen, als wäre er ein neugeborenes Ferkel an den nährenden Zitzen.

Sofie jauchzte lebenslustig und glückselig, im Glauben, dass sie beide alleine waren und sich alles erlauben konnten. Wohl war sie schlau genug, eine Empfängnisverhütung mit einzuplanen, denn von einem jungen Bengel wollte sie sich gewiss nicht schwängern lassen.

Kurzum: Barnabas kam erstmals in seinem jungen Leben zum Schuss! Er bockte sie, wenngleich noch wenig geübt. Viel zu aufgeregt und nur wenige Minuten lang. Sein Kolben war inzwischen dermaßen geschwollen, dass man mit ihm geschlossene Eichentüren hätte aufhebeln können. Er fuhr in sie, eisenhart und laut stöhnend wie eine pfeifende Lokomotive in einen engen Tunnel. Sie spreizte die Beine, weit gegrätscht wie eine Schere, damit er ungehindert in sie stoßen konnte. Schon damals weckte sie in ihm damit vermutlich die Vorliebe für die Missionarsstellung. Und eine Missionarin war sie für ihn, fürwahr: Sofie missionierte Barnabas, indem sie ihm die Lust am Bocken lehrte.

„Spritze nicht in mich!" mahnte sie ihn, während er sie auf und ab schaukelnd begattete. „Gieße deinen Saft ins Heu!"

Von wegen! Mit einem langgezogenen, erstickten Jaulen, das einem Wolf alle Ehre gemacht hätte, pumpte er seinen weißen Eiersaft auf ihre wippenden Brüste. Vor ihr im Heu kniend, walkte er seinen schlaffer werdenden Riemen und molk die letzten Tropfen daraus hervor.

„Jetzt bist du ein echter Mannsbock!" lobte ihn Sofie. Ihr ansonsten helles Gesicht war schweißglänzend und stark gerötet. Nicht vor Scham, sondern vor allmählich abklingender Erregung.

Irgendwann war Sofie dann gegangen, nachdem sie noch eine Weile nebeneinander im Heu gelegen und über Belangloses geredet hatten. Er sah sie danach noch etliche Jahre immer mal wieder. Niemals mehr aber hatte er mit ihr sexuellen Verkehr. Zumal sie kurze Zeit später ständig mit einem jungen Mann zusammen war, den sie schließlich heiratete.

Für Barnabas hatte das geheime Schäferstündchen allerdings noch unangenehme Folgen.

Hilde war ein Scheusal, eine alte Jungfer in mittleren Jahren und nicht nur überaus ungestalt, sondern auch extrem pervers und bösartig. Auch sie hatte bei der denkwürdigen Heuernte mitgeholfen. Nicht aus Hilfsbereitschaft wie die anderen, sondern um sich an den strammen, zuckenden Oberarmen und Hintern der Knechte aufzugeilen und womöglich einen Bockpartner zu finden. Einen Bockpartner, der allerdings eine ausgewiesene Sehschwäche haben sollte; auch sein Hör- und Geruchssinn sollte nicht allzu ausgeprägt sein!

Hilde war, anders als Barnabas und Sofie sich dies gedacht hatten, nicht mit den anderen Helfern nach Hause verschwunden. Sondern sie hatte, im Heu versteckt, die Rammelei der beiden geifernd und neidisch beobachtet!

Diese Tatsache rieb sie Barnabas in der Sakristei der Kirche unter die Nase, als er gerade den Weihwasserkessel polierte. Er war stolzer Ministrant und ein angesehenes junges Mitglied der Dorfkirche.

Barnabas fiel aus allen Wolken, als Hilde ihm ihr Mitwissen um sein Treiben mit Sofie im Heu andeutete. Hilde arbeitete für den Herrn Pfarrer als keusche und treue Gemeindehelferin. Wahrscheinlich, um so vor sich selbst und anderen eine Tatsache zu verschleiern: die, dass kein Mann weit und breit je Lust verspürte, den Kaminkehrer für ihren tiefen Schornstein der Empfängnis zu spielen.

Barnabas hatte einen festen Platz in der Dorfgemeinde und entstammte einer angesehenen und prüden Familie. Deshalb stürzte ihn Hildes hämisches Mitwissen in bodenlose Verzweiflung. Diese widerwärtige Hexe hatte nun die Macht über ihn, seinen Ruf zu ruinieren und ihn als lüsternen Bock zu enttarnen! In seinen eigenen, zutiefst moralischen Ansprüchen an sich selbst kam es ihm gar nicht in den Sinn, dass sein „Fehlverhalten" gar nicht so schlimm und anrüchig gewesen war.

Heute, 1912 im Dschungel des Belgisch Kongo, wusste Barnabas, dass derlei Dinge gerade bei Jungen auch schon damals als verzeihlich angesehen wurden. Bei Mädchen allerdings sah es da auf dem Dorf schon anders aus. Diese wurden, bei derart frühreifem Verhalten ertappt, als „Schlampe" und

„Hure" gebrandmarkt und nicht selten unwiderruflich aus der Dorfgemeinschaft ausgestoßen. Es wurde mit zweierlei Maß gemessen.

Getrieben von religiösen, jugendlichen Wahnvorstellungen und immensen Schuldgefühlen wegen seiner „schmutzigen", heimlichen Bockerei mit der jungen Sofie, lieferte sich Barnabas der grausamen Hilde aus.

Und die Jungfer bediente sich skrupellos des jungen Ministranten! Sie benutzte ihn für ihre schamlosen, widerwärtigen Spiele der Wollust und der Triebhaftigkeit. Unter dem Vorwand, sie wolle mit ihm über seine „großen Sünden" sprechen und über deren Wiedergutmachung, bestellte sie ihn zu sich nach Hause.

Dort zwang sie ihn, sich zu entkleiden und Hand an sich zu legen. Er musste sein Gehänge kneten und seinen Schwengel steif melken, bis er zitternd und rotgeschwollen in die Höhe ragte. Sie sah ihm dabei zu, gab ihm Anweisungen und verspottete ihn, wenn das Ding nicht schnell genug hart werden wollte.

Aus heutiger Sicht war es eine unglaubliche Leistung von ihm, seinem Kolben beim Anblick Hildes nicht nur Leben einzuhauchen, sondern ihn hart werden zu lassen. Es gelang ihm nur, weil er hin und wieder die Augen schloss und an die schöne Sofie dachte. Immer wenn er sie wieder öffnete und Hilde sehen musste, drohten die Schwellkörper ihren Dienst zu versagen und seinen Schwengel zum Erschlaffen zu bringen. Als er es endlich geschafft hatte, eine gewisse Steifigkeit zu erhalten, nahm Hilde sein Glied in den Mund.

Barnabas überfiel furchtbare Angst, denn er glaubte, die grausame Jungfer würde ihm mit ihren schiefen braunen Zähnen sein Teil abbeißen. Bis dahin wusste er rein gar nichts vom Oralverkehr.

Hilde lutschte ihm den Riemen wund. Bald fühlte seine geplagte Eichel sich an wie eine vertrocknete Walnuss. Während sie seinen Schwengel mit dem Mund bearbeitete, grub sie ihre krallenartigen, dürren Finger in seine Gesäßbacken. Als wären sie Teigklumpen, die kräftig durchzukneten waren. Barnabas schrie schmerzerfüllt, doch Hilde kannte keine Gnade. „Du musst büßen!" schnaubte sie zwischen den Lutsch-Attacken. Der schleimige Eiersaft lief ihr übers warzige Kinn.

Schließlich musste er sie bespringen. Er tat es, pflichtbewusst und angeekelt, während er ihren stöhnenden Worten glaubte, die da immer wieder lauteten: „Ich behalte alles für mich! Bocke mich nur dieses eine Mal! Dann verrate ich niemandem etwas von deinem unzüchtigen Verhalten!"

Natürlich wurde durch seine sexuelle Gehorsamkeit gegenüber Hilde alles noch schlimmer. Jetzt überlief ihn eine tiefe Schamesröte, wenn er sie nur irgendwo im Dorf traf, sei es im Kaufmannsladen oder in der Kirche. Dann sah sie ihn nur grinsend an oder streckte ihm die lüstern wackelnde Zunge heraus, wenn gerade niemand zusah.

Jahrelang ging das so. Das erzwungene, sich ständig wiederholende Begatten der alten Jungfer nahm ihm die Lust am Sex. Er wurde immer in sich gekehrter, abwesender und kauziger. Schließlich gab er sein Dasein als Ministrant auf und ging in die ferne Großstadt. Dort wollte er sich auf den Ernst des Lebens vorbereiten. Erst so schaffte er es, sich aus Hildes Einflussbereich zu lösen.

Der heilsame Wendepunkt in seinem Leben kam, als er von den geheimen Lehren des auf der Nase Gehörnten erfuhr und das Buch der Psalmen in die Hände bekam. Er sparte monatelang darauf, bis er es sich endlich leisten konnte. Bücher waren damals noch sehr teuer.

Er beschloss, seine eigene kleine Kirche der Glückseligkeit zu gründen und die Kraft und Freude der heiligen Psalmen des Buches zu verbreiten. Das hieß eines Tages auch, dass die Heimat nicht unbedingt der ausschließliche Nabel der Welt mehr war… sondern dass auch die Ferne lockte mit all ihrer Exotik und den vielen aufregenden Erfahrungen.

Blase den Samen in alle Winde, und er wird Früchte tragen. Verbreite die Lehre in alle Länder, und sie wird Gutes bringen. Barnabas war dazu bereit, die heiligen Psalmen in die Welt zu tragen und sie mit ihnen zu erhellen wie eine Kerze einen dunklen Raum.

Im Dunkeln raschelte es. Ein Raunen ertönte… Das Geräusch menschlicher Stimmen. Fremdartige Laute. Kongolesischer Dialekt.

„Da ist er!"

„Jetzt!"

„Schieß!"

„Nochmal!"

Es wurde etwas heller, als Barnabas die Augen öffnete. Im Bruchteil eines Augenblickes wusste er, wo er war und was er zu tun hatte. Die Erinnerungen an seine Jugend in der Heimat verblassten und machten Platz für die Gegenwart.

Der Leopard war da!

Während Barnabas von der hübschen Sofie und der garstigen Hilde geträumt hatte, war der schwarzgefleckte Gelbe aufgetaucht, angelockt vom Wehklagen der jungen Ziege.

Diese war noch angepflockt und unversehrt, schrie nun aber aus voller Kehle, in Todesangst versetzt. Sie nahm wohl den beißenden Raubtiergeruch des Leoparden wahr wie eine giftige, todbringende Wolke des Verderbens.

Barnabas spannte den schweren eisernen Hahn seiner Flinte. Er senkte den Doppellauf und versuchte, sich inmitten der dunklen Schatten um ihn herum zu orientieren.

Da war das Tier! Es brach durchs Gebüsch und wollte fliehen. Er meinte ein dumpfes, grollendes Knurren zu hören, wie das verärgerte Schnauben eines Donnergottes am Himmel.

Barnabas schoss. Die Flinte stieß einen ohrenbetäubenden Knall aus. Er widerhallte durch die schwarzen Weiten des Dschungels. Neben ihm schrie jemand. Aufgeregtes Rufen der Muluglus ertönte. Der Schießprügel stieß eine heiße, zähe Rauchwolke aus. Es stank bestialisch nach verbranntem Schwarzpulver.

Hatte er getroffen oder nicht? Barnabas kniff sein linkes Auge zu und bemühte sich mit dem rechten, sein Ziel nochmals aufs Korn zu nehmen. Doch wo war das Vieh? Wenn er es getroffen hatte, so würde es irgendwo tot daliegen oder sich verwundet im Gras wälzen.

Nichts war zu sehen außer verschwommenen Schatten überall. Am Ende hatten die Ärzte in seiner Heimat doch Recht gehabt mit ihren Behauptungen, er würde eine Brille brauchen! Nicht auszudenken, er, der stattliche und unerschrockene Missionar Barnabas Treubart, mit einem hässlichen Nasenfahrrad im Gesicht! Dazu noch der Aufwand mit Reinigung und Pflege des Dings… Nein, es stand außer Zweifel: Die göttlichen Kräfte des Universums würden seine Blicke weiterhin auf das Wesentliche lenken. Sie würden ihm Durchblick verleihen auf all seinen Wegen und für die nötige Einsicht sorgen. Wozu die neumodischen Sehhilfen! Sie bedeuteten doch nur Ballast und optische Verschandelung.

„Du mir schlimme Glocken in Ohr mach!" kreischte jemand. Die Stimme gehörte Lado, den Barnabas jetzt aus seinen Augenwinkeln wahrnahm. Lado hielt sich jammernd die linke Kopfseite. Er presste sich die Hand aufs Ohr. „Klingeling in Kopf wegen Schießgewehr!" ächzte er vorwurfsvoll. Vermutlich hatte sich sein Ohr in unmittelbarer Nähe von Barnabas' Gewehrlauf befunden, als geschossen wurde. Klar und sehr bedauerlich, dass ihm jetzt der Schädel dröhnte!

Darum konnte sich der Missionar nun nicht kümmern. Bebend vor Jagdfieber, ließ er das Gewehr kreisen. Da, eine Bewegung! Ohne zu zögern schoss er abermals. Der Schuss knallte fast noch lauter als beim ersten Mal. Das Gewehr hob sich unter dem starken Rückstoß. Der Kolben stieß gegen Barnabas' breites Kinn. Die ohnehin schlechten Sichtverhältnisse wurden durch den aufwallenden Pulverdampf vollends getrübt, so dass er nur noch eine undurchdringliche Nebelwand vor sich hatte.

„Oke ist getroffen!" schrie jemand. „Die Kugel hat ihn erwischt!"

„Was ist mit dem Leoparden?" schrie Barnabas. „Ich habe ihn erschossen, nicht?"

Stille, Schweigen. Der Pulverdampf verzog sich langsam. Allmählich begannen sich wieder deutliche Schatten und Silhouetten abzuzeichnen.

„Schwarzgefleckter Gelber ist tot!" rief einer. Lado! Grimmig registrierte Barnabas, dass die Sache mit dem Ohr des wehleidigen Kerls also nicht so schlimm war.

Der Missionar riss beide Arme hoch und reckte seinen Schädel gegen den dunkelblauen Nachthimmel. Millionen von Sternen leuchteten und blinkten ihm zu, als würden sie applaudieren. „Es ist vollbracht!" flüsterte er in sich hinein. „Ich habe das blutrünstige Vieh zur Strecke gebracht!"

Besorgtes Murmeln und Tuscheln der anderen Jäger war zu vernehmen. Das Mondlicht beschien nun alles deutlicher als zuvor. Jetzt, wo allmählich wieder Stille einkehrte und selbst die angebundene Ziege ruhig war.

„Lado schlimm Ohr! Oke verbrannt Haar! Schwarzgefleckter Gelber getötet von Lado!" Oke stand inmitten des hohen Buschgrases und der Bäume. Er hatte einen Arm in die Hüfte gestemmt und deutete mit seiner freien Hand auf seine Kopfoberseite. Dort schien seine krause Haarpracht zweigeteilt zu sein und qualmte etwas.

Barnabas rieb sich verlegen das Kinn. Tatsächlich war seine Gewehrkugel wohl danebengegangen und hatte den bedauernswerten Oke fast das Leben gekostet. Ein Fingerbreit tiefer, und die Kugel hätte nicht sein Haar mittig rasiert, sondern ihm das Lebenslicht ausgelöscht.

Lado hielt sich immer noch das Ohr, das vom lauten Knall aus der Büchse des Missionars in Mitleidenschaft gezogen worden war. Und der Leopard…?

Er lag, halb verdeckt vom Dickicht, in einiger Entfernung am Boden. Langsam trat Barnabas auf ihn zu. Keinen Mucks gab das Tier mehr von sich. Es lag da, als schliefe es friedlich. In seinem Rücken steckte ein Wurfspeer. Er war tief eingedrungen und hatte den Leoparden schnell getötet. Blutspuren verrieten jedoch, dass er noch einige Meter gelaufen war, nachdem er getroffen wurde. Barnabas besah sich das schöne Fell. Keine Kugel steckte in ihm.

Außer der tödlichen Wunde des Speers hatte das Tier keine weitere Verletzung.

Beschämt musste sich Barnabas Treubart eingestehen, dass er vielleicht doch eine Brille brauchte. Er trat zu dem beleidigten Oke und berührte sein verbranntes Haar. Aufrichtig und mit gesenktem Blick entschuldigte er sich bei seinem Opfer. Nachdem er ihm eines der „Eier der Sternenmutter" versprochen hatte, welches er ihm sofort nach ihrer Rückkehr ins Dorf schenken würde, nickte Oke beschwichtigt und zufrieden.

Sogleich war auch Lado zur Stelle, der ebenfalls scharf auf eines der machtvollen „Eier" war. Auch er erhielt die Zusage, eines zu bekommen.

„Was sage ich; ihr alle sollt jeweils ein Ei der Sternenmutter bekommen!" verkündete Barnabas und strich sich den kalten Schweiß von der Stirn. „Ihr wart sehr tapfer! Hättet ihr mir nicht geholfen, so wäre es mir als verantwortlichem Jagdführer nicht möglich gewesen, den Leoparden zu erlegen!" Er war sich sicher, irgendwo in seinem Reisegepäck noch einen zweiten Beutel mit Murmeln herumliegen zu haben.

Gemeinsam freuten sie sich über den Erfolg der nächtlichen Jagd. Sie schlachteten die erleichterte Ziege, die zunächst froh gewesen war, ihrem Dasein als Beutetier entronnen zu sein. Nun sah sie sich vom einfachen Leoparden-Köder zum schmackhaften Nachtmahl für Menschen befördert, bevor ihr Lebenslicht erlosch.

Sie machten ein großes Feuer. Geschickt schnitzten die Muluglus einen Drehspieß. Sie häuteten die Ziege und weideten sie aus. Sogleich rösteten sie den nackten, frischen Fleischleib über den Flammen.

Das Fleisch schmeckte köstlich, sehr frisch und zart, mit einem leichten Rauch-Aroma. Die mitgebrachten Brotfladen waren noch weich und gut zu kauen. Alles in allem war das Nachtmahl ungemein lecker und erfrischend.

Natürlich hatte einer der Jäger einen zugekorkten Krug mit Maniok-Bier dabei. Die Männer ließen ihn immer wieder kreisen, bis er leer war.

Sie hingegen waren nun voll. Betrunken von Alkohol, palaverten sie laut und prahlerisch. Sie überboten sich mit ausgeschmückten Erzählungen über Details ihres ruhmreichen Jagd-Abenteuers. Zufrieden nahmen sie sich vor, bei ihrer Rückkehr ins Muluglu-Dorf von diesen Erlebnissen ausführlich und stolz zu berichten.

„Morgen, wenn wir geruht haben, werden wir den Kadaver des Leopards von seinem Fell befreien. Häuptling Mulugleo soll es als Geschenk erhalten!" sagte Barnabas beschwingt. Im Geiste sah er sich schon in einer prunkvollen

Holzhütte sitzen als Ehegatte der wunderschönen Muluglai. Nachdem es geradezu ein Kinderspiel für ihn gewesen war, das Raubtier zu erlegen, konnte es nicht schwer sein, sich auch dem zweiten „Raubtier" zu stellen. Er würde die widerborstige, wilde Muluglai schon zähmen und ihrem Vater beweisen, aus welch edlem und starkem Holz er geschnitzt war!

„Lasst uns singen!" rief er erfreut und übermütig. „Meine lieben schwarzen Brüder! Lasst uns den Himmel loben und preisen für das Jagdglück, welches er uns geschenkt hat!" Die fünf Männer stimmten ihm johlend zu. Der Missionar hatte sein schweres ledernes Buch den ganzen Tag nicht vom Rücken abgeschnallt. Er musste es auch jetzt nicht aufschlagen und nachlesen, sondern wusste die passenden Psalmen auswendig. Als er eines der frommen Lieder anzustimmen begann und mit voller, tiefer Bassstimme loslegte, wiegten sich alle fröhlich im Takt der Verse.

Die Psalmen des Sieges

Wenn das Blut gerinnt am Boden
Wenn der Pulverdampf verfliegt:
Seele schwebt am Himmel oben
Gegner vernichtet und besiegt!

Koste den Genuss des Sieges
Das Jagdglück war dir heute hold!
Frohsinn, Friede, Freiheit! Lieb´ es!
Starke Kämpfer, treu wie Gold!

Körper sind nur Fleisch-Vehikel
Für Seele, die durchs Leben reist
Drück deinen Gegner aus wie Pickel!
Dann seine Seele du befreist!

Gib ihm Freiheit, lass ihn sterben
Lass ihn sich von oben sehen!
Teil der Geistwelt wird er werden
Sich fühlen wie unter Drogen stehen!

Sein Ich-Kapitel, kleines Leben
Ist nun vorbei, doch unentwegt
Es wartet auf der Seele Streben
Nicht nur ein Buch: die Bibliothek!

Die ruppigen Verse waren natürlich in einer völlig anderen Zeit geschrieben worden, zur Zeit des auf der Nase Gehörnten. Sie erschienen im grünen Dschungel Afrikas übertrieben und weit hergeholt. Und doch ahnte Barnabas Treubart, Missionar in Belgisch Kongo im Jahre des Herrn 1912, dass wieder andere Zeiten kommen würden. Allerlei braute sich auf der Welt zusammen. Sei es in zivilisierten Gegenden oder in der tiefsten Wildnis.

Noch konnte er nichts wissen von den Vorboten des Ersten Weltkrieges, die sich an anderen Orten bereits ankündigten. Seine *Psalmen des Sieges,* an einem so kleinen und beschaulichen Ort gesungen, waren in Wirklichkeit nicht nur Ausdruck des frohen Siegestaumels angesichts eines erlegten Raubtieres. Sondern sie waren gesungene Weissagungen. Überspitzt und provozierend zwar, auf hintersinnige und karikierende Weise aber erhellend und wahrhaftig. Erstmals und vor Urzeiten hervorgestoßen aus den Nüstern des auf der Nase Gehörnten… und aktueller denn je!

Die Luft roch merkwürdig. Nicht nur nach Rauch, gegrilltem Fleisch und blühenden Pflanzen. Sondern nach einer fremden, sehr eigenartigen Lebensform.

Etwas war da. Es sah sie an.

Barnabas ließ seinen Blick über die Silhouetten der Pflanzen schweifen, die sie umgaben. Streiften in ihrer unmittelbaren Nähe weitere nächtliche Jäger umher? Aasfresser etwa, die feinfühlig den Geruch des Todes geschnuppert hatten?

Geister gar, wie solche, an die die Muluglus glaubten? Wandelnde, unsichtbare Wesen, die, ihrer Körper beraubt, durch den Dschungel schwebten, getrieben von Rastlosigkeit und Unruhe? Auf der Suche nach ihren Mördern oder von der unstillbaren Sehnsucht getrieben, wieder in die materielle Welt menschlicher Körper eintreten zu dürfen?

Barnabas sah, dass auch seine Träger Oke und Lado sowie die drei Muluglu-Krieger trotz ihrer Trunkenheit hellhörig und misstrauisch wurden. Bei Lado mochte sich die Hellhörigkeit auf derzeit nur ein Ohr beschränken, dennoch legte er den Kopf schräg und lauschte.

Etwas Kleines glitzerte hell, fast weiß, irgendwo dort draußen zwischen den Blättern und Gräsern. Es verschwand sogleich wieder und wurde von der Schwärze der Nacht verschluckt. War es das Glänzen eines Augapfels im Mondlicht gewesen? Welches Tier wagte es, sich in die Nähe ihrer Lagerstätte zu schleichen, um sie zu beobachten?

Barnabas spürte, dass eine angespannte Wachsamkeit sich seiner Gefährten bemächtigte, die jede Ausgelassenheit und Ausschweifung vertrieb. Einer der Muluglus griff nach seinem Speer, den er an einen Baum gelehnt hatte. Ein anderer nestelte am Lianen-Gürtel seines Lendenschurzes herum, an dem sein Steinmesser hing.

Dem Missionar wurde schmerzlich bewusst, dass er es nach dem Schießen versäumt hatte, seine Flinte wieder nachzuladen. Was, wenn jetzt –

Ein Krachen und Toben!

Das schleichende Unheil brach aus dem Gebüsch hervor, todbringend und in wahnhafter, blutrünstiger Raserei.

Zunächst hielt Barnabas die schwarzen Schatten, die da heranstürmten, tatsächlich für Geisterwesen. Doch dann erkannte er sie: Sie sahen allesamt so ähnlich aus wie der Unhold, vor dem er neulich am Fluss die schöne Muluglai gerettet hatte.

Kannibalen!

Ihre Gesichter waren verzerrt zu verbissenen Masken des Hasses und der Niedertracht. Die Augen funkelten voller Bosheit und Irrsinn. Ihre Münder rissen sie weit auf, so dass ihre grausigen gelben Zahnstümpfe zu sehen waren. Unheimliche, grunzende Laute entwichen ihnen, die so weltfremd und abartig klangen, als würden sie keinem menschlichen Wesen entstammen.

Vielleicht wird man so, wenn man es gewohnt ist, seine eigenen Artgenossen zu verspeisen! durchfuhr Barnabas eine grausige Vermutung. *Vielleicht entwickelt man sich zurück zu etwas Tierischem, Dämonenhaftem! Womöglich baut der Konsum menschlichen Fleisches eine abscheuliche Seelenbrücke in eine längst vergessene, versunkene Unterwelt voller Ekel und Entartung!*

Die Kannibalen waren großgewachsen und dabei dünn und drahtig wie Weberknechte. Sie trugen als schauderhaften Schmuck vergilbte große Knochen in den Haaren, sowie kleine Knöchlein und Rippenstücke, die durch Ohren und Nasenflügel gesteckt waren. Bewaffnet waren sie mit langen Eisenklingen und schweren Holzprügeln, an deren Ende rostige spitze Nägel eingeschlagen waren.

Woher haben sie das Eisen? dachte Barnabas voller Schrecken und Empörung. Das konnten sie nur ihren früheren Opfern abgenommen haben! Weißen womöglich, die durch den Kongo gestreift waren; vielleicht Belgiern, vielleicht auch seinen eigenen Landsleuten.

Der Kampf war äußerst ungleich und brutal. Die sechs Tapferen schafften es kaum, sich ihrer Waffen zu bemächtigen, da wurden sie von den Angreifern überrannt.

Die Kampfeslust der fünf Jäger unter Führung des Missionars bekam gleich zu Anfang einen herben Dämpfer, als einem von ihnen der Schädel gespalten wurde. Ein Muluglu bekam die stachelige Keule eines Kannibalen direkt vor den Kopf geknallt. Sein Schädeldach schob sich nach hinten und gab den Blick frei auf sein zerplatztes Gehirn. Das Letzte, was er in seinem Leben sah, waren die eisernen Spitzen der geschwungenen Keule, die auf sein Gesicht zurasten. Ein warmer Hagel aus Gehirnmasse, Schädelstücken und blutigen Hautfetzen regnete ins Gras und über die entsetzt schreienden Muluglus. Lustvoll keuchend setzte der mörderische Kannibale nach und hackte auf den zu Boden fallenden Leichnam ein, so dass dessen Fall begleitet wurde von einem dunkelroten Schwall aus Blut.

Anstatt weiterzukämpfen und sich seinen Gegnern zu widmen, heulte der Kannibale brünstig und voller gewalttätiger Unvernunft auf. Gierig und erregt schlug er mit der Keule auf die Leiche ein und verwandelte sie binnen weniger Augenblicke in einen rohen Haufen Hackfleisch.

Barnabas und den anderen blieb erspart, sich die Details dieses Gemetzels mitansehen zu müssen. Denn sie selbst standen nun im Fokus der teuflischen Brut und mussten sich verteidigen. Sie schwangen ihre Buschmesser und stießen mit den Speeren nach den Angreifern.

Geschickt gelang es einem Muluglu, einen Kannibalen dicht unterhalb seines Kiefers in den Hals zu treffen. Der Hieb mit der breiten Speerspitze war mit solcher Wut ausgeführt, dass der Hals zur Hälfte durchtrennt wurde. Der Kopf des Kannibalen klappte seitwärts herunter. Eine Blutfontäne besprengte die Angreifenden und nahm ihnen für einen kurzen Augenblick die Sicht. Zwei

Kannibalen stolperten über ihren getöteten Stammesbruder und fielen hin. Sie wurden von den Jägern erbarmungslos totgeschlagen oder abgestochen, ehe sie überhaupt gewahr wurden, dass sie hingefallen waren.

Mit dem Mut der Verzweiflung warf Barnabas seinen schweren, ungeladenen Schießprügel einem Gegner ins Gesicht. Er brach ihm vermutlich so einiges, denn es knackte hässlich und vernehmlich, als die doppelläufige Flinte auf die Fratze des Kannibalen traf. Während dieser nach hinten stürzte, wollte sich Barnabas behände das nashornlederne Buch vom Rücken schnallen, um es wie neulich schon einmal als Schlagwaffe gegen die Menschenfresser zu gebrauchen.

Noch als er an den festen Lederriemen herumnestelte, wurde er von mehreren Kannibalen überwältigt. Sie fegten ihn schlichtweg zu Boden, packten ihn grob an Händen, Füßen, Hals und Eiern und pressten ihn nieder. Ohne ihn allerdings mit ihren Eisenklingen zu schneiden oder zu stechen. Mindestens ein Dutzend starker Arme hielten den Missionar umschlungen und drohten ihm fast jede Luftzufuhr abzuwürgen. Er roch ihren widerwärtigen Gestank nach Fäulnis, Dreck und Verdorbenheit. Ihr Atem stieß unheilvolle, vergorene Verwesungsluft aus, das entsetzliche Aroma verdauten Menschenfleisches. Ihre Augen waren gelb und verhießen von unergründeten, ansteckenden Krankheiten. Am entsetzlichsten aber war ihre unverhohlene, hungrige Gier: die Mischung aus abnormer Gefräßigkeit und sexueller Wollust, die in ihren Blicken lag. Barnabas fühlte sich wie ein bemitleidenswertes Stück Vieh, das nicht weiß, ob es gefressen oder vergewaltigt werden soll.

Vielleicht beides! dröhnte eine angstvolle, schwankende Stimme tief in seinem Innern. *Bei allen grundgütigen Göttern! Vielleicht beides.*

Barnabas konnte nur erahnen, was rings um ihn herum geschah. Er hörte panische, schmerzerfüllte Schreie und ein ersticktes Gurgeln, als befinde sich ein Mensch im Todeskampf. Um ihn drängten sich die schwitzenden, heißen Leiber der Kannibalen, vor Schweiß tropfend und beinahe bis über die Schmerzgrenze jeder Nase hinaus stinkend.

Grausiges, schnatterndes Gelächter ertönte, als sich ein junger Kannibale mit ausgestreckten Fingern tief über ihn beugte. Er versuchte, beide Daumen zugleich in die Augen von Barnabas zu stecken. Vermutlich wollte er ihm das feste, weiße Gelee der Augäpfel herauspopeln wie das Fruchtfleisch aus einer reifen Pampelmuse. Das hässliche, grunzende Schnauben eines älteren Kannibalen hielt ihn davon ab. Die Worte klangen nur entfernt wie menschliche Laute. Barnabas meinte mit seinen Kenntnissen der kongolesischen Dialekte etwas herauszuhören, das klang wie: „Lass die Augen ganz, er soll noch leben! Der Große Hungrige will ihn frisch essen und das Beste für sich haben!"

Stattdessen begann ihn der junge Menschenfresser am Gehänge zu packen und knetete es wüst und erwartungsvoll. Seine Zunge bleckte über die violetten, spröden Lippen. Barnabas schrie auf und bemühte sich, nicht laut zu kreischen aus Todesangst und Furcht vor unausstehlichen Schmerzen.

Schnarrend und trocken wie das heisere Gebell von Hyänen schallte das Gelächter der Kannibalen über den Ort der Lagerstätte. Der hatte sich nun vollends als Ort des nächtlichen Schreckens entpuppt. Das Lachen klang übergeschnappt und grausam. Als hätte ein Dämonenkind einen Schmetterling in einem Netz gefangen, um ihn genüsslich zu quälen!

Das Gemetzel war nun vorüber; mit zweifellosem, traurigem Ausgang. Barnabas vernahm nur noch ein gepeinigtes Stöhnen sowie ein halblautes Schluchzen. Letzteres drang aus der Kehle von seinem Kofferträger Oke. Er war also noch am Leben.

Nach einiger Zeit, in der sich die Kannibalen in ihrer seltsamen, grauenerregenden Grunz-Sprache beraten hatten, wandten sie sich Barnabas zu. Brutal drehten sie ihn herum. Hände und Füße wurden ihm mit abgeschnittenen Lianen zusammengebunden. Als sei er ein Stück Vieh, das es zu verfrachten galt. Sie hängten ihn mit seinen gefesselten Gliedern an eine lange Holzstange, die sie aus einem jungen Baum zurechtgestutzt hatten. Mit Rücken und Kopf nach unten hängend, baumelte er an der Stange.

Die Szene verlor aus seiner umgedrehten Perspektive nichts von ihrem Gräuel: Überall auf dem Boden lagen Leichen und abgetrennte Körperteile. Oke und einer der Muluglus lebten noch und wurden ebenfalls an Stangen fest gebunden. Schließlich sammelten die Kannibalen die Leichen ein. Unter denen waren auch vier der ihren. Sie machten diese auf die gleiche Weise transportbereit, ebenso den Kadaver des toten Leoparden.

Die essen sie ebenfalls! dachte Barnabas mit solcher Beklommenheit, dass er drauf und dran war, sich in die Hose zu machen. Fort waren die Hemmnisse seines kleinen Zipperleins, das ihn schon seit Jahren plagte. Ohne zu zögern, hätte er spontan zu urinieren vermocht, wenn er sich nicht zusammengerissen hätte.

Der schaurige Tross setzte sich in Bewegung. Soweit Barnabas das aus seiner Sicht einschätzen konnte, bestand die Gruppe aus etwa zwei Dutzend Kannibalen. Viel zu viel, als dass sie sich gegen sie erfolgreich hätten wehren können. Selbst wenn sie vorbereitet gewesen wären und sie mit gezückten Waffen erwartet hätten, wäre ein Sieg unwahrscheinlich gewesen gegen diese rasende Meute ausgehungerter, verkommener Menschenfresser.

Ob das ein zufälliger Überfall war? rätselte Barnabas fieberhaft. Das Blut stieg ihm in den hängenden Kopf und erschwerte ihm das Denken. *Womöglich sind sie uns schon den ganzen Abend auf der Spur und haben uns beobachtet, als wir mit der Ziege auf den Leoparden gewartet haben!*

Und mehr noch… War das Ganze sogar ein Plan dieses schrecklichen Kannibalen-Stammes, ein Rachefeldzug gegen ihn persönlich und die Muluglus? Weil er kürzlich zusammen mit Muluglai einen der ihren erledigt hatte? Doch das war Notwehr gewesen! Dieser hatte versucht, die Häuptlingstochter zu vergewaltigen und umzubringen!

Resigniert hing Barnabas Treubart am Stock. Sein schwerer Leib schaukelte im Rhythmus der Schritte seiner Entführer. Scharfkantige Grashalme und Äste kleiner Baumpflanzen streiften seinen Po und ließen ihn spüren, dass er abtransportiert wurde wie ein erjagtes Beutetier. Auf seinem Rücken hing schwer und massiv sein ledernes Lieblingsbuch. Nur leider nutzte es ihm jetzt nicht viel, sondern machte ihn nur noch schwerer.

Welches Unheil, welch schauderhaftes Ende erwartete ihn am Ziel des eingeschlagenen Weges?

Oh, hätte ich mich nur öfters gegeißelt und Buße getan wegen meines unzüchtigen, schamlosen Verhaltens! weinte Barnabas still in sich hinein. *Wie sehr muss ich wohl die Kräfte des Universums gegen mich aufgebracht haben, dass sie mich nun so strafen und kasteien!*

Sein Weg wurde gepflastert von den heißen Tränen tiefster, hoffnungsloser Verzweiflung. Während seine Leidensgenossen aus frischen Wunden warme Tropfen ihres Blutes zurückließen, die sogleich im hohen Gras verschwanden, genauso unsichtbar wie seine Tränen.

Der Morgen graute, als der unheilige Marsch sein Ende zu finden schien. Vorboten eines entsetzlichen Ortes tauchten auf: Mehrere längst verfaulte Menschenschädel waren auf Stöcke gespießt worden. Das Weiß der Knochenmasse war gelblich verfärbt. Reste von vertrockneter Haut und Haaren klebten an den Schädeln, deren Kiefern und Zähne ein höhnisches Grinsen ausstrahlten. *Willkommen in der Welt der Unmenschlichkeit und der*

Schmerzen! schienen sie sagen zu wollen. *Wir sind euch Opfern vorangegangen... uns werdet ihr folgen! Auf dass eure Gebeine bald ebenso in der Sonne bleichen werden wie die unseren... Reste des grauenhaften Mahls degenerierter Menschenfresser!*

Barnabas und die anderen wurden, schaukelnd an den Holzstangen hängend, auf eine Lichtung geschleift. Sie durchquerten ein breites Tor, das den Eingang in einem hohen Zaun baumstammdicker Pfähle bildete. Aus seiner unbequemen Frosch-Perspektive konnte er Hütten sehen, ähnlich denen des Muluglu-Dorfes. Sie waren aber aus schwarzem Holz gefertigt, das einen feuchten und irgendwie faulenden Eindruck erweckte. Vielleicht war das Holz auch einbalsamiert mit irgendeiner geheimnisvollen Glasur. Wenn ja, dann wollte er gar nicht wissen, aus was sie bestand.

Sein Kopf schlug am Boden auf, als die Träger die Stange sinken ließen. So war das auf dem nächtlichen Weg hierher schon ein paar Mal geschehen. Barnabas biss die Zähne zusammen, um nicht schmerzerfüllt aufzuschreien. Dies hätte die Kerle vielleicht geil gemacht und ihre perverse Lust am Verletzen und Töten gesteigert.

Stimmen erhoben sich wie das Raunen von Untoten aus einer Grabesgruft. Rasselndes, heiseres Geifern und ein böses, tobsüchtiges Lallen verhießen nichts Gutes. Barnabas sah sich unauffällig um und reckte den Kopf, soweit es ihm, in seiner schiefen Lage am Boden hängend, möglich war.

Oke und der Muluglu ertrugen ihre Qualen stumm oder sie waren ohne Bewusstsein. Beide hingen festgezurrt an ihren Stangen, hatten die Augen zu und erschienen reglos.

Einen der Peiniger sah Barnabas jetzt deutlich. Er stand in seiner Nähe. Lauernd, ruhig abwartend, beinahe besonnen wie ein Kräuterdoktor oder Medizinmann. Er war kleinwüchsig mit ungewöhnlich großem Kopf, der in einer sehr hohen Stirn mündete. Darauf trug er eine kleine lederne oder hölzerne braune Kappe. Um den Hals waren viele silbern glänzende Metallringe gebunden, so eng, dass sie ihn stark einschnürten. Um die Brust hatte er kreuzweise zwei Ketten mit farbig bemalten Holzperlen geschlungen. Das Tuch, das seine Lenden vor Blicken verbarg, war hellrot gefärbt. Es wäre bis fast auf den Boden gegangen, wenn es nicht von einer vulgär großen Erektion emporgehoben worden wäre. Das steife Glied dieses Kerls musste größer und dicker sein als der längste Rettich, den Barnabas in seiner Heimat je gesehen hatte!

Ist das ihr Babalawo? ächzten seine Gedanken. *Was für ekelerregende Medizin mag er herstellen? Zu was für einer Art von heilloser Magie mag er fähig sein?*

Ein fröstelndes Schaudern machte sich in ihm breit. Barnabas zitterte beim Gedanken an die Pein, die ihm bevorstehen mochte, bis dass ihn endlich der Tod erlösen würde!

Er wusste um die Herrlichkeit und Pracht des Jenseits und dass es keinerlei Gründe für eine Angst vor dem Tod gab. Aber der Weg in die Leichtigkeit der geistigen Welt konnte ungemein lange, beschwerlich und sehr unangenehm sein.

Eines nur war überaus gut und verschaffte ihm Trost und Erleichterung: Dass seine geliebte Muluglai nicht hier war! Dass nicht sie es war, die die Rache und Bosheit der Kannibalen fürchten musste. Dass sie im Dorf der Muluglus und unter der Obhut ihres Vaters Mulugleo in Sicherheit war.

Ein kratzbürstiges, übergeschnapptes Lallen ertönte, wohl ein Befehl: „In den Vorratsraum mit den Frischen!" Hatte er das richtig verstanden?

Es war im Grunde auch egal. Denn verloren waren sie ohnehin. Verschleppt in ein fernes Kannibalen-Dorf und umgeben von Dutzenden, wenn nicht Hunderten von Menschenfressern!

Barnabas wurde mit seinen beiden Leidensgenossen zu einem Käfig geschleift. Dieser war aus rohen, ungeschälten kleinen Baumstämmen gefertigt, die mit unzähligen getrockneten Lianen zusammengebunden worden waren. In dem Käfig befanden sich Menschen oder Gegenstände, soviel sah Barnabas verschwommen durch den trüben Schleier seiner Tränen.

Barsch grölend und lachend, schnitten ihn die Kannibalen von der Holzstange, ohne ihn jedoch von seinen Fesseln zu befreien. Dann stießen sie ihn durch die geöffnete Käfigtüre. Oke und der Muluglu folgten ihm sogleich. Sie waren jetzt wieder bei Bewusstsein, schienen aber sehr benommen zu sein. Als könnten sie nicht wirklich begreifen, wie ihnen geschah.

Das ist es also, das Ende! dachte Barnabas verbittert, als er mühsam in eine Ecke des rohen Käfigs kroch, die Hände und Beine mit Lianen gefesselt. *So endet meine ehrenvolle Mission im Kongo! Nicht aufrecht im Kampf, in Stiefeln sterbend! Nicht schlafend dahinsiechend vom schleichenden Malaria-Gift einer infizierten Stechmücke... Nein, im Vorzimmer der dreckigen Küche eines Kannibalen-Stammes!*

In dem Käfig hockte ein uralt wirkender schwarzer Mann mit langem Bart und so tief eingefallenen Augen, dass sie fast wie die Höhlen eines

Totenschädels wirkten. Er machte beinahe den Eindruck, als wäre er ein schlafender Zombie. Regungslos saß er an die rohen Gitterstäbe gelehnt da und starrte aus leeren Augen ins Nichts.

Was Barnabas noch nicht wusste, ihm aber kurzfristige Erlösung schenkte: Dass er an diesem Tage und der folgenden Nacht wegdämmern durfte und träumen von der fernen Welt seiner Heimat, die ihm so wundervoll märchenhaft und zugleich so vertraut erschien. Grenzenlose Angst und abgrundtiefe Erschöpfung katapultierten seinen verwirrten Geist in ein betörendes Reich der trügerischen Geborgenheit.

Nichtsdestotrotz brauten sich in der Wirklichkeit dunkle Wolken zusammen und machten sich bereit, ihm ihren dunklen Schrecken zu offenbaren.

Kapitel 10:

IM SCHWARZEN REICH DER KANNIBALEN

Barnabas Treubart erwachte mit dem ersten Menschenschrei. Wo frühmorgens üblicherweise Hähne krähen, schrie im Buschdorf der Kannibalen ein Gepeinigter vor Schmerzen laut auf.

Es war der Muluglu-Krieger. Die Menschenfresser hatten ihm von außen den Arm zwischen die Gitterstäbe hindurch gezogen und ihm etwas angetan. Barnabas rieb sich die müden Augen, die sich davor fürchteten zu sehen, was es zu sehen gab.

Sie ließen von dem Muluglu ab, hielten etwas in der Hand und begutachteten es. Dann schlenderten sie davon. Einer steckte es in den Mund und kaute darauf herum.

Der Muluglu flüchtete kreischend in die Mitte des Käfigs, so als könnten sie ihm hier nichts mehr Schlimmes zufügen. Er wand sich vor Schmerzen auf dem Boden. Einer seiner Finger war abgeschnitten: der rechte Zeigefinger. In roten, pulsierenden Spritzern pumpte das Blut aus dem kleinen Stumpf heraus und befleckte die Erde.

Sie haben von ihm probiert, dachte Barnabas angewidert und erschüttert. *Als wäre er irgendein Gemüse oder eine Frucht! Der arme Kerl.*

Wenn der Missionar gewusst hätte, was ihm bald blühte mit ansehen zu müssen, so hätte er mit einem einzigen Sprung das Käfiggitter erklommen, halb wahnsinnig vor Furcht und Entsetzen. So aber kroch er zu dem bedauernswerten, weinenden Muluglu und versuchte ihn zu trösten. Trotz der Fesseln gelang es ihm, aus den Tiefen seines Tropenanzugs ein Taschentuch hervor zu klauben. Notdürftig versuchte er, die klaffende Wunde des Fingerstumpfes abzubinden, um dem Blutfluss Herr zu werden. Verstohlen sah er sich um. Nur ein einziger schläfriger Kannibale saß draußen vor dem Käfig. Er hatte eine gefährlich blitzende Machete aus Eisen am Gürtel des Lendenschurzes hängen. Von seinem Umfeld bemerkte er anscheinend nichts.

Zu sicher war der wuchtige Käfig, zu fest saßen die eingetrockneten Lianen, die die Gitter zusammenhielten… Und darüber hinaus war das Dorf der Kannibalen zu bevölkert, als dass auch nur der Gedanke an Flucht für die Eingesperrten lohnenswert gewesen wäre.

Der alte Mann im Käfig, der einen so leblosen Eindruck gemacht hatte, gab nun zaghafte Lebenszeichen von sich. Er kicherte vor sich hin, als wäre er völlig irre.

„Wenn du ihnen schmeckst, schlachten sie dich zuerst!" versprach er, ohne jemanden anzusehen. Er fixierte mit seelenlosem Blick die Unendlichkeit.

„Gibt es eine Möglichkeit, von hier herauszukommen?" fragte Barnabas gedämpft und angespannt.

Eine lange Weile machte es den Anschein, als sei der Alte eingenickt oder geistig vollends weggetreten. Dann sprach er: „Nicht als Ganzes mehr, mein Sohn, nicht am Stück… Nur in einzelnen Portionen! Gefressen, verdaut und wieder ausgeschissen!"

Der Missionar spuckte auf den Boden. „Es ist nicht die Zeit, um Angst zu schüren!" erwiderte er leicht verärgert. „Fällt dir nichts Besseres ein? Wie lange bist du überhaupt schon hier?"

Der Alte lachte kurz und leise auf. Es klang wie das Gackern eines durchgedrehten Huhns. „So lange, dass ich ihren gesamten Speiseplan kenne!" sagte er beinahe prahlerisch, als wolle er sich seines Wissens rühmen, selbst in dieser schlimmen und ausweglosen Situation. „Sie mögen junges Fleisch, kein altes!" Er deutete auf den Muluglu-Krieger, der seinen abgeschnittenen Finger beweinte. „Der wird lecker sein! Du hingegen…" Er drehte seinen knorrigen Schädel Barnabas zu und schätzte dessen körperliche Rundungen ein. „Du bist nicht mehr der Jüngste, aber dick. Fett mögen sie! Es ist Geschmacksträger und brutzelt schön auf dem Grill!" Er stieß ein meckerndes, verrücktes Lachen aus.

„Dann bist du wohl absolut ungenießbar für sie?" mutmaßte Barnabas verdrossen beim Anblick des mageren Alten.

„Zumindest haben sie mich bisher verschont", antwortete dieser. „Ich muss wohl dran glauben, sobald nichts Frischeres mehr da ist. Deshalb drücke ich ihnen immer die Daumen für ihr Jagdglück! Solange ich meine Daumen noch habe…" Er wollte wieder lachen, erlitt dabei aber einen Hustenanfall.

Als er sich wieder gefasst hatte, fuhr er fort: „Ihr König ist der Schlimmste! Der Große Hungrige. Ein barbarischer Feinschmecker, für den sie nur das Beste zubereiten. Ein schrecklicher Dämon in Menschengestalt, ganz ohne jeden Skrupel!" Die letzten Worte raunte er in flüsternden, zischenden Worten.

Sie entwichen seinem Mund wie zerbrechliche, giftige Seifenblasen.

Barnabas schwieg. Ihm war hundeelend zumute. Voller Mitleid beobachtete er den Muluglu, der auf die Wunde seines Fingerstumpfes Luft blies, als könne er sie damit heilen. Das Taschentuch, das fest um den Stumpf geschnürt war, hatte inzwischen die tiefrote Farbe frischen Blutes angenommen. Bis auf wenige Tropfen, die aus der Wunde rannen, war der Blutfluss gestoppt.

„Mit mir zusammen wurden noch weitere Leute meines Stammes gefangen", sagte der alte Mann. „Wir sind ein Nomadenvolk, das umherzieht und überall dort jagt, wo immer es ergiebig erscheint. Leider… haben wir uns in der falschen Gegend aufgehalten." Er zuckte bedauernd mit den Schultern. „Die Kannibalen kennen kein Erbarmen. Nur ihren unersättlichen, großen Hunger!" Langsam fuhr er sich mit seinen faltigen Händen übers Gesicht und rieb es, als ob er es reinwaschen wolle von allen Erinnerungen und Ängsten.

„Eine schwangere Frau war unter uns Gefangenen", erzählte er. „Sie war die Frau meines Bruders. Erst dachten wir, dass sie sie verschonen würden, denn sie behandelten sie vorsichtig und fast fürsorglich. Sie gaben ihr gute Speisen zu essen. Nicht den Fraß, den sie uns anderen vorsetzten. Die Frau stand kurz vor der Entbindung. Weinend flehte sie die Kannibalen an, sie laufenzulassen, damit sie ihr Kind gebären könne. Doch dann…" Der Alte schwieg.

„Sie haben sie getötet?" mutmaßte Barnabas leise und andächtig.

„Nicht einfach getötet." Der alte Mann musterte den dicken Weißen mit abschätzendem Blick. Er schien zu überlegen, ob er ihm die Wahrheit zumuten könne. „Sie haben sie über dem Feuer geröstet, bei lebendigem Leib. Ihr Schreien klingt noch heute in meinen Ohren. Als sie tot und durchgegart war, haben sie ihr den Bauch aufgeschlitzt und den Fötus herausgeholt. Er war ganz rot, im Fruchtwasser des Mutterleibs heiß gekocht. Der Kannibalen-König bekam ihn als Speise vorgesetzt. Lautstark lobte er die unvergleichliche Zartheit des Fleisches! Sein widerwärtiges Schmatzen war über den ganzen Dorfplatz zu hören."

Barnabas wandte sich erschüttert ab. Doch der Alte schwieg bereits und sagte nichts mehr. Gemeinsam versanken sie in dumpfes, brütendes Schweigen.

Als sie den Ersten zum Essen holten, war es gegen Mittag. Die Sonne stand hoch am wässrig blauen Himmel, der gänzlich frei war von Wolken.

Unschuldig und sorglos trillerten die Vögel des Dschungels im hellen Licht. Sie wussten nichts von den Grausamkeiten der menschlichen Rasse, die ihnen so hoch überlegen war sowohl an klugem Erfindungsreichtum als auch an niederträchtigen Abscheulichkeiten.

Der Finger hatte den Kannibalen oder vielmehr deren Vorkoster anscheinend gut geschmeckt. So wollten sie nun den Rest holen und verspeisen. Ein Feuer kokelte, über dem mehrere schwarzverkohlte Stangen angebracht waren. Der bedauernswerte Muluglu schrie in den höchsten Tönen, noch bevor sie Hand an ihn legten.

Als sie ihn dann zu zerstückeln begannen, ohne ihn vorher gnädig zu töten, wurde er ganz plötzlich ruhig und leblos. Entweder versank er in erlösender Ohnmacht. Oder er verstarb sehr schnell durch Blutverlust oder Herzattacke. Barnabas dankte den himmlischen Mächten zitternd und voller Inbrunst für die Gnade, die sie dem armen Opfer mit seinem raschen Tod erwiesen hatten.

Inzwischen hatte sich eine große Menge Kannibalen versammelt, einer grausiger anzusehen als der andere. Auch zahlreiche Frauen waren dabei, geschmückt mit Knochen, die vermutlich von Menschen stammten. Einige hatten ganze Brustkörbe über die aufgetürmte Frisur gestülpt. Die Rippen ragten ihnen über die Ohren bis unter den Kiefer hinab. Eine Frau trug mehrere knöcherne weiße Menschenhände um die Hüfte herum; ein schrecklicher Rock aus starrem, knarrendem Gebein-Schmuck.

Auch Babys hatten viele der Kannibalen-Frauen auf ihren Armen. Sie redeten mit ihnen in ihrer lallenden, abgehackten Sprache. Vermutlich verhießen sie ihnen ein baldiges Säugen – motiviert vom Gedanken daran, dass sie selbst bald neue Stärkung durch frisch gegrilltes Menschenfleisch erhielten.

Der Muluglu wurde in Einzelteilen auf den Grill gelegt. Es zischte fettig, als das Fleisch auf die Flammen des Feuers traf. Barnabas wollte sich in seinem Käfig beide Ohren zuhalten. Er konnte es wegen der Handfesseln jedoch nicht. Neben ihm weinte Oke vor sich hin. Ehemals war er sein treuer Kofferträger gewesen. Nun war er, wie sein Boss auch, lebendes Fleisch in der Vorratskammer der Kannibalen. Seine breiten Schultern zuckten. Er hatte die gefesselten Hände vor den Kopf gelegt, der auf seinen angewinkelten Knien ruhte.

Barnabas fragte sich, wer wohl der Nächste von ihnen sein würde, den sie holten. Veranstalteten sie einen Festschmaus? Würde die schreckliche Prozedur bis abends oder in die späte Nacht hinein dauern, bis sie einen nach dem anderen aufgefressen hätten?

Immer noch befand sich sein kostbares, von Nashornleder geschütztes Buch der heiligen Psalmen auf seinem Rücken. Die Kannibalen hatten es ihm nicht weggenommen, es vielleicht auch gar nicht als bedeutenden Bestandteil außerhalb seiner Kleidung erkannt. Was wussten sie schon? Für sie war es womöglich irgendein Korsett oder ein religiöser Medizinbeutel, den er da trug.

Was als Einschätzung gar nicht mal so verkehrt war. Die Psalmen gaben ihm unerschöpfliche Kraft und geheimes Wissen, das er nutzte. Sie stützten ihn und gaben ihm geistigen Halt auf all seinen Wegen. Schon das reine Gewicht des schweren Buches reichte, um ihn etwas zu beruhigen. Solange er das Buch an seinem Rücken hängen spürte, war er jedenfalls ein fühlendes Lebewesen und noch nicht tot. Ein Ausweg aus der verzwickten Lage erschien zumindest nicht völlig unmöglich.

„Hab keine Angst!" versuchte er dem weinenden Oke gut zuzureden. „Fürchte dich nicht, denn ich bin bei dir!"

Oke sah auf. Sein Blick war zweifelnd und ins Leere gerichtet, die Augen schreckerfüllt und angstgeweitet. „Wie sollen wir von hier wegkommen?" fragte er mit leiser und brüchiger Stimme.

„In meiner Heimat gibt es ein kluges Sprichwort", sagte Barnabas und bemühte sich um einen ruhigen, gemächlichen Tonfall. Das war ein beinahe heldenhafter Versuch der Beschwichtigung, denn in ihm brodelten unzählige wirre Gedanken und Befürchtungen. „Das Sprichwort heißt: *Es wird nichts so heiß gegessen, wie es gekocht wird!* Das bedeutet, dass man…" Er schwieg. Seine Worte, in bemüht perfektem Kongolesisch vorgetragen, schienen dem Verängstigten nicht zu helfen, sondern eher das Gegenteil zu bewirken.

Barnabas versuchte es auf eine andere Weise: „Schau, mein guter Oke… Die Allmacht des Schicksals wacht über uns! Es gibt noch einen anderen Spruch aus meiner Heimat, der da heißt: *Viele Köche verderben den Brei!* Glaube mir, diese Kerle sind zu gierig und zu hektisch, als dass ihnen nicht ein verhängnisvoller Fehler unterlaufen wird! Du wirst schon sehen…" Barnabas verstummte. Oke war untröstlich und hatte sich schon regelrecht in einen Zustand der Hysterie hineingesteigert.

Drei Gestalten näherten sich ihnen. In ihrer Mitte ging ein hochgewachsener Kerl mit einem Kopfschmuck aus Fischgräten, Knochen und mehreren kleinen Menschenschädeln. In deren Augenhöhlen steckten Federn, Blumen und Farne. Rechts von ihm watschelte eine kleine, dickliche Frau mit einem löchrigen Kleid aus Hyänenfell. Sie nagte an einem Stück Fleisch, welches offenbar bis vor kurzem noch der Unterarm des Muluglus gewesen war. Es war nur leicht gegart und fast roh. Dennoch grub sie ihre spitzen kleinen Zähne tief hinein und riss blutige Fetzen heraus, um sie ausgiebig durchzukauen. Links von der hochgewachsenen Gestalt ging der kleinwüchsige unheimliche Typ mit der hohen Stirn und dem roten Umhang, der Barnabas schon bei ihrem Eintreffen im Dorf aufgefallen war. Auch er kaute an etwas. Sein Schwengel, der vor kurzem noch den Umhang so steif und ordinär in die Höhe gewölbt hatte, hing nun brav herab. Nur eine Beule hinter dem roten Stoff verriet, dass er auch im schlaffen Zustand ungewöhnlich groß war.

„Das ist der König!" wimmerte der bärtige alte Mann im Käfig ganz starr vor Entsetzen und wagte es kaum, den Mann in der Mitte anzusehen.

Barnabas sah den Dreien entgegen. Er bemühte sich um einen ruhigen und selbstsicheren, jedoch auch höflichen und friedfertigen Gesichtsausdruck. Vielleicht würde er mit Worten retten können, was zu retten war?

Als die Drei vor dem Käfig standen und die Gefangenen musterten, versuchte es Barnabas mit einem Gruß. In bestem Kongolesisch erwies er dem Herrscher und seinem Gefolge Respekt.

Die Antwort des Königs kam spöttisch und in einer derart schneidenden Kälte, dass der Missionar augenblicklich sämtliche Reste der Hoffnung, die er noch gehabt hatte, fahren ließ. „Sieh an!" lallte er in einem abscheulichen, breiten Dialekt, welcher wunderbar zum hässlichen Fellkleid seiner Gattin passte. „Das Essen kann reden!"

Barnabas antwortete daraufhin nichts.

„Warum sprichst du mich an, Fleischträger?" herrschte der König ihn an. Er sprach einen deutlicheren, besser verständlichen Dialekt als seine Krieger. Seine Pupillen waren grau und in den schmutzig-gelb verfärbten Augäpfeln fast nicht zu erkennen. Der Blick zeugte zugleich von geisterhafter Bosheit und unheilbarer Erkrankung.

„Er wünscht wohl eine schnelle, schmerzlose Schlachtung", warf die Frau des Königs ein und biss ein kleines Stück aus der Unterarmkeule.

Der König verschränkte beide Arme. Der Knochenschmuck an seinen Gliedern knarrte und knirschte dabei.

Der Kleinwüchsige mit dem roten Tuch, der entweder sein Ratgeber oder der Priester des Kannibalen-Stammes war, prüfte mit kundigen Händen die Beschaffenheit der Holzpfähle, die die Gitter des Käfigs bildeten. Er tastete auch die trockenen Lianen ab, die sie zusammenhielten. Nein, aus diesem Gefängnis gab es kein Entkommen, es sei denn als Nahrungsmittel über die Kochstelle des hungrigen Stammes! Der Käfig war zwar roh und grob zusammengezimmert worden, wirkte aber äußerst stabil und besaß keine sichtbaren Schwachstellen.

„Die Schlachtung wird so erfolgen, dass das Fleisch möglichst frisch gegrillt wird!" verkündete der König und ließ mit seinem breiten Grinsen eine Reihe verfaulter, krummer Zähne sichtbar werden. „Frisch heißt, dass es noch kurz vor dem Servieren geschrien hat." Er ließ seinen Blick auf dem dicken Weißen ruhen und trat dann näher heran.

„Entkleide dich!" befahl er und blitzte Barnabas an.

Der runzelte die Stirn und fasste sich mit beiden gefesselten Händen an seine klobige Nase. Er glaubte, den König schon richtig verstanden zu haben, wenngleich dessen Dialekt mit gutem Kongolesisch wenig zu tun hatte.

Entschuldigend hob Barnabas seine Hände und zeigte die straffen Lianen-Schnüre, die die Handgelenke zusammenhielten. „Ich kann nicht!" sagte er.

Der König nickte dem bewaffneten Wächter zu, der in der Nähe bereitstand. Sofort trat dieser heran. Er forderte den Missionar auf, seine Hände durch das Käfiggitter zu strecken, und hob seine eiserne Machete.

Barnabas sah zu, wie ihm die Fesseln durchtrennt wurden. Etwas erleichtert über seine größere Bewegungsfreiheit, machte er sich daran, den Tropenanzug abstreifen. Zuvor löste er behutsam den Ledergurt von seinen Schultern und legte das heilige Buch der Psalmen und Lieder auf den Boden. Der helle und inzwischen reichlich schmutzige Anzug folgte nach wenigen Augenblicken. Ebenso die riesige Baumwollunterhose, eher leerer Mehlsack als Textil. Zahlreiche braune Bremsspuren darin zeugten von einer Vielzahl von Darmwinden, die der Missionar in letzter Zeit heraustrompetet hatte.

Nackt stand Barnabas im Käfig. Er fühlte sich vollkommen schutzlos und ausgeliefert. Der König wies ihn mit ungeduldigen und harschen Handbewegungen an, sich hin und her zu drehen. Er befahl ihm, mit dem Hintern zu wackeln, sich zu bücken und zu winden. Aufmerksam und mit Kennerblick versuchte er die Fleischqualität der einzelnen Körperpartien einzuschätzen.

„Der Hintern ist dick und zu weich!" urteilte er streng. „Das wird viele Funken sprühen lassen im Grillfeuer. Eine unangenehme Sache für die Umstehenden. Die Brust ist gut durchwachsen mit einigem Muskelfleisch. An dir ist einiges dran!" Er baute sich mit aufgestemmten Armen vor dem Missionar auf, der ihn nun ansah wie ein bereits gerupftes, aber noch lebendes Huhn. „Aber es ist nur das Fett, das dein Fleisch geschmeidig und genießbar macht! Das Fleisch selbst ist weder besonders zart noch bekömmlich, alt wie du bist! Das einzig wirklich gut zu genießende Fleisch an dir wird das von deinem Gehänge sein. Leider reicht diese bescheidene Portion noch nicht einmal für mich, geschweige denn für meine Leute!" Er lachte laut und liederlich. Der König fand es schicklich und unterhaltsam, sich über Todgeweihte lustig zu machen.

Als er sich zusammen mit seiner essenden Gemahlin und dem kleinwüchsigen Priester entfernte, sank Barnabas in sich zusammen. Nackt und gedemütigt kauerte er auf dem Erdboden. Er war nicht fähig, sich den Tropenanzug wieder überzuziehen. Niemand machte Anstalten, seine Hände wieder aneinander zu fesseln. Uninteressiert und dösend stand der Wächter in einiger Entfernung vor dem Käfig.

Dumpfe Trommeln und ein mehrstimmiges, seltsames Rasseln ertönten. Eine Menge Kannibalen hatte sich vor der qualmenden Feuerstelle eingefunden. So viele, dass man glücklicherweise vom Feuer und der grausigen Mahlzeit nicht viel sehen konnte.

„Sie singen wieder!" stieß der alte Bärtige beunruhigt hervor. „Oh, wie schrecklich sie singen! Ist das nicht furchtbar?"

Barnabas und Oke lauschten angespannt. Ein gruseliger, raunender Singsang hatte eingesetzt. Ein düsterer Männerchor, unwirklich und verstörend wie eine akustische Fata Morgana. Er sang die Verse des Verderbens:

Menschen fressen gut, gesund!
Fleisch gebraten in den Schlund!
Fleisch auch roh mit Blut dran und
Fleisch gekaut mit vollem Mund!

Flammen flackern leuchtend, lustig!
Menschenhaut ist fettig, knusprig!
Ich von Frauen dicken Kuss krieg
Wenn ich Beute bring am Schluss: Fick!

Innereien zart und weich
Weißes Fleisch, in Scheiben, bleich!
Schwengel heiß gebrutzelt gleich
Eier, Sack, an Eiweiß reich!

Zerschnittene Finger in der Glut
Dünn wie Würstchen, zart und gut
Daumen kochendheiß im Sud
Ergibt ein feines Fingerfood!

Die abscheulichen Gesänge gingen weiter, während die Kannibalen ungelenk dazu tanzten und sich an den bratenden Leichenteilen gütlich taten.

Barnabas griff nach seinem Tropenanzug und wollte damit beginnen, ihn sich wieder überzustreifen. Plötzlich hielt er inne und überlegte. Hatte er eine Möglichkeit, den Kannibalen ihr Festmahl zu vereiteln? Zumindest was ihn selbst anging? War es machbar, seine Schlachtung hinauszuzögern, um eventuell eine Chance zur Flucht ergreifen und den anderen beiden helfen zu können?

Er sah an sich hinab und erblickte die Wölbung seines Bauches, unter dem sein Gehänge baumelte. Was, wenn er ungenießbar sein würde? Was, wenn selbst die widerwärtigen Kannibalen sich vor ihm ekelten und sich weigerten, ihn so zu verspeisen, wie er war?

Schmutzig musste er werden! Gewaltig stinkend und verdreckt!

Aber wie? Im Käfig war es zwar bei weitem nicht sauber. Es gab aber weder übelriechenden Morast noch Dreckpfützen, in denen er sich hätte suhlen können.

Barnabas sah sich um. Der Wächter vor dem Käfig schien schläfrig und unkonzentriert zu sein. Er nahm keine Notiz von den Gefangenen. Wohl in der sicheren und leider auch begründeten Annahme, dass es kein Entkommen aus ihrem soliden Gefängnis gab. Momentan beachtete sie also kein Kannibale. Sie waren vollauf mit dem grässlichen Tanz und ihrem Hunger auf das bratende Fleisch des Muluglu-Kriegers beschäftigt.

Barnabas robbte unauffällig und mit dem nackten Hintern voran auf die Gitterstäbe zu. Er winkelte die Beine an und schob seinen Unterkörper mit aller Kraft nach oben. Seine Gesäßbacken ragten sogleich in die Höhe wie ein rundes, weiches Dach. Mit den ausgestreckten Armen suchte er Halt auf dem Boden. Immer höher trieb er seinen Unterleib, bis der schließlich hoch über seinem angewinkelten Bauch thronte.

Verwundert sahen Oke und der alte Mann ihm zu. Sie konnten sich keinen Reim darauf machen, was der dicke Missionar mit seinen Verrenkungen bezwecken wollte. War er jetzt völlig verrückt geworden angesichts der quälenden Stunden, die ihm bevorstanden?

Barnabas begann zu pressen. Er spürte seine Gesichtshaut heiß werden und rot anlaufen. Da es mitten am Tag war, lastete eine bleierne Hitze über dem Dschungel. Der Käfig hatte zwar ein hölzernes Dach. Die Sonne aber schickte erbarmungslos ihre glutheißen und gleißend hellen Strahlen selbst durch die kleinsten Ritzen. Jede Anstrengung war eine schwere Belastung für den Körper. Doch selbst der kleinste und wahnwitzigste Hoffnungsschimmer konnte die Sinne des Missionars derart befeuern, dass er sich zu Höchstleistungen anspornte.

Nichts regte sich in seinem Gedärm. Wann war es das letzte Mal gewesen, das er etwas gegessen hatte? Er erinnerte sich an das Ziegenfleisch: Vorgestern Abend, bei ihrer verhängnisvollen Lagerpause, nach dem Erlegen des Leoparden, hatte er davon eine stattliche Menge verdrückt. Warum meldete sich keinerlei Druck des Kotes im Darm?

Angestrengt verlegte Barnabas sämtliche Kräfte in die Muskeln seines Unterleibes. Seine Pobacken zitterten unter den ächzenden Bemühungen, den Kot aus seinem Hintern hinauszubefördern.

Hatten die Aufregungen und Todesängste der vergangenen Stunden für einen Darmverschluss gesorgt? Oder lag es an den natürlichen Hemmungen, die jeder Mensch hatte: den Hemmungen, sich außerhalb einer Latrine seines Darmdrecks zu entledigen, und dann auch noch mitten auf den eigenen Körper?

Der tapfere Missionar nahm die Hände zu Hilfe. Er massierte seine Gesäßbacken. Kräftig zog er sie nach beiden Seiten auseinander und legte sein braunes Loch frei. Dieses wollte hektisch pumpend gehorchen, *konnte* es aber nicht. Barnabas fluchte leise in sich hinein, spie seitwärts zu Boden und schickte stumme Befehle an seinen Darm. Wie ein Lindwurm schien der sich im Leibesinnern zu winden in dem Versuch, die längst verdauten Essensreste loszuwerden. Wie lange würde es noch dauern, bis der Wächter oder einer der anderen Kannibalen argwöhnisch werden würde und die anderen auf seine seltsamen Bemühungen aufmerksam machte?

Verzweifelt quetschte Barnabas seine Gesäßbacken so eng zusammen, dass er sich fast sicher war, dort morgen blaue Flecken zu haben. Wobei das unwahrscheinlich war… Denn morgen würde er tot sein! Zerstückelt, gegrillt, gefressen und bereits verdaut.

Wieder riss er die Gesäßbacken gewaltsam auseinander. Diesmal wurde dadurch sein Hinterloch so weit gespreizt, dass eine dicke Karotte hindurchgepasst hätte.

Als er schon erschöpft aufgeben und seinen nackten Leib auf die Erde niedersinken lassen wollte, kam es.

Mühelos und kaum spürbar glitt eine lange, schier unendliche Kotwurst aus seinem Enddarm. Mit dem Kopf unten liegend, sah er sie hinter seinem hängenden Hodensack und zwischen seinen Gesäßbacken hervorkriechen. Wie eine schüchterne dunkelbraune Schlange, die sich endlich aus ihrer Höhle wagte.

Fast schon freudig erregt und die weitere Ausführung seines Fluchtplanes deutlich vor Augen, begrüßte er seinen Kot. Überschwänglich wie einen hässlichen, überriechenden und deshalb zu Unrecht geächteten Retter in höchster Not!

Träge und schmierig brach die Wurst schließlich an ihrem unteren Ende entzwei und wälzte sich in einer stickigen Wolke des Gestanks über den Hodensack nach unten. Der Kot fiel auf die Brust seines Schöpfers und blieb dort warm und weich liegen. Barnabas presste noch etwas. Reste des Darmdrecks plumpsten aus seinem Gesäßloch, eine schmähliche Nachhut des Vorangegangenen.

Ohne Zeit zu verlieren, griff Barnabas beherzt mit beiden Händen in die zerfallene Kotwurst auf seiner Brust. Sie bildete nun einen formlosen Haufen. Er rieb Brust und Bauch mit dem Kot ein. Bald erreichte er die Hüften und fuhr dann fort, auch die Schenkel mit der widerlichen Naturcreme zu beschmieren.

Der Gestank war sagenhaft und unbeschreiblich. Er stellte alles bisher Gerochene weit in den Schatten. Selbst die Kannibalen verströmten im Gegensatz hierzu ein Aroma wie die edelsten Parfüms aus den Boulevardgeschäften von Paris. Behäbig stieß Barnabas seinen nackten Körper vom Käfiggitter weg und ließ ihn auf die Erde sinken.

Ungläubig und entsetzt sahen Oke und der alte Mann zu, wie ihr Mitgefangener anscheinend seinen Verstand und jedes Ekelgefühl verloren hatte und sich in seinem Kot wälzte. Sie pressten sich ihre Finger vor die Nasenlöcher. Wortlos verfolgten sie das schmutzige Schauspiel, das nicht einmal eines Wildschweins würdig gewesen wäre.

Der Gestank erreichte jetzt auch die Nase des dösenden Wächters. Unwirsch rieb er sich die Augen und beäugte die Käfiginsassen. Mit offenem Mund trat er näher. Seine wulstigen Lippen bogen sich abwärts zu einer Mimik des Abscheus.

„Was du machen!" zischte er entgeistert und zog die Machete vom Gürtel.

„Du nicht Dreck machen aus Hinterloch! Schlimm, schlimm stinken!" Er verzog die Nase und wurde dann sichtlich erbost, als er sah, dass sich der Missionar von seinem Vorhaben nicht abbringen ließ.

Barnabas salbte jetzt auch Arme und Beine mit dem Darmdreck ein. Sorgfältig vergaß er auch Hals und Schultern nicht. Sein großes, rundes Riechorgan, ohnehin schon überaus feinfühlig, hatte anscheinend seinen Dienst quittiert. Der Geruch war so überwältigend übel, dass die Riech-Rezeptoren darin überfordert waren. Nur eines brachte er nicht übers Herz: seinen schönen, weißen Schnauzbart zu beschmutzen. Er versuchte ihn mit seinen kotbeschmierten Händen nicht zu berühren. Es wäre ein Frevel gewesen an dem mühsam gewachsenen, jahrelang gepflegten Bartwuchs.

Was bin ich doch in einer wahrhaft beschissenen Lage! durchfuhr es Barnabas. Seine Erleichterung über den erfolgreichen Stuhlgang hatte nur kurz gedauert. Nach wie vor befand er sich in höchster Lebensgefahr.

Der Wächter fing nun an, laut zu schreien und mit der Machete herumzufuchteln. Offenbar wusste er nicht so recht, was er tun sollte. Denn seines Wissens handelte es sich hierbei um keinen Fluchtversuch, sondern lediglich um einen durchgedrehten Gefangenen ohne Anstand und Manieren. Dachte er jedenfalls.

Zunächst wurden nur wenige der Kannibalen auf die Szene aufmerksam. Dann kamen sie in Scharen an und wollten wissen, was passiert war. Hatte sich etwa einer der Beutemenschen das Leben genommen und damit die Frische seines Fleisches in Frage gestellt? Unter diesem Klima verdarb Fleisch sehr schnell. Was tot war, musste rasch zubereitet und verspeist werden. Der Übergang vom soeben Gestorbenen zum Aas war fließend und ging zügig vonstatten.

„Er geschissen!" schrie der Wächter empört. „Er auf sich selbst geschissen! Ist voll mit Darmdreck! Geruch entehren unseren ganzen Stamm! Er sofort sterben!"

Unter der Menge, die sich um den Käfig versammelte und die immer größer wurde, war auch der König. Seine Gattin und der merkwürdige Stammespriester hingegen waren nicht zu sehen. Vielleicht hielt sie der monströse Gestank davon ab, näherzutreten.

Der König der Kannibalen war recht ruhig und gefasst. Ganz anders als der aufgebrachte Wächter, der die Schweinerei entdeckt hatte. Stirnrunzelnd und aus sicherem Abstand besah er sich den dicklichen Weißen, der da armselig und kotbeschmiert im Käfig saß. Dann lachte er schallend. Das Lachen klang aufrichtig heiter und wie befreit. Es erinnerte mit seinem lauten Glucksen eher an das Gelächter eines kleinen Jungen als an einen bösartigen Menschenfresser. Seine Worte aber ließen keinen Zweifel daran, mit welcher ausgewachsenen Bestie es Barnabas hier zu tun hatte.

„Verständlich!" prustete der König. „Das Fleisch will kein Fleisch sein! Es glaubt, weiter leben zu dürfen in Gestalt des bleichen Mannes! Doch es täuscht sich…" Listig und gemein glitzerten seine Augen im Sonnenlicht. „Wascht dieses Menschenschwein! Fasst es nicht an! Treibt es mit Speeren und Messern zum Wasser… Er soll sich waschen und sich sämtlichen Dreck vom Körper putzen! Sobald es sauber ist, wird es geschlachtet!"

Die Umstehenden applaudierten, indem sie lauthals mit ihren Zungen schnalzten und mit ihrem Knochenschmuck klapperten. Befriedigt über die einhellige Zustimmung seines Stammes, wandte sich der König ab. Nicht ohne allerdings noch acht Krieger auszuwählen, die das Opfer zum Waschen begleiten sollten.

Der Käfig wurde geöffnet. Nackt wie er war, wurde Barnabas mit vorgehaltenen Speeren abgeführt. Reglos und betrübt sah Oke ihm nach. Der alte Mann hingegen hockte teilnahmslos im Käfig und brütete dumpf vor sich hin.

Barnabas spürte schmerzhaft die Eisenspitzen der Speere, die sich gegen seinen Rücken und seine Oberarme drängten. Keiner seiner Begleiter wagte es, ihn anzufassen. Die Kannibalen hatten also trotz ihres strengen Körpergeruchs und ihrer ekligen Ernährungsgewohnheiten natürliche Berührungsängste mit Kot, wie andere Menschen auch.

Sehr zuversichtlich war Barnabas nicht, ihnen während des Waschens entkommen zu können. Die acht Krieger, die ihn bewachten, waren schwer bewaffnet und auf der Hut. Es würde sehr schwierig werden, einen Fluchtversuch zu unternehmen. Bei einem einzigen Bewacher oder auch zweien hätte sich der Missionar durchaus realistische Chancen ausgerechnet, fliehen zu können oder sie irgendwie umzubringen. Doch bei mehr als einem halben Dutzend Männern schien das ein Ding der Unmöglichkeit zu sein. Vielleicht blieb der Ausweg über einen raschen Tod von eigener Hand, etwa durch Ertrinken? Das wäre immer noch besser als lebendig zerstückelt und gegrillt zu werden!

Barnabas aber besaß einen unbändigen, starken Lebenswillen und eine unerschöpfliche Energie. Diese war genährt vom jahrelangen Lesen im Buche des auf der Nase Gehörnten. Nie, *niemals* würde er aufgeben! Immer gab es einen Ausweg, selbst wenn es nur ein winziges Schlupfloch war.

Wo führten sie ihn überhaupt hin? Wenn es ein Fluss war, in dem er sich waschen sollte, so konnte er sich womöglich in die Fluten stürzen und flussabwärts davonschwimmen. Falls es sich nur um einen Weiher oder Tümpel handelte, sah die Sache schlechter aus: Den konnten sie mit aufgepflanzten Speeren umstellen und eine Flucht verhindern.

Sie gingen durch das Tor des hohen Zaunes aus Holzpfählen, der das Kannibalen-Dorf umgrenzte. Auch dort waren zwei Krieger positioniert, die ihn grimmig und angewidert musterten. Ihn, den nackten Kotbeschmierten mit der wehenden braunen Fahne des Fäkalgestanks.

Nach kurzem Fußmarsch erreichten sie einen modrig riechenden, dunklen Teich. Er war etwa so großflächig wie das Dach eines mittelgroßen Wohnhauses und umsäumt von dichtem Schilf. Uneinsichtige Büsche und knorrige Bäume umstanden ihn und warfen ihre schwarzen Schatten auf sein totes Wasser.

„Hier hinein!" herrschte der Anführer seiner Bewacher. Er war ein untersetzter, wuchtiger Mann mit einer Halskette aus kleinen Fingerknochen. Er deutete auf den Rand des Gewässers. „Nicht weit hinaus schwimmen! Du dich beeilen!"

Barnabas tapste vorsichtig zwischen den Schilfrohren hindurch und tastete mit den Zehen nach dem kühlen Nass. Er wagte es nicht, sich umzusehen. Deutlich hörte er aber, wie sich die Männer durchs raschelnde Gras fortbewegten. Es war anzunehmen, dass sie sich am Ufer entlang in Stellung brachten, um einen Fluchtversuch mühelos vereiteln zu können.

Wohin konnte er fliehen, in welche Richtung erschien ein Entkommen machbar? Es blieb ihm nur die Möglichkeit, in die Mitte des Teichs zu schwimmen. Von dort aus aber würde ihm kein Ausweg bleiben. Sie konnten sich um den Teich herum verteilen und ihn einkreisen, bis er erschöpft wäre und freiwillig aus dem Wasser käme. Oder ihn fluchend und schimpfend holen, ihm schwere Schläge und Verletzungen zufügen und ihn ins Buschdorf zurückschleppen.

Der Missionar watete ins Wasser. Es war überraschend kühl, obwohl es tagsüber doch immer so heiß war. Wahrscheinlich lag es daran, dass der größte Teil des Gewässers fast ständig im Schatten der hohen Bäume lag. Die Sonne konnte das Wasser deshalb nicht mit voller Kraft aufwärmen.

Irgendwie war er selber froh, den furchtbaren Kotgestank loszuwerden. Wenngleich ihm nicht klar war, wie er sich nun aus seiner misslichen Lage befreien sollte. Womöglich erwies sich sein Plan nicht nur als ausgesprochen unappetitlich, sondern auch als naives Wunschdenken!

Schon ging ihm das Wasser bis zu den Knien. Der Untergrund war sandig und glitschig. Sand grub sich zwischen seine nackten Zehen und schwappte über sie hinweg. Seine Fußknöchel versanken tief darin. Bei manchen Schritten waren Schlingpflanzen und moosbewachsene Steine zu spüren. Barnabas ging weiter, bis das Wasser seine Hüfte erreichte. Er wedelte etwas mit den Armen umher, als würde er sich waschen.

„Schneller!" knurrte der Kannibale vom Ufer her. „Rasch! Jetzt waschen! Gründlich!" Die anderen hatten den Teich zu etwa einem Vierteil umkreist.

Barnabas bog die Kniegelenke ein und versank bis zum Hals in der Brühe. Sie war alles andere als sauber und hatte eine bräunlich-grüne Farbe. Um sich den Kot abzuwaschen, dazu taugte sie aber allemal. Behutsam rieb sich Barnabas den Dreck vom Leib und sah zu, wie die matschigen Kotschlieren im Wasser versanken. Er tauchte unter. Sämtliche Geräusche der Außenwelt endeten abrupt und machten einem tosenden Gluckern Platz. Die Augen hatte er zusammengekniffen, denn er hatte eine starke Scheu, sie unter Wasser offenzuhalten. Tauchend glitt er weiter vorwärts, bis er keinen Boden mehr unter seinen Füßen spürte. Er wartete, bis er langsam auf den Grund gesunken war, stieß sich dann kräftig ab und trieb nach oben.

Als er wieder auftauchte und nach Luft schnappte, hörte er die aufgeregten Rufe der Kannibalen. *Habt euch nicht so!* dachte er verbittert. *Wie soll ich euch hier entkommen? Wären es die Fluten des Nil, so würde es vielleicht klappen. So aber...*

Vor ihm schaukelten gelbe Blütenblätter im Wasser, im Abstand von einigen Metern. Genau zwei Blätter waren es. Oder handelte es sich um Federn, die ein Vogel verloren hatte und die jetzt auf dem Wasser schwebten? Sie schienen sich auf ihn zuzubewegen, in merkwürdig gleichem Abstand. Das...

Barnabas schluckte und hielt in seinen Schwimmbewegungen inne.

Das waren keine Blütenblätter.

Es waren...

Die gelben Augen eines Krokodils!

Es hatte ihn anvisiert und steuerte auf ihn zu. Jetzt, wo er es entdeckt hatte, kam ihm die Geschwindigkeit sehr hoch vor, mit der das Reptil durchs Wasser schwamm. Um die Augen herum war der obere Teil des Schädels zu sehen, eine rissige, verkarstete Landschaft dunkler Lederhaut. Der Krokodilkopf schob eine kleine Bugwelle vor sich her. Er verdrängte das Wasser ruhig, lautlos und fast unauffällig.

Die Schreie der Kannibalen am Ufer hatten wohl eher dem Krokodil gegolten, das auch sie bemerkt hatten. Nicht der Befürchtung, dass er sich durch sein Abtauchen einen Vorteil zur Flucht verschafft haben konnte.

Barnabas pflügte durchs Wasser. Er schwamm um sein Leben und vollführte Schwimmbewegungen, von denen er gar nicht gewusst hatte, dass er sie beherrschte. Geradewegs steuerte er die Stelle am Ufer an, an der er in den Tümpel hineingestiegen war. Hinter sich hörte er nichts. Doch meinte er, dicht neben seinen paddelnden Füßen Bewegungen im Wasser wahrzunehmen. Das riesige Maul des Krokodils mit seinen unzähligen scharfen Zähnen war nur wenige Handbreit hinter ihm! Gleich würde er einen ungeheuer schmerzhaften Biss spüren! Seine Füße würden am Stück verschlungen, von gewaltigen Kiefern, die zuschnappen konnten wie die Fangeisen einer Bärenfalle!

Er spürte wieder festen Boden unter sich. Sein Herz pochte dermaßen laut, dass es dröhnend in seiner Brust zu explodieren drohte. Voller Panik sprang er in Richtung Ufer und jagte durch das nur noch seichte Wasser. Halb laufend, halb kriechend stolperte er aus dem Teich. Sein Atem rasselte wie der eines hundertjährigen Schwindsüchtigen. Tausende Tropfen fielen ab von ihm und stoben in einer nassen Wolke umher.

Erstmals drehte er sich um. Das Krokodil folgte ihm nicht. Es hatte den Kopf gehoben, einen langen, urzeitlichen Schädel voller schmutziger Zähne. Kreuz und quer quollen sie aus dem halboffenen Maul. Aber das Vieh blieb im Wasser und drehte sich etwas herum. Es peitschte mit dem Schwanz über die aufgewühlte schlammige Oberfläche und verschwand wieder spurlos darin.

Stille. Fast jedenfalls, bis auf die gedämpften Vogelgeräusche im Dschungel.

Die Kannibalen…

Sie waren weg! Geflohen! Hektisch und aufgescheucht wie kreischende Schulmädchen waren sie davongeeilt, als sich das Krokodil dem Ufer genähert hatte.

Irgendwo waren sie noch, bestimmt ganz in der Nähe.

Barnabas überlegte nicht lange und rannte los. Nackt stürmte er durch die Büsche wie eine Urgewalt. Er war gesäubert vom Kot, aber völlig durchnässt. Schnauzbart und Haare standen in dicken weißen Strähnen ab und tropften. Er durchbrach junge Bäume und trockene Wurzeln, die sich ihm in den Weg stellten. Weder bemerkte er die schneidenden, breiten Grashalme, die in seine

Füße kleine Wunden schnitten, noch die spitzen Dornen der Gestrüppe, die in seine Haut ritzten. Seiner Kleider und Gedanken an die Zivilisation entledigt, war er ganz und gar wilder Läufer und bewegte seine Beine wirbelnd durchs grüne Unterholz.

Schimpfen ertönte und zornige Rufe, wütendes Jagdgebrüll und Kampfschreie! Der Dschungel hallte davon wider. Es schien von überall her zu kommen. Barnabas spekulierte darauf, dass die Kannibalen bei ihrer Flucht vor dem Krokodil zusammengeblieben waren. Wie es die Art einer Menschengruppe ist, die sich im unwegsamen Busch befindet. Die Bedrohung kam also wahrscheinlich aus nur einer Richtung. Wenn sie nicht ausgeschwärmt waren!

Er rannte zwischen zwei Felsen hindurch, auf denen hellbraune Grasbüschel wuchsen. Es ging leicht bergauf. Schweißtropfen mischten sich mit dem Wasser auf seiner Haut und perlten ihm über Stirn und Kinn.

Die Stimmen wurden leiser. Nur noch undeutlich konnte er ein Gemurmel und ein Raunen hören. Schließlich verstummte auch das.

Er war allein! Hatte er es geschafft oder freute er sich zu früh?

Barnabas sah sich um. Die Verfolger waren nirgends zu sehen. Vielleicht hatten sie die falsche Richtung eingeschlagen und suchten ihn an einem anderen Ort.

Er besann sich und wollte keine Fehler machen. Er verlangsamte seine Schritte und bewegte sich nahezu lautlos vorwärts. Nachdem er nun eine größere Entfernung zwischen sich und seine Feinde gebracht hatte, war es wichtig, sich unbemerkt zu verstecken. Es war möglich, dass bald eine große Horde Kannibalen nach ihm suchen würde, sobald die Zurückgekehrten ihren Stamm im Dorf alarmieren hatten.

Vielleicht aber hatte er auch Glück… und der Meute war das Feiern und Fressen wichtiger als die Suche nach ihrem entflohenen Gefangenen.

Mit Traurigkeit und Mitleid im Herzen musste er an seinen treuen Kofferträger Oke denken, den man bald schlachten und fressen würde, zusammen mit dem alten Mann. Gerne hätte er den beiden geholfen. Leider musste er sich eingestehen, dass er das nicht schaffen konnte. Es war vernünftiger, irgendwie den Weg zum Muluglu-Dorf zurück zu finden, um dort gegebenenfalls Mitstreiter zu gewinnen für einen Kampf gegen die Kannibalen. Selbst wenn das aber gelänge, so würde es zu spät sein für den armen Oke. Das Feuer war geschürt, die Messer waren gewetzt. Für ihn gab es kein Entkommen.

Barnabas hielt inne und lauschte. Grillen zirpten im hohen Gras. Vögel pfiffen aus weiter Ferne. Auf einem Baum raschelte etwas laut und vernehmlich. Er sah nach oben. Ein kleiner schwarzer Schatten war in der Baumkrone zu sehen. Vielleicht ein Äffchen. Er konnte es nicht genau erkennen. Seine Augen waren wirklich nicht die Besten.

Egal! Weiter. Barnabas trieb sich selbst voran. Er wollte nicht eher ruhen, bis er sich in sicherem Abstand zu dem Kannibalen-Dorf befand.

Ein Hindernis schlang sich um seine Füße. Er stolperte und strauchelte. Ohne hinzufallen stützte er sich an einen alten Baum und atmete tief durch.

Von Herzen dankte er der Natur und ihrem Geschöpf für die geglückte Flucht. Ohne den Schrecken, den das Auftauchen des Krokodils unter den Kannibalen verbreitet hatte, wäre ein Entkommen nicht möglich gewesen. Was sich ihm zunächst als Bedrohung gezeigt hatte, hatte sich als seine Rettung entpuppt! Wieder einmal zeigte es sich, dass die verschlungenen Pfade des Schicksals unergründlich und voller Überraschungen waren.

Ein Schatten fiel über seinen Verstand und lähmte ihn mit deprimierender Schwärze.

Sein Buch war weg!

Nackt wie er war, hatte er das wertvolle Buch der Psalmen zurücklassen müssen. Es lag noch in dem Käfig und war vielleicht für alle Zeiten verloren! Natürlich hatte er die geistigen Kostbarkeiten darin längst verinnerlicht und kannte fast alle Psalmen und Gesänge auswendig. Doch es war ein schlechtes Zeichen, sein Lieblingsbuch, sein *Buch der Bücher* verloren zu haben. Nicht auszudenken, was die Menschenfresser damit machen würden! Achtlos wegwerfen würden sie es, oder es gar als Brennmaterial benutzen!

Barnabas hatte Tränen in den Augen. Er konnte die nagenden Gedanken des Verlustes nicht abschütteln. Wankend und erschöpft lief er weiter und hielt sich dabei an allen Baumstämmen fest, denen er habhaft werden konnte.

Einer von ihnen fühlte sich weich an.

Zu weich.

Der Baumstamm packte ihn. Eine starke, drahtige Hand. Dunkelbraun und umschlungen von einer Kette aus winzigen Knöchlein. Ein Arm schoss aus dem Grün des Dickichts hervor und umschlang seinen Hals wie einen Schraubstock.

„Hier!" rief der Kannibale triumphierend und so laut er konnte. Es schallte durch den Wald. „Ich ihn haben!"

Nach wenigen Augenblicken umringten ihn drei oder vier andere. Näherkommende Geräusche brechender Zweige und raschelnder Blätter verrieten, dass die anderen Kannibalen schon unterwegs waren.

Barnabas senkte den Kopf und wollte ihn in seinen Händen verbergen. Noch nie in seinem Leben waren die Gefühle der Enttäuschung und sein Bedürfnis nach unbedingter Flucht so groß gewesen. Er wünschte sich fort. Fort, nur *fort!* Die brutalen Faustschläge und die Hiebe mit der flachen Hand, mit denen sie ihn traktierten, spürte er kaum. Verbittert hatte sich sein Geist in sich selbst zurückgezogen. Selbst als eine Speerspitze in sein Gesäß stach und eine blutende kleine Wunde riss, beachtete er es nicht weiter. Er suhlte sich im trüben Morast seiner Verzweiflung und seines Haderns mit dem Schicksal.

Die erneute Verschleppung ins Dorf der Menschenfresser war eine Rückkehr mit Spießrutenlauf: Böse Fratzen funkelten Barnabas an voller hasserfüllten Triumphes. Wütende Wilde versuchten nach seinem Fleisch zu greifen, als wollten sie jetzt schon das spätere Mahl mit den Händen grapschen.

Als sie den elenden Missionar zu seinem Käfig zurückschleiften, wurde dieser einer Szene gewahr, die ihm vor Entsetzen und Angst das Blut in den Adern gefrieren ließ.

Nur der bärtige Alte hockte noch im Käfig. Er saß am Boden wie ein ramponiertes Möbelstück und starrte auf die Menschentraube, die sich in der Nähe der Feuerstelle gebildet hatte.

Barnabas wollte den Blick abwenden vor den satanischen Schandtaten, die sich hier abspielten. Hämisch und grob packte einer der Kannibalen, die ihn hergebracht hatten, seinen Kopf und drehte ihn herum. Er zog ihm mit den Fingern die Augenlider nach oben, wobei er mit den Fingernägeln schmerzhaft gegen die Augäpfel stieß. Barnabas blieb kein Ausweg. Er war gezwungen, sich die sexuellen Abscheulichkeiten mit anzusehen, die sie Oke antaten.

In seiner Abwesenheit hatten sie seinen bedauernswerten Kofferträger aus dem Käfig geholt und ihm den Lendenschurz vom zitternden Leib gerissen. Ein Dutzend geifernder Kannibalen hielten ihn an Armen und Beinen fest, während sich ihr Stammespriester über seinen Hintern hermachte.

Der grausige Gnom mit dem länglichen Gesicht und der hohen Stirn hatte seinen roten Umhang abgeworfen. Er war am ganzen Körper mit farbigen Runen und okkulten Zeichen aus Naturfarben bedeckt. Die Muskeln seiner dünnen Gliedmaße zuckten schweißüberströmt und voller Anstrengung: Er war dabei, seinen pulsierenden, obszön großen Schwengel in das Gesäßloch Okes einzuführen.

Der stöhnte gequält und in entsetzter Erwartung des Unsäglichen. Vermutlich hatte er bereits einen Blick werfen können auf den geschwollenen und riesigen Zepter aus Fleisch und Blut, der da dreist und dreckig in seinen Enddarm fahren sollte.

Unter gemeinem Gelächter zerrten die Kannibalen Barnabas zum Schauplatz der brutalen Vergewaltigung. Entweder wollten sie ihm noch mehr Angst machen als er ohnehin schon hatte. Oder sie suchten ihren König auf, um diesem das frisch gewaschene Opfer vorzuführen.

Beides gelang ihnen mühelos. Barnabas spürte einen unbändigen Druck in seiner Blase und konnte sein Wasser nur mit Mühe zurückhalten. Unbändige Angst nahm von ihm Besitz und verursachte ihm Schwindel. Hätten ihn seine Bewacher nicht im Schwitzkasten gehalten, so wäre er wohl halb bewusstlos auf die Erde gestürzt.

Da stand der Große Hungrige, der König der Kannibalen inmitten des Pulks aus grölenden Kriegern. Er erfuhr die Neuigkeit: dass seine Beute, die es gewagt hatte, sich mit Darmdreck zu beschmutzen, nun gereinigt und ihr Fluchtversuch gescheitert war. Zufrieden schnalzte der Herrscher beim Anblick des nackten und gewaschenen Missionars mit der Zunge. Dann wandte er sich wieder dem Schauspiel der Begattung Okes zu, die sein Stammespriester vollführte.

Die Eichel des Priesters stieß in die Spalte der Gesäßbacken, als wäre sie die Spitze eines Rammbockes, die zwischen zwei Torflügel gestoßen wird. Jetzt erst sah Barnabas, dass der Kerl ein raues, dünnes Seil in den Händen hielt. Es war um den Hals Okes geschlungen wie die Karikatur eines Pferdegeschirrs. Immer wenn er an den Enden des Seils riss, wurde der Hals seines Opfers zurückgezogen und aus dessen Kehle klang ein ersticktes, würgendes Ächzen.

Brutal und unnachgiebig schob der Priester seinen steifen Prügel in das Loch. Offenbar hatte er ihn an der richtigen Stelle eingefädelt. Seinem erbarmungslosen Drängen wurde nur noch wenig Widerstand entgegengesetzt. Oke stieß ein langgezogenes, wehklagendes Gebrüll aus. Es wurde von den Kannibalen mit anerkennendem Schnalzen und Gelächter quittiert. Wie wenn es sich bei den Schmerzensschreien um ein heiteres Lied handeln würde, dessen Darbietung sie lauschten!

Schon als der grauenhafte Pfahl der Entehrung zur Hälfte im Gesäß des armen Kerls eingeführt war, ging das wilde Bocken los. Mit einer Behändigkeit und Energie, die man dem kleinwüchsigen Stammespriester gar nicht zugetraut hätte, stieß dieser seinen erhärteten Riemen nach Belieben in das braune Gesäßloch hinein und hinaus. Oke schrie sich die Seele aus dem Leib. Er zuckte unter dem Rhythmus der bösartigen Begattung, zusätzlich drangsaliert von dem Strick um seinen Hals.

Die Tatwaffe des Priesters war bald beschmiert von einem dünnen Blutfilm, mit dem der malträtierte Enddarm des Vergewaltigten auf die Gewalt reagierte. Der Priester stieß ein grunzendes Geheul hervor, eine Mischung aus Siegesgeschrei und sexueller Erregung.

Dieser bockende Gnom schien ein hohes Ansehen und großen Respekt im Buschdorf zu genießen. Die Kannibalen, die Oke an Armen und Beinen festhielten, bemühten sich, dem Takt der Bockstöße entgegenzukommen. Sie ließen den unfreiwillig Besprungenen hin und her wippen, während der Priester schwitzend seinen Hintern rammelte. Ab und an glitt der schwere lange Schwengel aus dem Loch und ragte weit und vibrierend über die Gesäßbacken hinaus in die Höhe. Doch sogleich wurde er von seinem Besitzer mit zielstrebiger Verbissenheit an seinen Tatort zurückbefördert.

In Barnabas' Magen rumorte es. Viel fehlte nicht, und er hätte sich seinen Bewachern vor ihre Füße erbrochen. Er beherrschte sich im letzten Augenblick.

„Bringt mich zurück!" bat er mit schwacher, zitternder Stimme. Sie aber hielten seinen Kopf an Haaren und Ohren so, dass er dem erbarmungswürdigen Schauspiel weiter zusehen musste. Selbst waren sie fasziniert und sehr angetan von der brutalen Begattung des Todgeweihten.

Der Stammespriester steigerte sich in eine teuflische und feurige Raserei hinein. Sein kleiner, strammer Unterkörper klatschte mit hämmerndem Knallen gegen die wackelnden Pobacken Okes. Der musste der wüsten Entjungferung seines Gesäßes hilflos und mit zusammengebissenen Zähnen beiwohnen. Manchmal entwich ihm ein dumpfes, gepeinigtes Stöhnen. Allmählich ging dieses in ein langgezogenes Jaulen über. Nervös und aufgebracht drängten sich die Kannibalen um ihn. Nur zu gern hätten sie in ihrer perversen Triebhaftigkeit wohl mitgemischt bei dem Treiben. Wenn nicht momentan der Priester das Hoheitsrecht über das Stoßen des braunen Lochs gehabt hätte.

„Pumpe ihn voll!" befahl der Kannibalen-König barsch. Er trat hinzu und hieb mit der flachen Hand auf das zuckende Hinterteil des Opfers. „Ich will, dass sein Enddarm gefüllt ist mit weißem Eiersaft, wenn er nachher gegrillt wird! Das hält ihn von innen feucht und saftig!"

„Ja!" stieß der Priester angestrengt hervor. Schweißtropfen fielen von ihm ab und benetzten seinen gepeinigten Bockpartner. Die Stöße wurden fahriger und unkontrollierter. Ein herbes Grollen und Seufzen drang aus den Tiefen der Hühnerbrust des Priesters; in einem sehr männlichen Basston, den man eigentlich nur einem viel größeren und stärkeren Mann zugetraut hätte.

Erst jetzt hatte der abnorm lange Fleischkolben vollkommenen Einlass in die geweitete Darmpforte. Die vielen erbarmungslosen Stöße hatten sie zu einem Scheunentor-Anus ausgeleiert. Oke hatte den Mund weit aufgerissen und saugte panisch die Luft in sich hinein, freilich ohne damit die Schmerzen und Demütigungen lindern zu können.

Der Priester warf die Enden des Seils nun von sich. Er beugte sich nach vorne und packte den Besprungenen an den bebenden Schultern. So fest, als habe er ihn wirklich und wahrhaftig zum Fressen gern! Die Stöße wurden kompakter und weniger ausholend, dafür noch viel schneller und hektischer. Sein Becken prasselte in einem Tempo gegen den Hintern Okes, als wäre es das gusseiserne Antriebsteil einer Dampfmaschine unter Vollauslastung.

Plötzlich hielt er inne und wurde ganz starr. Mit leerem Blick starrte er hinauf in den Himmel. Dann ließ er ein markerschütterndes Geheul hören, während sein Schwengel wieder langsamere Bewegungen im Hintern Okes vollführte.

Der König rieb sich die Hände. „Eine große Menge Saft, die seinen Hintern ausfüllt und ihn geschmeidig macht!" frohlockte er. Sein hässlicher Dialekt klang wie kampfbereites Hyänengelächter.

Endlich ließen Barnabas´ Bewacher zu, dass er sich abwandte. Nachdem sie noch kurz auf die Szene der abebbenden sexuellen Entartung gestarrt hatten, besannen sie sich wieder auf ihre Pflichten. Unwirsch schleiften sie Barnabas zum Käfig, um ihn wieder einzusperren. In seinen Ohren hallte Okes Geschrei, das jetzt wieder lauter wurde und in ein schluchzendes Gewinsel der Todesangst überging. Würden sie ihn nun gleich schlachten, nachdem er vom Stammespriester seine „Füllung" erhalten hatte wie ein Truthahn beim Erntedankfest?

Die Käfigtür wurde aufgestoßen. Barnabas taumelte hinein und ergriff mit beiden Händen seine Ohren. Er wollte das furchtbare Sterben seines treuen Trägers nicht mitanhören. Sofort bemerkte er sein in Nashornleder gebundenes Buch. Es lag immer noch an der Stelle des Käfigs, wo er es vom Rücken abgeschnallt und hingelegt hatte. Eine Welle sanften Trostes umspülte ihn und legte sich um seine überreizten Sinne wie ein gnädiges Betäubungsmittel.

Laute Schreie waren jetzt zu hören, angefüllt mit Gefühlen des Schmerzes, der Überraschung und der Angst. Sie klangen mehrstimmig. Mal abgehackt, mal langgezogen. Ganz sicher aber stammten sie nicht aus der Kehle Okes. Zumindest nicht ausschließlich.

Barnabas war er im Begriff, sich nach dem wunderbaren Buch der Psalmen zu bücken. Er wagte einen vorsichtigen Blick über die Schulter und geriet prompt in den Bann neuer Ereignisse.

Über die Kannibalen brach Unheil herein. Ein Kampf war ausgebrochen! Wie aus dem Nichts waren fremde Krieger aufgetaucht. Von allen Seiten rannten und sprangen sie im Dorf umher. Sie schwangen Steinmesser, lange Wurfspeere und schwere Beile.

Barnabas stutzte. Er konnte kaum glauben, was er da sah.

Das waren keine fremden Krieger.

Es waren Muluglus!

Das ganze Kannibalen-Dorf wimmelte jetzt von ihnen. Alles wilde junge Männer, die zum Äußersten bereit schienen. Wie von Sinnen stieben sie umher. Sie töteten schnell und gründlich. Barnabas erkannte die federgeschmückten Lendentücher, die Halsketten aus Tierzähnen und die bunten Bemalungen ihrer Körper. Ohne Zweifel, es waren Männer vom Muluglu-Stamm! Häuptling Mulugleo hatte sie wohl losgeschickt, weil ihm die Jagd nach dem Leoparden zu lange dauerte oder weil er um die Sicherheit der Truppe besorgt war.

Fast betäubt vor grenzenloser Erleichterung und gespannter Erwartung über den weiteren Verlauf des Geschehens, sank Barnabas zu Boden. Seine Finger tasteten nach seinem schweren Buch und berührten das Leder. Er meinte leise Schwingungen feinster Energie zu spüren, die auf seinen Leib übergingen, als er über den Einband streichelte.

In seinen bärtigen Mitgefangenen war Leben eingekehrt. „Die haben Feinde!" stammelte der alte Mann. „Diese Menschenfresser haben tatsächlich Feinde… Und sie können ihnen das Wasser reichen!"

Tatsächlich war der entbrannte Kampf sehr erbittert. Er loderte an allen Ecken und Enden des Buschdorfes mit äußerster Brutalität. Wie groß das Verhältnis der Anzahl der Muluglu-Krieger zu der der Kannibalen war, ließ sich nur schwer schätzen. Fest stand, dass die Kannibalen überrascht worden waren. Nicht alle von ihnen hatten ihre Waffen beim Heranstürmen der Muluglus zur Hand gehabt. Viele hatten sich in dekadenter Vorfreude entspannt, im Glauben, einer ausgiebigen und ungestörten Fress-Orgie beizuwohnen.

Was war mit den Wächtern und Spähern der Menschenfresser geschehen, welche diese zweifellos außerhalb ihres Dorfes aufgestellt hatten? Die Muluglus mussten listig und geschickt genug gewesen sein, diese auszuschalten, bevor sie Alarm hatten schlagen können. Vom zeitlichen Ablauf her konnte es nicht anders sein, als dass die Muluglus erst kurz nach Barnabas selbst das Dorf erreicht hatten... Als er nach seinem gescheiterten Fluchtversuch von seinen Bewachern wieder hergeschleppt worden war. Womöglich hatten erste Kundschafter der Muluglus bereits beobachtet, wie die Kannibalen ihn ins Dorf schleiften.

Egal! Was zählte, war das Jetzt und Hier. Und was da abging, war selbst aus der vermeintlich sicheren Perspektive des offenen Käfigs erschreckend brachial und in seiner Grausamkeit und Härte einmalig.

Der heutige Tag war der Letzte gewesen, an dem sich der Stammespriester der Kannibalen an einem Menschen vergangen hatte. Gleich mehrere Wurfspeere pfählten ihn. Der Elende sank zuckend nieder. Sein Mund spie einen Sturzbach von Blut aus. Ein Muluglu griff nach dem baumelnden Riesenglied. Mit der einen Hand hielt er es an der Eichel gestrafft. Mit der anderen holte er weit aus und ließ sein schweres Steinmesser über die Wurzel des Schwengels sausen. Er durchtrennte das Ding mit einem groben Schnitt. Das viele Blut, das sich noch in den Schwellkörpern des halbsteifen Kolbens befunden hatte, ergoss sich in einer wirbelnden Tropfenfontäne. Dem geilen Priester bleib nicht einmal mehr genug Zeit, um laut zu schreien. Er hauchte sein Leben nicht einfach aus; er erbrach es in einem hässlichen letzten Akt, so wie es seiner erbärmlichen Existenz würdig war.

Der König war feige und schwitzend geflüchtet, kaum dass die ersten Kämpfe ausgebrochen waren. Jetzt war auch seine Frau zu sehen, die sich im flatternden Hyänenfell ihres Kleides in seine Arme flüchtete. In trauter Gemeinsamkeit wurden sie abgeschlachtet. Mehrere Muluglus umkreisten sie und kesselten sie ein. Messerhiebe und Beilschläge setzten ein. Ein blutsprühendes Handgelenk fiel zu Boden und wurde von einem der Krieger achtlos fortgekickt.

Die Königsfrau kreischte langanhaltend und in höchsten Tönen, als zahlreiche Klingen begannen, ihren Körper zu schälen. Bald waren ihre überstrapazierten Stimmbänder das einzige Körperteil an ihr, das noch heil war. In blutrünstiger Raserei hackten und stachen ihre Feinde auf sie ein. Sie richteten sie rasch, da sie noch viel vorhatten und sich bei ihrer Ermordung nicht lange aufhalten mochten. So starb sie im Staub des Dorfplatzes und im Beisein ihres Gatten. Den erlitt zeitgleich ein ähnliches Schicksal. Um beide war es nicht schade, denn sie hatten als langjähriges Herrscherpaar des Kannibalen-Stammes unsägliches Leid über viele Opfer zu verantworten.

Der zeternde König wurde links und rechts von zwei Muluglu-Kriegern festgehalten. In unglaublicher Schmerzekstase sah er sogleich seinen Hodensack in Fetzen herabhängen, aufgeschlitzt und abgesäbelt von rauen Steinklingen. Die glibberigen Stränge mit den beiden Eiern hingen ungeschützt zwischen seinen wackligen Beinen. Sie glänzten im Licht der frühen Nachmittagssonne wie frisch gefangene Tintenfische.

Der Tod des Königs war etwas Besonderes. Er wurde mit Hingabe und Bedacht zelebriert. Die Muluglus hatten eigene Stammesgesetze für die Bestrafung und Herabwürdigung ihrer Feinde. Sie sahen es als eine ehrenvolle Kunst an, ihre Widersacher folgendermaßen zu töten: Man sollte einen tieferen Sinn damit verbinden können, der mit ihrer sündigen Lebensweise zu tun hatte.

Die Kannibalen verspeisten Menschen. Deshalb zogen die Muluglus den König an seinen Lippen, bis sie vom Zahnfleisch abstanden wie winzige Hautsegel. Dann trennte einer von ihnen sie fein säuberlich ab. Sie fielen in den Staub, blutig und zerfetzt. Nie wieder würden diese Lippen von einer Zunge geleckt werden beim Anblick und Geruch von bratendem Menschenfleisch!

Durch Stiche in beide Nasenlöcher wurden die Nasenflügel aufgeschlitzt. Diese Verletzung war jedoch nur eine kleine blutige Verzögerung dessen, was dem König noch bevorstand. Schon jetzt stöhnte er halb ohnmächtig vor unerträglichen Qualen. Nur durch die eiserne Umklammerung seiner Feinde konnte er sich noch auf den Beinen halten.

Hatte er soeben noch zufrieden grinsend einer üblen Vergewaltigung beigewohnt, so war es jetzt er selbst, dessen Hinterpforte die zweifelhafte Ehre eines ungebetenen Besuchers ereilte. Der scharfe Schaft eines Wurfspeers bohrte sich tief in sein Gesäßloch. Die Wunde vermählte sich mit der des abgeschnittenen Hodensackes, als der Speer durch seinen Unterleib hindurchgetrieben wurde.

Ein Schütteln ging durch die Brust und die Schultern des Gefolterten. Er wand sich unter fiebrigen Schmerzkrämpfen, gehalten von den starken jungen Armen der Muluglus. Seine Seele machte sich zum Abflug bereit. Ihre Loslösung vom Körper würde die Phase sofortiger Schmerzfreiheit einläuten und den phantastischen Eintritt in die feinstoffliche Welt der Geister.

Dankbar blickte der schlimmste Kannibale von allen dem gnädigen Tod entgegen, der ihn ereilte und keinen Unterschied machte zwischen Gut und Böse. Es war absehbar, dass er nun sein Leben aus tausend blutenden Wunden ausspie. Deshalb ließen die Muluglus von ihm ab.

Hatten die Menschenfresser zunächst noch versucht, sich tapfer und grimmig gegen die wild entschlossenen Angreifer zu wehren, so schwand ihnen jetzt der Kampfgeist beim Anblick ihres sterbenden Oberhaupts. Nichtdestotrotz erfuhren sie kein Erbarmen. Als sie ahnten, dass die Muluglus keine Gefangenen machen würden und ihnen nur ein ehrenvolles Kämpfen übrigblieb, war es schon zu spät: Ihre Zahl hatte sich soweit verringert, dass die Angreifer eine deutliche Übermacht besaßen.

Systematisch wurde die Vernichtung der Feinde vorangetrieben. Es wurde dabei nicht auf Alter und Geschlecht geachtet. Der gesamte Stamm war dem Tode geweiht. Schädel wurden gespalten, bis das Gehirn offen lag oder herausquoll. Lungenflügel wurden von Speeren durchbohrt, bis die Spitzen am Rückgrat wieder heraustraten und eine rotsprudelnde Quelle erschlossen. Köpfe wurden abgeschlagen. Wenn das nicht gleich gelingen wollte, wurden sorgfältig die Halswirbel durchgesägt, bis der Schädel nur noch an blutigen Fleischfetzen herabhing. So konnte er mit einem kräftigen Ruck abgerissen werden. Bäuche wurden aufgeschlitzt; eben jene Mägen, die soeben noch hätten gefüllt werden sollen mit dem Grillfleisch der Gefangenen. Ein paar besonders junge Muluglus trieben grobe Scherze mit den Innereien der Feinde. Die lebten teilweise noch, als sie ihnen herausgerissen wurden. Die Glücklosesten unter ihnen mussten rasend vor Schmerzen mit ansehen, wie armlange Darmstränge ihren Bauch verließen und von den jugendlichen Muluglus wie dicke Seile umhergeschwenkt wurden. Es hätte nicht viel gefehlt, und sie hätten damit Seilspringen veranstaltet. Aber das war schließlich ein Spiel für Mädchen und den jungen Männern zu albern.

Wären die Muluglus selbst Kannibalen gewesen, so hätten sie sich bei dem Gemetzel gefühlt wie in einer Schlachterei am Tag der offenen Tür. Nicht nur größere Gliedmaßen bedeckten bald den Boden, sondern auch allerlei Ohren, Nasen, Finger und Geschlechtsteile.

Körpereigene Stoffe wie Adrenalin und Gefühle wie Hass können einen unbändigen Blutdurst verursachen, der erst abflaut, wenn die aufgestachelten Sinne befriedigt sind. So konnten auch die jungen Muluglus nicht aufhören, die Kannibalen wahllos und reihenweise zu töten. Dabei unterliefen ihnen zahlreiche Fehler. Diese behinderten ihr eigentliches Ziel, den verhassten Stamm endgültig auszurotten. Durch das wahllose und tobende Schlachten und Morden, das sich nur allzu oft in zeitaufwändige Folterungen und Verstümmelungen erging, konnten etliche der Gegner unbemerkt in den Dschungel flüchten.

In einem heillosen Durcheinander stürzten die wenigen unversehrten Kannibalen aus ihrem Dorf davon. Die vielen Verletzten folgten ihnen, sofern sie noch laufen konnten. Wenngleich einige von ihnen so verwundet waren, dass sie bald sterben würden.

Andere erhielten erst auf ihrer Flucht die Todesweihe: durch Wurfspeere, die plötzlich in ihrem Rücken steckten und ihnen einen schmerzhaften Strich durch ihre Fluchtpläne machten; durch Beile, die ihren Kopf trafen und das Licht darin für immer auslöschten; durch Steinmesser, die ihnen von Gegnern in den Leib gestoßen wurden, welche sie im Vorbeirennen übersehen hatten.

Erschöpft und dennoch freudig erregt über die Wendung der Ereignisse, verharrte Barnabas Treubart in dem offenen Käfig. Zu gerne hätte er daran mitgewirkt, die Kannibalen zu besiegen. Aber zum einen erschreckte ihn die feurige, jugendliche Kraft und Ausdauer, mit der die jungen Muluglus wie im Rausch töteten. Eine Energie, mit der er in seinem fortgeschrittenen Alter schlicht nicht mithalten konnte.

Zum anderen war da seine Achtung gegenüber menschlichem Leben jeder Art. Selbst seine Todfeinde, die ihm unsagbar Schlimmes hatten antun wollen, konnte er nicht einfach niedermetzeln, als sei er eine reißende Bestie.

Außerdem wollte er in der Nähe seines wunderbaren Buches der Psalmen bleiben und befürchtete auch, im Kampfgetümmel ernsthaften Schaden zu nehmen.

Erstmals besah er sich die vorbeilaufenden Muluglus näher. An einige von ihnen glaubte er sich vom Aussehen her zu erinnern. Persönlich oder namentlich kannte er keinen von ihnen. Natürlich waren weder der *Babalawo* noch Häuptling Mulugleo unter ihnen. Das schmutzige Geschäft des Krieges und der Kämpfe waren unter ihrer Würde. Barnabas konnte es aber schon jetzt kaum abwarten, in das Buschdorf der Muluglus zurückzukehren und ihrem Oberhaupt für seinen entschlossenen Marschbefehl zu danken.

Rasch kleidete er sich an. Er zog seine mit braunen Flecken verzierte Unterhose über sein schlotterndes Gehänge. Danach schlüpfte er in seinen verschwitzten und schon reichlich mitgenommenen Tropenanzug. Sorgsam nahm er die Lederriemen und band sich das schwere Nashornleder-Buch auf den Rücken. Es beschwerte ihn auf tröstliche, kraftspendende Weise.

Langsam und mit angewinkelten Armen kam der Missionar aus dem Käfig heraus. Einige der Muluglus erkannten ihn und begrüßten ihn, blutbefleckt und atemlos wie sie waren.

„Oh, meine lieben und treuen Krieger vom ehrenwerten Stamm der Muluglus!" rief er so laut, dass es über die ganze Lichtung schallte. „Ihr seid Helden und habt mich gerettet vor diesen grässlichen Dämonen der Fleischesgier!"

Die Schlacht war erfolgreich geschlagen. Immer mehr junge Eingeborene versammelten sich um ihn. Die meisten hatten ihre blutstarrenden Waffen niedergelegt, um sich auszuruhen. Barnabas pries und lobte sie in den höchsten Tönen. Er war vollkommen beeindruckt von ihrer Rettungsaktion und überwältigt vor Rührung.

Oke war am Leben. Sie trugen ihn auf zwei hölzernen Stangen herbei, zwischen die sie straff eine Hängematte gebunden hatten. In dieser behelfsmäßigen Trage würde er auch transportiert werden können. Er war zu verletzt und mitgenommen, um sich auf den Beinen halten zu können. Sein Gesäßloch war wundgebockt vom elefantengroßen Riemen des Kannibalen-Priesters.

Der alte Bärtige im Käfig verabschiedete sich zügig. Er machte sich durch den Dschungel davon und begab sich vermutlich auf die Suche nach seinem Nomadenvolk. Ihm war wohl auch die Anwesenheit des furchteinflößenden und ihm fremden Eingeborenenstammes nicht ganz geheuer.

Die jungen Muluglus hatten einen Anführer. Er besaß eine sehr schlanke Statur und war nur mittelgroß. Um den Leib hatte er eine beeindruckende Schürze aus olivfarbenem Leder gewickelt. Sie hätte beinahe als eine Art Uniform oder gar Rüstung durchgehen können. Sein Haar versteckte er hinter einer Kopfbedeckung. Sie war aus einem Büffelschädel angefertigt und besaß eine kriegerische, machtvolle Ausstrahlung.

Die Muluglus versammelten sich um ihren Anführer.

„Wie kann ich dir und deinen Männern je danken?" fragte Barnabas ehrerbietend und verneigte sich vor dem Anführer. „Ihr habt mir das Leben gerettet, und dem armen Oke ebenfalls!"

Der Anführer sah ihn blinzelnd an. Sein Gesicht war schmal und lag im harten Schlagschatten seiner bizarren Kopfbedeckung. Langsam ließ er seine nackten Arme nach oben schweben und hob den Büffelschädel an.

Was für zierliche Arme er hat für einen Mann!" dachte Barnabas verwundert. *Er mag klug und mutig sein. Doch es ist erstaunlich, dass die Muluglus einen solchen Hänfling zum Befehlshaber eines Feldzugs gemacht haben.*

Der „Hänfling" ließ den Büffelschädel sinken und hielt ihn mit seinen Händen umschlungen. Wirre schwarze Haare umrankten lang und kräuselnd sein schönes Gesicht. Verschwitzt glänzten sie in der heißen Nachmittagssonne.

Es war das leibhaftige Gesicht von Muluglai!

Barnabas stand da wie zur Salzsäule erstarrt. Er wollte sich die Augen reiben und wusste zugleich, dass er ihnen trauen konnte. In was für einem verwirrenden Wechselbad der Gefühle befand er sich doch heute! Eine Überraschung jagte die nächste. Zweifellos war diese hier die Beste und Wunderbarste von allen.

Er wollte auf sie zu taumeln und sie umarmen. Nicht nur sein Anstand und seine Schüchternheit verhinderten dies, sondern auch der sperrige Büffelschädel, der Muluglai als Kopfbedeckung gedient hatte und den sie in ihren Armen hielt.

Stattdessen machte er lediglich einen Schritt auf sie zu und blickte in ihre hübschen Augen. Sie waren etwas gerötet von den Anstrengungen und der Konzentration auf die Kämpfe.

„Muluglai!" sagte er. Sein Atem ging stockend vor Aufregung und aufwallender Liebesgefühle. „Du…"

Die schöne Häuptlingstochter lächelte und legte einen Finger über ihre zarten Lippen. Sie strahlte, als ob eine zweite Sonne aufgegangen wäre. Dann schüttelte sie den Kopf. *Sag jetzt nichts!* hieß das wohl. *Nicht hier. Nicht vor den anderen.*

Barnabas schwieg. Er war glücklich und durcheinander. In seinem Gehirn überschlugen sich die Gedanken. Warum stand Muluglai an der Spitze eines kleinen Eingeborenenheeres? Wie hatte sie ihren strengen Vater überredet, ihr das zu erlauben? Hatte sie gar weit mehr Macht und Einfluss im Stamm, als er bisher geglaubt hatte?

Er erinnerte sich an die ruhige Selbstverständlichkeit, mit der sie am Fluss vor wenigen Tagen den Kannibalen getötet hatte. Nicht mit einer schweren Waffe. Nur mit der spitzigen Elfenbeinnadel, die ihren Lendenschurz zusammengehalten hatte. Schon da hätte ihm klar sein müssen, dass sie keine gewöhnliche Schönheit war. Sondern eine ganz besondere, wehrhafte junge Frau mit Führungsqualitäten.

Muluglais Lächeln wurde etwas zurückhaltender, als sie sich ihren Stammeskriegern zuwandte: „Wir rasten, bis die Sonne untergeht und es etwas kühler wird. Stärkt euch, Männer! Diese Monstren werden ja noch etwas anderes gegessen haben als Menschen… Schaut euch um, was an verträglicher Nahrung da ist, und esst. Wenn wir aufbrechen, zünden wir das Dorf an und löschen diesen Schandfleck des Dschungels aus!"

Beifälliges Murmeln setzte ein. Die Männer verstreuten sich auf der Lichtung und hielten nach Nahrungsmitteln und wertvoller Beute Ausschau.

„Verzeih, mein lieber Barnabas mit den hübschen weißen Haaren!" sagte Muluglai. Obwohl sie sichtlich müde war, klang es sehr wohlwollend und etwas neckisch. „Wir werden über alles reden, wenn wir aufgebrochen sind. Bis dahin ruhe dich etwas aus…" Sie zwinkerte ihm zu und überlegte dann.

„Unsere Jagd nach den Menschenfressern ist von Erfolg gekrönt!" sagte sie. „War es auch die deine? Hast du den schwarzgefleckten Gelben erlegt?"

Barnabas nickte eifrig. „Oh ja!" versicherte er. „Er muss hier irgendwo sein. Als die Kannibalen uns überfallen haben, nahmen sie den Kadaver mit."

Muluglai grinste zufrieden. Dann drehte sie sich um und gab ihren Kriegern weitere Anweisungen.

Kapitel 11:

DSCHUNGELBLÜTEN UND BUSCH-ROMANTIK

Als die Sonne sich orangerot verfärbt hatte und sich anschickte, hinter dem Horizont des Dschungels zu verschwinden, brachen die Muluglus auf.

Ihre Bilanz konnte sich sehen lassen: Zwar hatten sie durch den Kampf einige Männer verloren. Etliche waren verwundet, manche von ihnen schwer. Aber angesichts der Vielzahl der Feinde, die sie besiegt hatten, hielten sich ihre Opfer in sehr überschaubarem Rahmen.

Ihre Toten begruben sie unter Bergen von Holz und trockenem Gras, um sie zu verbrennen; nicht ohne vorher ihrer Seelen zu gedenken. Die Verletzten wurden auf behelfsmäßigen Bahren weggeschafft. Einige wenige interessante Beutestücke und auch der Kadaver des Leoparden wurden an Tragestangen hängend transportiert.

Als die ersten der jungen Muluglu-Krieger das Kannibalen-Dorf verließen, waren einige andere noch damit beschäftigt, die Holzstapel mit den Leichen ihrer Stammesbrüder sowie die Hütten anzuzünden. Holzpfähle, Strohdächer und Gras wurden in Brand gesetzt. Bald schon würden die Flammen hier mannshoch züngeln und alles verschlingen: die leeren Hütten, die gruselige Grillstelle und die vielen Leichen und Körperteile der Menschenfresser, die überall herumlagen. Der Ort des Schreckens und der Unmenschlichkeit, dieses schwarze Reich der Kannibalen, sollte eingeäschert werden und der Vergessenheit anheimfallen.

Barnabas ging neben Muluglai her. Sie hatte sich ihrer ledernen Kampfschürze entledigt und trug wieder einen luftigen Lendenschurz. Die Muluglus hatten sie fürsorglich in ihre Mitte genommen. Hier würde ihnen nichts geschehen. Selbst wenn die restlichen, im Dschungel umherirrenden Kannibalen auf die dumme Idee kommen sollten, sie alle anzugreifen.

„Habt ihr keine Angst vor der Rache der Menschenfresser?" fragte er Muluglai und sah sie an. Das Schlachtgetümmel und die Aufregungen des

Nachmittags hatten ihrer Schönheit nichts anhaben können. Die Spuren des Kampfes ließen sie eher noch reizender erscheinen als sie ohnehin schon war.

„Angst ist das falsche Wort", antwortete sie heiter. „Lass es mich so sagen, mein lieber Barnabas: Wenn sie eines Tages kommen sollten, werden wir auf sie warten und sie gebührend empfangen. Wir werden wachsam sein und uns jeder Auseinandersetzung stellen, wenn es nötig sein sollte. Sie sind aber sehr geschwächt, so dass es Jahre dauern wird, bis sie wieder genug Kraft und Mut gesammelt haben für Beutezüge und Überfälle. Besonders jetzt, wo sie ihren König verloren haben."

„Hatte dein Vater nicht ein Abkommen mit ihnen geschlossen?" erinnerte sich Barnabas an die Worte Mulugleos.

„So ist es", bestätigte Muluglai. „Doch das hat sie nicht daran gehindert, es hinfort zu fegen, als ihnen danach war. Der Kannibale, der mich am Fluss angegriffen hat, tat dies nicht eigenmächtig und ohne das Wissen seines Stammes. Davon ist mein Vater inzwischen überzeugt. Sie haben sich in den vielen vergangenen Jahren stark vermehrt und Kräfte gesammelt, indem sie sich von bedauernswerten Reisenden und Nomaden ernährt haben. Das hat sie zu dem Irrglauben verleitet, sie könnten alle Stämme besiegen, auch den der Muluglus."

„Warum hat dein Vater dich und die Männer so schnell losgeschickt, um das Dorf der Kannibalen aufzusuchen? Woher wusste er überhaupt, dass sie unseren Jagdtrupp überfallen haben?"

„*Ich* wusste es. Er nicht. Hat er sein Maniok-Bier, ist die Welt in schönster Ordnung für ihn. Ohne mich hätte er gar nicht von dem Überfall der Kannibalen erfahren." Muluglai wich mit ihren zierlichen schlanken Füßen einem spitzen Ast aus, der aus dem Gras hervorwuchs, und erzählte weiter: „Als ihr aufgebrochen seid, um den schwarzgefleckten Gelben zu jagen, hatte ich ein sehr mulmiges Gefühl im Bauch. Mir erschien euer nächtliches Ausrücken gefährlich. Weniger wegen dem Raubtier. Vielmehr wegen der Tatsache, dass die Kannibalen sehr aufgebracht sein würden. Weil wir am Fluss einen der ihren getötet haben."

Von wegen wir! dachte Barnabas verschmitzt. *Das warst du! Ich habe ihn nur niedergeschlagen.*

„Am nächsten Morgen bin ich dann eurer Spur gefolgt", fuhr Muluglai fort. „Das war nicht allzu schwer. Selbst eine Horde Elefanten hätte weniger Spuren hinterlassen als ihr."

„Alleine? Bist du alleine losgezogen?" fragte Barnabas.

„Ja", antwortete sie. Inzwischen hatten sie eine Anhöhe erklommen. Zwielicht hatte sich breit gemacht. Hier im Dschungel des Kongo brach die Nacht schnell herein. In wenigen Augenblicken würde es dunkel sein.

Hinter ihnen loderte ein helles Flammeninferno, das riesige schwarze Rauchwolken zum Himmel schickte. Eingeborenenhütten brachen in sich zusammen. Funken stoben glühend durch die aufgewärmte Abendluft.

„Was war dann?" Barnabas konnte es kaum erwarten, ihrem Bericht zu lauschen. Ihre wundervolle, angenehme Stimme bezauberte ihn mehr, als es jede Voodoo-Magie hätte tun können.

„Ich habe euer Lager entdeckt und erkannt, dass dort ein Kampf stattgefunden haben muss", sagte sie. „Die halb aufgegessene Ziege, all das Blut… Ich habe in dem zertrampelten Gras gelesen wie du in einem Buch."

Er nickte. Sie war eine kluge Frau. Umsichtig, sensibel und von hoher sozialer Intelligenz. Ihre Sinne waren überaus wach. Und scharf wie frisch abgezogene Rasiermesser.

„Natürlich bin ich sofort in unser Dorf zurückgerannt." Sie schürzte die Lippen und spitzte sie wie zu einem Kuss, sah ihn dabei aber nicht an. Barnabas fuhr sich mit der Zunge über den trockenen Gaumen. „Ich habe meinen Vater alarmiert. Er hielt alles zunächst für ein weibliches Hirngespinst und eine reine Ausgeburt meiner Phantasie. Doch dann meinte er, ich könne so viele Krieger mobilisieren, wie ich wolle… Vorausgesetzt, sie würden mir gehorchen und sich meinen Befehlen unterordnen. Er selbst weigerte sich nämlich, ihnen die Anordnung zu erteilen, mir zu folgen. Bierselig wie er war, glaubte er nicht an eure Verschleppung durch die Kannibalen."

„Und dann konntest du die Krieger tatsächlich davon überzeugen, mit dir in den Dschungel zu gehen und das Kannibalen-Dorf anzugreifen?"

„Sie haben mich als Anführerin akzeptiert."

„Waren sie sofort bereit zum Kampf?"

„Sie wussten, dass es früher oder später ohnedies darauf hinausgelaufen wäre. Dem Überfall auf mich wären vermutlich weitere gefolgt. Die Kannibalen sind einfach zu unverschämt und aufsässig geworden. Hilfreich war natürlich die Tatsache, dass die Muluglus nun dank dir im Besitz der Eier der Sternenmutter sind. Durch die Erlangung dieser unerhörten Kraft fühlten sich die jungen Krieger unverwundbar und waren zu allem bereit. Sie freuten sich geradezu auf die Schlacht und waren davon überzeugt, unsere Feinde rasch und vernichtend zu schlagen. So kam es ja dann auch." Muluglai lächelte bei diesen Worten. Barnabas bemerkte das, auch ohne sie dabei anzusehen.

Nur aufgrund des Klangs ihrer Stimme.

„Die Macht des Glaubens ist eine ungeheure, weit unterschätzte!" pflichtete er ihr bei.

Die Anhöhe ging über in eine weitläufige, sanft abfallende Talmulde, die bewachsen war mit gelben Büschen. Es war so dämmrig, dass man es bereits getrost als Dunkelheit bezeichnen konnte. Das Feuer des angezündeten Dorfes lag jenseits der Anhöhe und außerhalb ihres Sichtfeldes. Nur ein wabernder roter Schein am Nachthimmel zeugte von der Vernichtung des unseligen Ortes.

„Euer Kampf war beeindruckend, geradezu gewaltig!" sagte Barnabas. „Selbst du hast mitgekämpft!"

„Es stünde einer Anführerin schlecht zu Gesicht, dies nicht zu tun bei einer Auseinandersetzung. Außerdem fürchte ich mich nicht, zu töten. Wenn man böse Menschen tötet, übernimmt man lediglich die Verantwortung für die Verkürzung ihres Lebens. Man hilft ihrer Seele, sich aus dem Körper zu lösen, der sich in einem schlechten, unglückvollen Leben verstrickt hat." Muluglai lächelte kühl und strahlte die harte Schönheit eines glatt geschliffenen Diamanten aus.

„So habe ich das noch gar nicht betrachtet." Barnabas schluckte angesichts der Selbstverständlichkeit, mit der die Häuptlingstochter über das Abschlachten von Feinden philosophierte. Er selbst sah das Ganze nicht so kriegerisch. Das Beste waren immer noch Frieden und Verständigung, soweit es möglich war. Eine gewisse Menschlichkeit gegenüber Feinden war bestimmt nicht das Schlechteste. Wenn es sich einrichten ließ.

Sie gingen einen geschlungenen Dschungelpfad entlang, der immer schmaler wurde und sich um einige dichte Dornengestrüppe herumwand. Diese waren trotz der Unübersichtlichkeit und der hereingebrochenen Finsternis eine Garantie für ihr ungestörtes Weiterkommen. Kein menschlicher Angreifer würde sich durch das dichte Pflanzengewirr voller nadelspitzer Dornen hindurchwinden können, um sich unbemerkt anzuschleichen.

Sehr weit weg konnten die verjagten Kannibalen noch nicht sein. Es war jedoch unwahrscheinlich, dass sie kurz nach der Schlacht, bei der sie so vernichtend geschlagen worden waren, den Willen und Mut haben würden, sie zu attackieren. Aber ganz sicher konnte man nicht sein. Wer wusste schon, zu welch unmenschlichen und selbstmörderischen Plänen dieser degenerierte Stamm noch fähig sein würde!

„Es ist wahr, wir haben gut gekämpft!" nahm Muluglai mit stillem Stolz den Faden wieder auf. „Aber auch du warst ja todesmutig, Barnabas… geradezu tollkühn! Nachts in den Dschungel zu gehen, um nach einem schwarzgefleckten Gelben zu jagen, dazu gehört schon einiges."

„Ich war ja nicht alleine", entgegnete er mit würdevoller Bescheidenheit.

„Dennoch hättest du es dir einfacher machen können", beharrte sie. „Ablenkungen und Genüsse gibt es ja so einige im Dorf, auch für unsere willkommenen Gäste." Sie sah ihn von der Seite an mit einem hintergründigen Lächeln.

Barnabas überlief ein heißkalter Schauer. Ob sie von seinem Schäferstündchen mit der lüsternen, dicken Eingeborenen wusste? Brachte das ihre Liebesbeziehung in Gefahr, welche jetzt in greifbarer Nähe schien? Wie tolerant würde Muluglai sein? Männer konnten sich zwar sehr viel erlauben in diesen Breitengraden. Doch sie war immerhin etwas sehr Besonderes. Als edle Häuptlingstochter eines großen Stammes würde sie sich nicht auf der Nase herum tanzen lassen, auch nicht von einem Mann.

Allerdings war es so, dass sie selbst ja auch kein Kind von Traurigkeit war! Sie konnte auf eine sexuelle Erfahrung zurückblicken, bei der selbst manche gestandene Frau vor Scham erröten oder vor Neid erblassen würde… Nicht zuletzt ihr eigener Vater hatte ihm, Barnabas, bereits von seinen Sorgen über die Zuchtlosigkeit seiner Tochter erzählt.

„Ich wollte den Leoparden erlegen!" bekräftigte er. „Darum hat mich dein Vater gebeten."

„Aus welchem Grund hat mein Vater dich losgeschickt?" fragte sie mit unschuldigem Grinsen. „ Das ist sehr unüblich. Du bist ein Gast und noch dazu ein Weißer. Die Muluglus haben doch genug erfahrene Jäger im Stamm."

Barnabas beäugte die Schöne. Sie schritt mit einer grazilen Leichtigkeit neben ihm her, als wäre sie eine junge Gazelle. Und das, obwohl sie noch vor wenigen Stunden in einen aufreibenden Kampf um Leben und Tod verwickelt gewesen war! Ihm war, als wüsste sie ganz genau Bescheid über die näheren Umstände seiner Jagd.

Als hätte sie seine Gedanken gelesen und würde von seinen Vermutungen ahnen, stellte sie ihm eine Frage. Sie traf ihn wie ein voller Eimer mit eiskaltem Rosenwasser: „Ist der Weg jetzt frei für dich? Darfst du jetzt offiziell um meine Hand anhalten?"

Barnabas schwieg verdattert. Er verlangsamte seine Schritte, bis er merkte, dass dicht hinter ihm Muluglus herandrängten, die an ihren Tragestangen die Beutestücke trugen. Daraufhin beschleunigte er die Geschwindigkeit, bis er sich wieder auf gleicher Höhe mit Muluglai befand.

Was sollte er nur sagen? Offenbar wusste sie schon alles und ihr Vater hatte ihr in seiner bierschwangeren Offenheit alles erzählt: Von seinem Gespräch mit ihm und von den Bedingungen, die er zu erfüllen hatte, wenn er den Segen des Alten für die Heirat der Tochter wollte. Hier im Busch ging alles sehr schnell mit persönlichen Beziehungen – sofern die Umstände stimmten. Barnabas wurde fast schwindelig angesichts des Tempos und der Aufregungen, mit denen sein Leben verlief, zumindest seit den letzten paar Tagen und Nächten.

Am Wegesrand wuchsen jetzt nur noch vereinzelt Dornbüsche. Sie hatten hüfthohen Stauden Platz gemacht, die umrankt waren von seltsamen Orchideen. Sie schillerten tagsüber bestimmt wunderschön in allen Farben. Nun, bei Dunkelheit, waren ihre satten Blau-, Rot,- Gelb- und Weiß-Töne zwar sehr viel gedämpfter, aber immer noch deutlich wahrnehmbar. Wie auf einem düsteren, aber sorgfältig gepinselten Ölgemälde.

Im Vorbeigehen griff Barnabas nach den Orchideen. Er rupfte sie zwei Handbreit unterhalb der länglichen, schmalen Blütenblätter ab. Als er ein halbes Dutzend beisammenhatte, blickte er Muluglai feierlich an. Er verneigte sich leicht und sagte halblaut: „Ich muss dir etwas sagen.“

Muluglai blieb stehen und mit ihr der ganze Tross aus Kriegern und Gepäck. Er stand vor ihr und sah sie an, voller Liebe und tiefem Respekt. Behutsam reichte er ihr das Bündel mit den Orchideenblüten. Sie nahm es an sich wie einen kostbaren, zerbrechlichen Schatz.

„Willst du mich heiraten, Muluglai?“ fragte er ruhig und mit leichter, erwartungsvoller Nervosität in der Stimme.

Sie blickte von den Blüten zu ihm und dann wieder zu den Blüten. Einige Augenblicke lang war es ganz still. Die Muluglus um sie herum hielten anscheinend den Atem an.

Schließlich erlebte er einen strahlenden Sonnenaufgang mitten in ihrem zauberhaften Gesicht. Ihr Lächeln leuchtete, als könne es die Nacht zum Tage machen.

„Ja!“ sagte sie fest und mit so lebensfroh blitzenden Augen, so dass es ihm ganz warm ums Herz wurde vor Liebe und Leidenschaft. „Ja, das will ich! Bei den Geistern meiner Ahnen. Ja!“

Gleichzeitig und wie von unsichtbarer Hand geleitet fielen sie sich in die Arme. Sein Mund suchte ihren Mund. Ihre Zunge tastete nach der seinen. Ein verwundertes, aber auch anerkennendes Raunen ging durch die Menge der jungen Muluglu-Krieger.

Als sich Barnabas und Muluglai heiß und innig küssten, war ihnen beiden bewusst, dass ein solches Verhalten gemäß den Stammesregeln vermutlich ungehörig und unzüchtig war. Doch zum einen hatte Muluglai nicht nur eine hohe Machtposition inne. Sondern sie hatte auch einen gewissen Ruf erlangt, was ihre Lebenslust und Freizügigkeit anging. Ein Ruf, der bei den Muluglus bereits für eine Grundstimmung des Gleichmuts und der Toleranz gesorgt hatte.

Zum anderen war klar, dass es sich hierbei nicht um eine beliebige öffentliche Schamlosigkeit handelte, sondern um den Anfang von etwas Großem: Der Ehe der Häuptlingstochter mit einem weißen Missionar aus dem fernen kalten Land der Berge und der geheimnisvollen Maschinen!

„Was für ein seltener Geist des Frohsinns umgarnt meine Sinne! Welch große Freude für uns alle!"

Häuptling Mulugleo war schon wach und begrüßte sie mit weit ausgestreckten Armen. Seine Augen blinzelten verklebt und verschlafen. Er war wohl soeben erst aufgewacht oder geweckt worden. Sein Grinsen aber war überaus herzlich und fast so breit wie der Nil.

Im goldenen Schein der frühen Morgensonne hatten sie das Dorf der Muluglus erreicht. Sie waren erschöpft von ihrem langen Fußmarsch, aber glücklich über ihre Rückkehr. Durch ihre nächtliche Wanderung war ihnen das stundenlange Gehen in der Gluthitze erspart geblieben.

Mulugleo wollte seine Tochter fest in die Arme schließen. Bevor er das tun konnte, deutete sie auf Barnabas, dem sie vertrauensvoll zuzwinkerte, und sagte: „Lieber Vater! Begrüße erst meinen Ehemann!"

Der Häuptling stand da wie vom Donner gerührt. Um ihn herum wurde es still. Einige wenige Muluglus flüsterten und reckten die Hälse, um in der Menge der Dorfbewohner mehr sehen zu können. Nach wenigen Augenblicken fing sich Mulugleo wieder. Mit leerem Gesichtsausdruck wankte er auf Barnabas zu.

Der nahm seinen schweren Atem wahr, der nach Maniok-Bier roch, und dachte: *Er hat es sich anders überlegt und unsere Abmachung verdrängt oder vergessen! Jetzt stürzt er sich auf mich, um mich zu schlagen oder zu würgen für meinen dreisten Wunsch, seine Tochter zu ehelichen!*

Das Stammesoberhaupt stürzte sich in der Tat auf ihn. Aber nur, um ihn zu tätscheln und zu liebkosen. Barnabas sah, dass in seinen Augen dicke Tränen glitzerten. Eine von ihnen machte sich sogleich auf den Weg über seine Wangen hinab.

„Schwiegersohn!" keuchte Mulugleo atemlos. „Oh, wer hätte das gedacht… Wie ein Blitz aus dem fernen Himmel bist du über uns gekommen und hast Glück gebracht!" Er hielt den Missionar in seiner liebevollen Umklammerung und drückte ihn, als handele es sich um einen machtvollen Talisman. Dann ließ er von ihm ab und nahm seine Tochter in den Arm. Weniger innig, sondern eher vorsichtig und mit respektvoller innerer Distanz. Er trug damit jetzt schon der Tatsache Rechnung, dass er sie nun auf eine gewisse Art verloren hatte und sie zu einem anderen gehörte.

Schließlich wandte er sich an sein Volk. Er riss die Arme in die Höhe und rief laut: „Muluglus! Mein großer und ehrenwerter Stamm! Ihr seid hiermit Zeuge von dem, was sich ankündigt: Die Heirat meiner Tochter mit dem weißen Mann, der uns die Eier der Sternenmutter gebracht hat!"

Die Muluglus brachen in einen hellen Freudentaumel aus. Sie bejubelten den Sieg ihres Stammes über die Kannibalen und freuten sich über die zahlreichen Beutestücke, die die jungen Krieger mitgebracht hatten. Darüber hinaus bedeutete die Vermählung der Häuptlingstochter mit dem Weißen ein baldiges rauschendes Fest. Dieses würde sämtliche Vorangegangenen weit in den Schatten stellen!

Mulugleo war sehr froh. Er hatte seine Tochter wohlbehütet wieder. Der Weiße hatte bewiesen, dass er es würdig war, ihr Ehemann zu werden. Der schwarzgefleckte Gelbe war erlegt. Sein Kadaver war inmitten des Gepäcks der Krieger unschwer zu erkennen. Der unselige Kannibalen-Stamm war vernichtend geschlagen, der Überfall auf seine Tochter damit mehr als gerächt.

Inzwischen war Mulugleo sich auch sicher, dass der tapfere Missionar auch mit dem zweiten Raubtier fertig würde! Er würde Muluglai schon zähmen und sie zu einer anständigen, wohlerzogenen Frau machen. Immerhin besaß auch er Macht, die ihm die Eier der Sternenmutter verliehen hatten, denn er war ihr Überbringer. Die Macht der Eier würde ihm dabei helfen, Muluglais Wildheit zu bändigen.

Und wenn nicht – nun, dann war das ab jetzt nicht mehr seine Angelegenheit! Der Häuptling verspürte unendliche Erleichterung und ein allumfassendes, erhabenes Glücksgefühl. Die Zeit der mühsamen und doch so fruchtlosen Erziehung hatte ihr Ende gefunden. Seine Tochter ging ihre eigenen Wege.

Muluglai drängte sich zärtlich an Barnabas. Auch um ihrem Vater und allen Muluglus unmissverständlich klar zu machen, dass sie voll und ganz zu ihrem zukünftigen Gatten stand. Egal, wie groß die Unterschiede der Kultur, der Sprache und der Hautfarbe auch sein mochten. Die Macht der Liebe ließ alle Unterschiede verblassen.

Noch etwas drängte sich an ihn. Barnabas spürte ein ruppiges, wuscheliges Etwas um seine Beine streifen. Als er an sich herunterblickte, sah er einen schwarzen Ziegenbock. Der blickte ihn mit seinen glasigen runden Augen an und stieß ein markerschütterndes, lautes Meckern aus. Dann senkte er den Kopf und stieß ihn mit seinen gewundenen, geriffelten Hörnern leicht gegen die Schenkel des Missionars. Nicht gewaltsam oder feindselig, eher auffordernd und zutraulich.

„Selbst die Tiere freuen sich über deine Rückkehr, Schwiegersohn mit dem weißen Barthaar!" lachte Mulugleo und schlug Barnabas übermütig auf die Schulter. Der erwiderte das Lachen mit leichter Verunsicherung und wehrte das ungestüme Drängen der Ziege ab.

„Gleich morgen werden wir mit den Festvorbereitungen für die Hochzeit beginnen!" verkündete Mulugleo. „Das beste Essen soll herbeigeschafft und zubereitet werden! Sämtliche Vorräte des Maniok-Biers werden bereitgestellt!" Er überlegte kurz und kratzte sich am Kinn, bevor er seine Vergnügungspläne weiter ausführte: „Die Männer sollen bald auf die Jagd gehen. Frisches Bier soll gebraut werden, damit die Vorräte nicht zur Neige gehen. Das Wichtigste aber…" Er sah sich um und winkte dann dem *Babalawo* zu. Der Stammespriester stand bei einigen Tragebahren und war dabei, sich die verletzten Muluglu-Krieger anzusehen.

„Wie steht es um sie?" rief Mulugleo besorgt.

Der *Babalawo* vollführte mit der rechten Hand ein rituelles Zeichen in der Luft, das wohl heilende oder segnende Wirkung haben sollte. „Sie werden alle überleben!" versicherte er mit dunkler, knorriger Stimme. „Ob sie aber schon zum Fest wohlauf sein werden, wage ich zu bezweifeln."

Mulugleo nickte: „Das macht nichts. Dann werden sie der Hochzeitsfeier als pflegebedürftige Zuschauer beiwohnen, die in Hängematten ruhen."

Barnabas war gerührt über die Anteilnahme und Fürsorglichkeit, die der alte Häuptling den verletzten jungen Kriegern angedeihen ließ. Fürwahr, er war ein gütiges, verantwortungsvolles Stammesoberhaupt. Ein durch und durch ehrbarer Mann von wachem Geist und großem Herzen!

Und letztlich bestimmt ein wunderbarer Schwiegervater.

Kapitel 12:

DIE SACHE MIT DEN KUSS-KREDITEN

Barnabas Treubart ging fröhlich beschwingt vor Lebensfreude und heißer Erwartung über den Dorfplatz. Er trug einen sauberen Tropenanzug, der gewaschen und frei von Löchern und Rissen war. Es war der zweite seiner Art; das Ersatz-Textil, das er aus den Tiefen seines Reisegepäcks hervorgeklaubt hatte. Der alte Anzug bedurfte einer gründlichen Reinigung mit Wasser und Seife sowie einer Reparatur mit Nadel und Faden. Eine Angelegenheit, um die sich die alten Frauen des Stammes bereits zu kümmern begonnen hatten. Auch sein in Nashornleder gebundenes Buch war jetzt gesäubert und sogar poliert mit aromatischem Ledersohlen-Öl. Dunkel glänzend und knarrend hing es an seinem Rücken, festgehalten von den Lederriemen und der Eisenschnalle.

Der Missionar war frisch gebadet und eingecremt mit herben, männlichen Kräuteressenzen. Sein weißes Haar und der Schnauzbart waren gekämmt und dufteten nach teurem Haaröl.

Die ganze Reinlichkeit hatte einen triftigen Grund: Es war früher Abend und er hatte sich mit seiner Angebeteten in ihrer Buschhütte verabredet. Muluglai erwartete ihn bereits. Er konnte an nichts anderes mehr denken als an ihre unendlich zarte, dunkelbraune Haut. Sie roch frisch und herrlich wie eine Wiese mit Dschungelblumen nach einem Regenguss. Immerzu hatte er ihr bildhübsches Gesicht vor Augen und ihre schmalen Schultern. Diese schienen in seinen Gedanken immer hilflos zu beben vor nackter Schutzbedürftigkeit.

Würde er sie *ganz* haben dürfen? Jetzt und hier?

Barnabas war wie betäubt von der Aussicht, diese phantastische Rassefrau für den Rest seines Lebens um sich haben zu dürfen. Nicht genug damit: Gleich in den nächsten Augenblicken würde er sie fest in seine Arme nehmen und ihr nahe sein. Ganz nahe!

Auf dem Dorfplatz war eine Menge los. Heute Morgen erst war die Schar der jungen Muluglu-Krieger von der Schlacht gegen die Kannibalen zurückgekehrt. Den ganzen Tag über hatten sie geschlafen. Jetzt wirbelten alle Schwarzen aufgeregt umher bei den ersten Vorbereitungen für das Hochzeitsfest.

Einige der inzwischen ausgeruhten Krieger erzählten vom Kampf mit den Menschenfressern und von den schauderhaften Details ihrer Brutstätte. Sie waren umringt von Kindern und Erwachsenen, die gleichsam erstaunt und begeistert den Erzählungen lauschten. Einige Frauen rupften geköpfte Hühner. Andere buken Brotfladen, legten Gemüse ein und kauten Maniok-Wurzeln, um sie zur Bier-Gärung in einen Bottich spucken zu können.

Barnabas bückte sich zu einem Gebüsch hin, aus welchem kleine weiße Blüten wuchsen. Er pflückte eine ab und wollte sie sich gerade an die Brust heften, als er von hinten besprungen wurde.

Voller Schreck ließ er die weiße Blüte fallen. Hinter ihm presste sich etwas Weiches, Schweres gegen seinen Unterkörper. Es bockte in rhythmischen Bewegungen hemmungsloser Begattungsversuche. Zeitgleich ertönte ein schallendes, sehnsuchtsvolles Gebrüll tierischer Zuneigung. Schartige Hufe hieben schmerzhaft gegen seine Unterschenkel. Barnabas, dessen Po ohnehin noch weh tat von der kleinen Wunde, welche ihm die Kannibalen zugefügt hatten, geriet in Panik. Er stürzte vornüber und fiel zu Boden. Da er sich mit weit ausgestreckten Händen abzustützen vermochte, wurde sein Tropenanzug dabei nur leicht beschmutzt. Wie es inzwischen um die Sauberkeit des Stoffes auf seiner Kehrseite bestellt war, wusste er nicht. Er ahnte aber Schlimmes, denn auf seinem Rücken war die versuchte Bespringung in vollem Gange. Entsetzt glaubte er jetzt einen erhärteten Schwengel an seinem Rückgrat zu spüren. Ein widerwärtiger krummer Tierschwengel, der irgendwo Einlass begehrte!

Es war eine Ziege.

Genauer gesagt, der schwarze Ziegenbock, der ihn heute Morgen bereits bedrängt hatte. Brünstig und erregt starrten seine Glotzaugen ihn an. In hektischen Stößen versuchte er den Missionar durch den dicken Stoff des Tropenanzugs hindurch zu rammeln. Sein Meckern klang jetzt gellend und voller Schmerz über die unerwiderte Liebe. Das drahtige Büschel des Ziegenbartes raschelte auf dem ledernen Buch der Psalmen, das an Barnabas´ Rücken hing. Das Vieh verunreinigte es vermutlich im selben Moment mit Speichel und Haaren.

Kein Zweifel: Dieser Bock war scharf auf ihn! Halb verrückt vor Zuneigung und sexueller Erregung ließ er nicht ab von seinen unbeholfenen

Stoßbewegungen. Die umstehenden Muluglu-Frauen fingen an, lauthals zu lachen beim Anblick des pummeligen Weißen, der von dem schwarzen Vieh in die Mangel genommen wurde. Verschämt und empört zugleich wehrte sich Barnabas gegen die Zudringlichkeit des Tieres. Er versuchte, sich herumzudrehen und es bei den Hörnern zu packen. Dies versetzte den Bock nur noch mehr in Rage. Denn nun glaubte er in seinem Größenwahn, dass seine Liebe erwidert wurde!

Endlich zerrten hilfreiche Hände den Ziegenbock weg. Der schrie mit seiner zitternden Meckerstimme, als ginge es um sein Leben. Und siehe da, er hatte Recht damit!

„Schlachtet das Tier!" rief ein Muluglu erheitert. „Es wollte sich an unserem Bräutigam vergehen!"

„Er soll sterben!" nickte eine ältere Frau mit grimmigem Grinsen. „Wir brauchen ohnehin noch Ziegenfleisch für die Suppe."

Der Ziegenbock wurde abgeführt. Er hatte sein Leben verwirkt durch seine dreiste Geilheit und die Anmaßung, sich einem Menschen unsittlich zu nähern.

Barnabas klopfte sich den Staub von seinem Anzug. Auch etliche lange, schwarze Ziegenhaare entfernte er. Er nahm sie angeekelt und mit spitzen Fingern und schnippte sie zu Boden. Dann versuchte er, wieder ruhiger zu atmen. Sein Brustkorb hob und senkte sich in viel zu hastigen Bewegungen. Der überraschende Angriff hatte ihm ziemlich zugesetzt und seine erwartungsvolle, frohe Stimmung zunichte gemacht. Das anhaltende Kichern und Gackern besonders der jüngeren Muluglu-Frauen besänftigte ihn aber etwas.

Eine Hand legte sich auf seine Schulter. Die von Muluglai? Nein, dafür war sie zu groß. Es war doch nicht etwa der Häuptling, der die entwürdigende Szene mitangesehen hatte?

„Es tut Balla so leid, Boss!" sagte jemand entschuldigend.

Da stand er. Balla, sein altgedienter Kofferträger! Er hob entschuldigend beide Hände: „Balla hat Ziege im Auge behalten. Er gleich herbeigerannt und die anderen zu Hilfe gerufen, als gesehen hat, wozu Ziege fähig!"

Barnabas räusperte sich. „Schön, dich wiederzusehen, Balla!" sagte er. „Das eben war ein dummer Zwischenfall, weiter nichts." In einiger Entfernung meckerte die Ziege immer noch. Kläglich, lüstern, leidenschaftlich. Noch schien sie nichts zu wissen von ihrer baldigen wundersamen Verwandlung in schnödes Suppenfleisch.

„Balla… Balla fürchtet, nein. Das kein dummer Zwischenfall", sagte Balla betrübt. „Oh Herr! Ist alles schief gegangen!"

„Was meinst du damit?" Barnabas runzelte die Stirn. Natürlich erinnerte er sich sofort an die Anweisungen, die er Balla vor seinem Aufbruch zur Leopardenjagd gegeben hatte. Die Sache mit der Voodoo-Beschwörung. Nun ja, hatte der Kerl eben versagt, auf welche Weise auch immer. Womöglich hatte der *Babalawo* auch einfach keine Lust gehabt auf ein Voodoo-Ritual.

„Du doch wolltest, dass Balla zum *Babalawo* geht mit Haar von dir und Haar von Häuptlingstochter. Damit ihre Liebe zu dir entfacht wird durch Voodoo-Beschwörung." Balla stand mit eingesunkenen Schultern da, so als wolle er am liebsten im Erdboden versinken.

„Es hat also nicht geklappt?" fragte Barnabas streng, aber auch mit einem Ausdruck der Milde im Gesicht. „Das ist bedauerlich, aber nicht weiter schlimm. Muluglai liebt mich von ganzem Herzen, auch ohne Voodoo-Beschwörungen und derlei Beeinflussungen durch Zauberei."

Balla seufzte sichtlich erleichtert. „Dann ist es ja gut, Boss", sagte er matt. „Balla in Ruhe schlafen. Vielen Dank für deine Güte!"

Barnabas nickte freundlich und wollte sich abwenden, um die Hütte der Häuptlingstochter anzusteuern. Auch sein Kofferträger machte Anstalten, sich zu trollen.

Barnabas stutzte und taxierte den verlegenen alten Schwarzen mit einem grübelnden Blick. Langsam begann ihm ein Licht aufzugehen. „Moment noch!" bat er lauernd.

„Ja?" Balla wandte sich ihm wieder zu. Seine Miene war angespannt, als hockte ihm ein lästiges Äffchen mit scharfen Krallen auf dem Kopf.

„*Was genau* ist denn schief gegangen bei der Voodoo-Sache?" fragte Barnabas mit freundlicher Neugier.

Balla druckste herum: „Nun ja… die… die Haare. Balla konnte sie nicht auftreiben."

„Du meinst die Haare von Muluglai?"

„Ja. Gab keine Gelegenheit, sie ihr unbemerkt abzuschneiden."

„Aber der *Babalawo* hat dich empfangen? Und wäre bereit gewesen für das Voodoo-Ritual?"

„Er… Er es durchgeführt. Er es machen!"

„Wie das? Wo du doch keine Haare von Muluglai hattest?"

Balla verschränkte die Hände auf dem Rücken und trat nervös von einem Bein aufs andere. „Naja, als Balla zum *Babalawo* ging, hatte er die Haare dabei", gestand er. Er wagte es nicht, den Missionar anzusehen.

„Wessen Haare?" Barnabas ahnte die Antwort. Innerlich rang er bereits mit aufbrodelnden Gefühlen der Fassungslosigkeit und der Empörung.

„Ziege hat schöne lange Haare. Schwarz sie auch", sagte Balla leise. „Balla weiß, es nicht recht gewesen und sehr dumm von ihm, Boss!" fügte er schnell hinzu. „Aber er wollte dich nicht enttäuschen. Konnte doch nicht auftauchen beim *Babalawo* mit nur deinem Haar!"

Immer noch entgeistert, schüttelte Barnabas den Kopf. „Du hast also gedacht, lieber schwarzes Ziegenhaar bei der Voodoo-Beschwörung als gar keines!" stellte er fest. „Und das Ritual hat bestens funktioniert, wie ich bereits merken durfte! Gerade eben hätte mich der liebeskranke Ziegenbock fast aufgespießt mit seinem steifen Schwengel!"

Als er sah, dass sich der arme Balla weiter wand und mit Schuldgefühlen plagte, winkte er großzügig ab: „Nun geh schon! Es ist ja nochmal glimpflich abgelaufen. Muluglai liebt mich, ob mit oder ohne Voodoo. Das ist das Wichtigste. Du hast dein Bestes versucht. Handele nächstes Mal etwas überlegter und umsichtiger. Jetzt aber Schluss mit Trübsinn und Haare raufen!" Barnabas klatschte aufmunternd in die Hände: „In wenigen Tagen ist das Fest! Freu dich, Balla! Wir sehen uns wieder beim Tanzen und Essen." Er blickte zum Rand des Buschdorfes, wo er Muluglais Hütte in den letzten Sonnenstrahlen des Tages erkennen konnte. Das Dach war mit gelbem Stroh gedeckt, welches von Lianen zusammengehalten wurde.

„Nun muss ich mich anderen Aufgaben widmen!" sagte er energisch.

Balla verstand. Er verbeugte sich. Dann verschwand er, hüpfend und froh, seinen Fehler ausgebügelt zu haben.

Muluglai war an diesem Abend zu allem bereit.

Als Barnabas behutsam an die dünne Schilfgrastür ihrer Hütte klopfte, wurde er von der fast nackten Häuptlingstochter empfangen. Sie trug lediglich ein Nichts von einem Lendenschurz um die Scham.

Aufmerksam und schon ganz in der Rolle der liebevollen Gattin, machte sie sein Gehänge mit ihrer Zunge bekannt. Sie lutschte seinen weißen Missionarsschwengel so lange, bis er zu einem starren, feuchtglänzenden Maiskolben herangewachsen war. Dann saugte sie weiter, um die Schwellkörper bis zur letzten Zelle mit Blut zu füllen und die Stabilität des Riemens zu untermauern.

Im aufgewühlten Sack von Barnabas rumorte es wie in einem kochenden Weihwasserkessel, in den der Teufel den Finger gesteckt hat. Seine Eier brauten den weißen Saft im Akkord. Wohl wissend, dass sie ihn nicht lange behalten würden!

Als sein Schwengel steif war wie eine frischgewachsene Fleischgurke, sank Muluglai auf ihre Schlafmatte. Sie spreizte die Beine und riss sich den Lendenschurz vom Leib.

„Leck!" befahl sie.

Gehorsam sank er nieder. Er legte seine plumpen weißen Hände auf ihre dunkelbraunen, unendlich zarten Schenkel. Zärtlich ließ er sein Gesicht auf ihren Schamhügel sinken. Schwarze Härchen kräuselten sich darauf. Sofort fand seine kundige Zunge den Eingang zu ihrer Lustpforte und begann umher zu kreisen. Abwechselnd bearbeitete er ihre inneren und äußeren Schamlippen sowie den Kitzler. Der streckte sich allmählich immer kesser aus seinem Versteck heraus wie ein Ameisenbär seinen Rüssel aus der Erde.

Dafür, dachte er amüsiert und erregt zugleich, *müsste ich mich eigentlich dermaßen geißeln, bis meine Haut am Rücken in Fetzen hängt!* Er beschloss jedoch, das Seil mit dem Knoten bis auf Weiteres nicht mehr zu benutzen. Wozu war das gut? Das Empfinden von Daseinsfreude und das volle Auskosten der Früchte des Lebens waren keine Sünden, für die man sich zu schämen und zu bestrafen hatte! Sondern das Recht eines jeden Menschen auf dieser Welt.

Hatte er diese Weisheit von den Muluglus vermittelt bekommen?

Er wusste es nicht. Eines aber war sicher: dass nach seinem Zusammentreffen mit diesen ganz besonderen, einzigartigen Eingeborenen nichts mehr so sein würde, wie es einmal war!

Muluglai seufzte und stöhnte unter dem Drängen seiner feuchten Zunge. Er schmeckte das Aroma ihres Schlitzes. *Wie blühende, nasse Seerosen!* durchfuhr es ihn. Obwohl er sie gerne noch länger auf diese Art verwöhnt hätte, bat sie ihn: „Stoße in mich, Geliebter! Ich bin jetzt bereit!"

Sein Schwengel war während des Leckens hart geblieben und kaum erschlafft, so dass sie ihn nicht noch einmal steif lutschen musste. Stattdessen ging er vor ihren gespreizten Beinen in Stellung. In die einzig wahre Stellung!

Er pflanzte sein Gerät vor den Eingang ihrer Pforte und rieb es an den Schamlippen. Sie waren gerötet und benetzt vom Sekret ihrer Lust. Ihr Kitzler stand steil und prall von ihr ab wie eine reife Kirsche. Ihre wohlgeformten Brüste wogten sanft hin her, wenn sie ihren Körper bewegte. Die Nippel waren so hart wie rohe Erbsen.

Barnabas führte sein weißes Glied in ihre dunkle, bezaubernde Höhle der Wollust ein. Sie umschloss seinen Fleischkolben mit feuchten, erhitzten Muskelsträngen. Diese erschienen so stark und geschmeidig wie eine Würgeschlange. Immer tiefer sank sein Befruchtungszepter in die Scheide hinein. Seine Eichel war zugleich so verloren und doch so forsch und erkundungsfreudig in den Windungen ihrer geilen Grotte.

Dann begann er sie zu stoßen. Sein Bocken fing zierlich und zaghaft an, um dann in einen feurigen Begattungssturm überzugehen.

„Endlich habe ich dich, Muluglai!" keuchte er über ihr, während sein Schwengel in sie hinein- und hinausfuhr. Sie sah mit großen Augen zu ihm auf und hauchte: „Nimm mich ganz, Barnabas… Ich gehöre zu dir!"

Jetzt knallten seine Beckenstöße wie nasse Wäsche gegen Steine am Fluss. Sie umschlang mit ihren langen Beinen seine Hüfte, um ihm entgegenzukommen. Um jedes Stück seines Fleisches so tief wie möglich in sich zu spüren.

Im Liebesspiel verschmolzen sie ineinander. Ihre schweißüberströmten, heißen Körper erkundeten sich mit Händen, Beinen und Mündern. Ihre Haut rieb aneinander und vibrierte dermaßen vor Erregung, dass sich ihnen alle Körperhärchen aufstellten.

Einen Moment lang erinnerte sich Barnabas mitten in der Bespringung an das geile Gemecker des schwarzen Ziegenbockes und sein unverschämtes Begehren. Beinahe drohte dabei sein Schwengel zu erschlaffen, denn sein Verstand gaukelte ihm ein schauriges Bild vor: Wie der Ziegenbock plötzlich wieder da wäre und sich einmischte in ihren liebestollen Sex! Geifernd und haarig würde das Vieh sich über den Hintern des Missionars hermachen, sein Atem garstig stinkend wie fauliges Gras. Er würde den sabbernden Ziegenbart an seiner nackten Schulter spüren und…

Barnabas zwang sich, die grässliche Vorstellung aus seinem Kopf zu verbannen. Auch Muluglai hatte bemerkt, dass der Rhythmus seines Bockens unregelmäßiger und unsicherer wurde.

„Hör nicht auf!" schrie sie aufgestachelt und spitz wie eine Nähnadel. „Hör ja nicht auf, Geliebter!" Ohne Zweifel, als Häuptlingstochter war sie es gewohnt, Anordnungen zu erteilen, an die man sich besser zu halten hatte.

Barnabas rammelte wie besessen. Wolken von Schweißtropfen waberten ständig über den beiden Liebenden. Die Schlafmatte knirschte und ächzte unter den scheuernden Bewegungen ihrer Körper. Muluglai japste und wimmerte unter dem wuchtigen Körper von Barnabas, der diese Begattungen als berüchtigter „Busch-Bock" erst neulich geübt hatte, unter ganz anderen Umständen…

Beinahe hätten sie ihren Höhepunkt gemeinsam und gleichzeitig erlebt, wenn Barnabas nicht versucht hätte, den seinen zu verzögern. Er presste seinen Sack zwischen den Schenkeln dermaßen zusammen, dass seine Hoden fast zu Spiegeleiern gequetscht wurden und seine Erregung etwas abnahm. Dadurch kam Muluglai als erste. Als sie merkte, dass sie schreien würde, wollte sie ihren Unterarm vors Gesicht halten und zubeißen. Er kam ihr zuvor und bot ihr seinen an, der ungleich robuster und stärker war. Sie biss hinein und kreischte ihre Lust heraus, stark gedämpft durch sein grobes Männerfleisch.

Als ihr Höhepunkt abebbte und sie ermattet in seinen letzten plätschernden Wellen lag, nahte sein eigener Gipfelsturm. Auch er brauchte etwas zum Hineinbeißen, denn sonst hätte er wohl das ganze Buschdorf zusammengeschrien. Auch Muluglai erkannte das, obwohl sie noch ganz mitgenommen war von ihren eigenen Gefühlen. Geistesgegenwärtig bot sie ihm ein Kissen an. Es war aus Leder – ausgerechnet Ziegenleder! – und mit Hühnerfedern gefüllt. Barnabas grub seine Zähne hinein und brüllte seine unbändige Lust in das Kissen. Es klang, wie wenn ein Ochsenfrosch in einem geschlossenen Kochtopf rumorte. Barnabas ergoss seinen Eiersaft vollständig in Muluglai. Sie empfing ihn bereitwillig und spreizte dabei ihre Beine noch weiter, in der Hoffnung, dass der Saft dadurch noch tiefer in sie dringen würde.

Barnabas sank nieder und legte sich neben sie. Leergepumpt und ausgemolken, aber glücklich und unbeschwert.

„Ist dir kalt?" Besorgt legte Muluglai Barnabas eine Hand auf die Schulter. Sie hatte zierliche und etwas kühle Finger.

Er schüttelte den Kopf. Durch Türe und Fenster, die mit geflochtenem Schilfgras verhangen waren, drang ein milder Lufthauch herein. Das Wetter hatte etwas aufgefrischt, ein Wind wehte. Dies bedeutete im Kongo, dass es nicht mehr extrem heiß, sondern nur noch äußerst warm war, selbst um diese nächtliche Zeit. Der nahe Dschungel war erfüllt vom Rufen der Vögel und von allerlei Geräuschen, deren Ursprung schwer zu deuten war. Wie ein nie enden wollendes, immerwährendes Meeresrauschen. Ein ewiges Rascheln, Zirpen, Grunzen, Fressen und Vögeln.

„Wie kann mir kalt sein, wenn meine Liebe zu dir glüht wie ein Ofen?" fragte Barnabas voller Liebe und Zärtlichkeit. „Abgesehen davon bin ich aus meinem fernen Land ganz Anderes gewöhnt. Ich mag die Hitze."

Das ungleiche und doch so verliebte Paar lag schweigend auf der Schlafmatte. Ihr Atem ging im Gleichtakt.

Zum wiederholten Male sah Muluglai zum Spalt des Fensters zwischen der hölzernen Wand und dem Schilfgrasvorhang. Ein Schrei ertönte irgendwo dort draußen. *Seltsam... Wie eine Eule!* dachte Barnabas verwundert. *Oder... wie ein Mensch, der einen Vogel imitiert.*

Muluglai wirkte unruhig. Nach dem Sex hatte sie eine Weile still dagelegen. Je mehr Zeit verstrich, desto wacher und rastloser schien sie zu werden.

„Ist irgendwas?" fragte Barnabas. „Du machst den Eindruck, als hättest du noch etwas vor."

Muluglai lächelte etwas niedergeschlagen. Noch immer waren ihr die Spuren der Bockpartie anzusehen, eine Mischung aus Erhitzung und Müdigkeit. „Ich... muss nochmal raus", sagte sie.

„Ich verstehe. Du musst austreten."

„Nicht das. Es ist... etwas Ernsteres." Die letzten Worte sprach sie kaum hörbar aus, fast wie ein Flüstern.

Barnabas winkelte die Ellenbogen an und hob seinen Oberkörper. „Gibt es etwas, das ich wissen sollte?" wollte er wissen. *Was jetzt noch?* pochte es in seinem Gehirn. *Nach dem Voodoo-Wahnsinn mit dieser verdammten Ziege kann mich nichts mehr schrecken.*

„Ich muss nur... einige Verpflichtungen erfüllen." Sie wich seinem Blick aus. Das weckte seinen Argwohn. Er vertraute ihr ganz und gar. Aber war sie womöglich in ernsthaften Schwierigkeiten, von denen er nichts wusste?

„Was meinst du damit?" fragte er und bemühte sich, seiner Stimme einen möglichst gleichmütigen, ruhigen Klang zu geben.

Muluglai seufzte, wie wenn eine schwere Last auf ihrer Seele ruhte.

„Sag schon, mein Liebling", raunte er. „Du kannst mir alles erzählen. Wir sollten uns doch vertrauen, oder? Das ist das erste Gebot für eine Ehe."

Sie starrte eine Weile vor sich hin. Dann gab sie sich einen Ruck, drehte sich zu ihm und wollte wissen: „Wirst du mir auch nicht böse sein, wenn ich es dir sage?"

Barnabas setzte sich ganz auf. Langsam formte er seine Beine zum Schneidersitz und antwortete: „Schieß los, Muluglai!"

Sie erschrak. „N... nein!" stotterte sie. „Ich meine nichts Schreckliches wie

Schießen! Was denkst du von mir? Ich…"

Er lächelte und machte eine beschwichtigende Handbewegung. „Das ist doch nur so eine Redensart aus meinem Land", sagte er.

Sie wiegte besänftigt ihren schönen Kopf und sagte dann wie aus der Pistole geschossen: „Ich muss einhundertzweiundsechzig jungen Muluglu-Krieger das geben, was ich ihnen versprochen habe!"

Barnabas glaubte, nach hinten umzukippen. Urplötzlich fühlte er sich, als säße ihm seine eigene Seele auf der Schulter und begutachte ihn von außen. „Wie bitte?" flüsterte er völlig aufgelöst.

„Es ist nicht so, wie du denkst!" beteuerte Muluglai. „Nichts… Schmutziges."

„Was hast du ihnen versprochen?" fragte er mit belegter Stimme. Momentan spürte er sein fortgeschrittenes Alter deutlich. Überdeutlich.

„Nur einen Kuss!" war ihre schüchterne Antwort. „Jedem einen Zungenkuss, nicht mehr und nicht weniger."

Er schwieg. Deshalb fuhr sie fort: „Du musst verstehen, ich habe es ihnen versprochen! Es ist ihre Belohnung dafür, dass sie mit mir gegen die Kannibalen losgezogen sind, um dich und die anderen zu retten! Sie haben mir sozusagen jeder einen Kredit auf den Kuss gegeben. Ich sollte ihn nach deiner Befreiung und dem Sieg über die Kannibalen einlösen. Es war Eile geboten und keine Zeit, ihnen die Küsse vorab zu geben."

Langsam kam Licht ins Dunkel. „Die jungen Muluglus sind dir also gefolgt und haben dich als Anführerin anerkannt, weil du jedem von den einhundertzweiundsechzig Kriegern einen Zungenkuss versprochen hast?" fasste Barnabas zusammen, um auch wirklich alles von diesen wahnwitzigen Umständen richtig zu verstehen.

Muluglai nickte. „Es waren ursprünglich einhundertachtzig junge Männer, als wir aufgebrochen sind", sagte sie. „Ihnen allen habe ich es versprochen. Nicht alle haben überlebt."

Barnabas versuchte die Informationen zu verdauen. Eine Weile herrschte Stille in der Buschhütte.

„Ihr habt mir und meinem Träger Oke das Leben gerettet", gab er schließlich zu. „Ich habe kein Recht, Kritik zu üben. Wenn die Krieger dir aufgrund deines Versprechens gefolgt sind, dann war es ein gutes Versprechen."

„Du bist mir also nicht böse?"

„Wie könnte ich dir böse sein?" Er sandte ihr einen Blick voller Liebe und

Verständnis.

Spontan fiel sie ihm um den Hals und schluchzte: „Zu gerne würde ich jetzt hierbleiben, aber... aber..." Draußen ertönte wieder der merkwürdige Eulenschrei.

„Ich glaube, der erste Gläubiger verlangt nach Rückzahlung deiner Schuld", sagte Barnabas mit trockenem Humor. „Auf, auf! Arbeite die ersten deiner Kuss-Kredite ab! Umso schneller bist du schuldenfrei und kannst mir eine gute Ehefrau sein."

Sie küsste ihn, lange und hingabevoll. Dann stand sie auf und zog sich einen Lendenschurz an. Nicht den winzigen, mit dem sie vorhin bekleidet gewesen war und den sie sich vom Leib gerissen hatte. Sondern einen Förmlicheren, weitaus Größeren. Sein Stoff hatte immerhin etwa die Fläche eines stattlichen Taschentuchs.

Als sie an der Tür stand, winkte sie ihm zum Abschied, während wieder dieser sonderbare Eulenpfiff ertönte.

„Bald bin ich zurück, Liebster!" hauchte sie. „Warte auf mich!"

Barnabas hob die Hand und zwinkerte ihr zu. Sie verschwand.

Langsam und etwas ächzend erhob er sich und schlüpfte in seine ausgeleierte Unterhose, die an einem Nagel an der Holzwand hing wie ein schlaffes Segel bei Windstille. Ein Segel, durch das schon viele laute Winde geweht waren.

Er hob sein Buch der Psalmen auf, das unter dem Fenster auf seinem gestapelten Tropenanzug lag, und setzte sich damit auf die Schlafmatte.

Muluglai würde ihm eine gute Ehefrau sein, dessen war er sich sicher. Wenn er sie erst einmal gezähmt und ihr die Flausen ausgetrieben hatte! Sie liebte ihn aufrichtig, und er liebte sie. Die Liebe würde ihm helfen, dieses Raubtier der wilden Weiblichkeit zu zähmen. Sie war jedoch ein weit raffinierteres Raubtier als der schwarzgefleckte Gelbe. Gegen Muluglai war der Leopard so etwas wie ein unschuldig schnurrendes Kätzchen.

„Liebe!" seufzte Barnabas wie unter schwerer Last und zugleich unter dem Einfluss eines wunderschönen Tagtraumes. „Liebe!" Er schlug das Buch der Psalmen an einer Stelle auf, die er schon so oft gelesen hatte, dass die Papierseiten ganz knitterig und abgegriffen waren.

Dann schloss er die Augen und legte sich auf die Schlafmatte. Das schwere Buch ruhte auf seinem Bauch. Dort spürte er das enorme Gewicht tröstend und beruhigend. Es war ein gutes Gefühl.

Barnabas Treubart verschränkte die Arme hinter seinem Kopf und wartete auf die Rückkehr von Muluglai.

Der Psalm der Liebe

Liebe: Schön, allmächtig, groß!
Hoch lebe sie an jedem Ort!
Sie würde Bände füllen, doch bloß
Unnötig jedes weitere Wort!

ENDE

SEX
IM ALTEN
ROM

1+2+3 GESAMT-AUSGABE

HISTORISCHER EROTIK-ROMAN
VON Rhino Valentino

TASCHENBUCH ISBN 978-3-86441-016-1
EBOOK ISBN 978-3-86441-015-4

SEX IM ALTEN ROM

#4+5+6 SAMMEL-BAND

HISTORISCHER EROTIK-ROMAN
von *Rhino Valentino*

TASCHENBUCH ISBN 978-3-86441-041-3
EBOOK ISBN 978-3-86441-020-8

Aktuelle Infos und noch mehr erhalten Sie unter
www.rhino-valentino.com
www.stumpp.cc

MEHR LIEFERBARE TITEL:

SEX IM ALTEN ROM 1: **Die Sklaven** EBOOK
ISBN 978-3-86441-012-3
Historische Erotik-Romanserie vom extravaganten Schriftsteller des Lasters und der Leidenschaft: Rhino Valentino. Geschrieben für reife Leserinnen und Leser. Neben intensiven Schilderungen verschiedenster Erotik-Szenen enthalten diese Geschichten eine kräftige Brise Humor. Sie beleben augenzwinkernd das Genre der Erotik-Parodie… In einer geschliffenen, messerscharfen Sprache entführt Sie der Autor Rhino Valentino in die schamlose, dekadente Welt des alten Roms!
SEX IM ALTEN ROM 2: Die Schamlosen EBOOK
ISBN 978-3-86441-013-0
SEX IM ALTEN ROM 3: Die Orgie EBOOK
ISBN 978-3-86441-014-7
SEX IM ALTEN ROM 1-3 Sammelband EBOOK
ISBN 978-3-86441-015-4
SEX IM ALTEN ROM 1-3 Sammelband PAPERBACK
ISBN 978-3-86441-016-1
SEX IM ALTEN ROM 4: Das Signum der roten Laterne EBOOK
ISBN 978-3-86441-017-8
SEX IM ALTEN ROM 5: Dunkle Exzesse EBOOK
ISBN 978-3-86441-018-5
SEX IM ALTEN ROM 6: Medusa der Eunuch EBOOK
ISBN 978-3-86441-019-2
SEX IM ALTEN ROM 4-6 Sammelband EBOOK
ISBN 978-3-86441-020-8
SEX IM ALTEN ROM 4-6 Sammelband PAPERBACK
ISBN 978-3-86441-041-3

SEX IM BUSCH 1: Die Schöne am Fluss EBOOK
Heiterer und schweinischer Erotik-Roman in drei Teilen. Von Rhino Valentino.
ISBN 978-3-86441-029-1
Belgisch Kongo, 1912: Barnabas Treubart ist ein stattlicher Mann in den mittleren Jahren, erfahrener Afrika-Reisender und Missionar in eigener Sache. Eines Tages beobachtet er eine wunderschöne, junge schwarze Frau am Fluss. Es ist Muluglai, die

edle Tochter eines Häuptlings. Sie wird von einem grausamen, abscheulichen Krieger überrascht, der sie vergewaltigen und töten will. Als Barnabas ihr zur Hilfe eilt, ahnt er noch nicht, dass dieses Zusammentreffen ihn in seinen moralischen Grundfesten zutiefst erschüttern wird. Auf den kleinen, dicken Mann mit dem mutigen Herzen eines Löwen warten abnorme Abenteuer mit wilden Kannibalen und Raubtieren, wundersame Begegnungen mit Eingeborenen, dunkle Geheimnisse des Voodoo-Kults… und eine neue, faszinierende Welt schamloser sexueller Ausschweifungen! Erotik, Spannung und Humor mischen sich in diesem Werk zu einem deftigen Buchstaben-Menü: Scharf gewürzt, heiß und fettig, aber gut bekömmlich.

SEX IM BUSCH 2: Im Treibsand der Sünde   EBOOK
ISBN 978-3-86441-032-1
SEX IM BUSCH 3: Im schwarzen Reich der Kannibalen   EBOOK
ISBN 978-3-86441-034-5
SEX IM BUSCH 1-3 Sammelband   EBOOK
ISBN 978-3-86441-036-9
SEX IM BUSCH 1-3 Sammelband   PAPERBACK
ISBN 978-3-86441-037-6

FICKEN HEUTE! 1 & 2 Doppelband   EBOOK
ISBN 978-3-86441-028-4
Stark erotische, deftige XXL-Doppel-Story über Porno-Drehs und heiße Nächte in Jamaika. Rhino Valentino hat Danielas brisante Geschichte in einer direkten, eisblumigen Sprache geschrieben, die nicht um den heißen Brei herumredet, sondern direkt in ihn hineinklatscht! Mit einem Vorwort des Autors.

FICKEN HEUTE! 1: Daniela und der Porno-Dreh   EBOOK
ISBN 978-3-86441-038-3
FICKEN HEUTE! 2: Daniela und die Sex-Karriere   EBOOK
ISBN 978-3-86441-039-0
FICKEN HEUTE! 1 & 2 Doppelband   PAPERBACK
ISBN 978-3-86441-040-6

HALLOWEEN HORROR QUEEN 1: Die geisteskranke Autobahn-Hexe
ISBN 978-3-86441-025-3
Trampen kann gefährlich sein! Blacky A. Fraid ist ein junger wilder Autor mit Hang zur dunklen Seite der Menschen. Er liefert mit „Die geisteskranke Autobahn-Hexe" eine spannende Story ab, die es in sich hat…

www.ingramcontent.com/pod-product-compliance
Lightning Source LLC
Chambersburg PA
CBHW081150170626

46813CB00009B/3135